绿地文学丛书

浪子吟

火仲舫 著

黄河出版传媒集团
阳光出版社

图书在版编目（ＣＩＰ）数据

浪子吟 / 火仲舫著. -- 银川：阳光出版社，
2013.8
（绿地文学丛书 / 高耀山主编）
ISBN 978-7-5525-1007-2

Ⅰ. ①浪… Ⅱ. ①火… Ⅲ. ①长篇小说－中国－当代
Ⅳ. ①I247.5

中国版本图书馆CIP数据核字(2013)第203279号

绿地文学丛书　　　　　　　　　　　　　　　　高耀山 主编
浪子吟　　　　　　　　　　　　　　　　　　　火仲舫 著

责任编辑　冯中鹏
封面设计　邱雁华
责任印制　郭迅生

黄河出版传媒集团
阳 光 出 版 社　　出版发行

地　　址　银川市北京东路139号出版大厦 （750001）
网　　址　http://www.yrpubm.com
网上书店　http://www.hh-book.com
电子信箱　yangguang@yrpubm.com
邮购电话　0951-5044614
经　　销　全国新华书店
印刷装订　银川市开创广告印刷有限公司
印刷委托书号　（宁）0015449

开　　本　880mm×1230mm　1/32
印　　张　9
字　　数　200千
版　　次　2013年8月第1版
印　　次　2013年8月第1次印刷
书　　号　ISBN 978-7-5525-1007-2/I·356
定　　价　298.00元（全十册）

一部砥砺警世之作

——火仲舫长篇小说《浪子吟》序

钟正平

在我的印象里，火仲舫属于那种典型的大器晚成的作家，在努力经营了数十年的散文和戏剧创作之后，在读者和文学圈内完全未觉意的情况下，仿佛是一夜之间，他一口气推出了三卷本近80万字的长篇小说《花旦》，突然以一个成熟的小说家的面貌出现在文坛上。他曾给宁夏文坛带来两个惊喜：一是由散文、戏剧作家到小说作家的华丽转身；二是大器晚成、出手不凡，他的文学才情终于找到了一个新的更加合适的突破口。当年，《花旦》甫一问世即好评如潮，不但为作者带来空前声誉，也成为宁夏文坛长篇小说创作中的翘楚之作。说实话，宁夏的长篇小说创作中，让人过目难忘、读之不忍释手的作品并不常见，而产生影响、广受瞩目、颇具艺术品质和影视改编价值的作品更是凤毛麟角，《花旦》就是其中难得的一部。

为什么要先提《花旦》呢？因为在为《浪子吟》写下我的阅读感受之前，首先想到的是《花旦》，因为《花旦》曾给我留下过十分美好的文学印象，因之在接到《浪子吟》书稿之后，虽然未能马上展读，但内心还是满怀一种文学期待。我清楚，

从一个作家创作的生命周期来讲，火仲舫其实已处在创作的晚期，他是退休赋闲之后才提笔改做小说的；但从一个作家的创作个例来看，火仲舫正处在创作的"井喷"状态，勤奋而多产，大气而质优。我感到，他前半生的全部文学活动，仿佛都是为了晚年写长篇大著而准备的，他贴近现实广纳博采，他潜心思考心无旁骛，将自己一生的宝贵积淀进行文学的开掘和升华，这就有了一部部取材角度新颖、生活气息浓郁、语言清丽流畅、艺术丰沛厚重的长篇小说。比起那些胡编乱造、故弄玄虚所谓长篇，火仲舫的文学活动对宁夏的长篇小说创作是有突出贡献和启示的。

《浪子吟》写的是一个集偷、抢、骗、嫖、闹于一身的街头小混混，在经历了人生的诸多炼励和风雨后，通过读书和遇到高人指点，良心发现、幡然领悟，继而浪子回头、痛改前非，最终成为一名道德模范的故事。小说的素材取自一位山区青年的成长史，以"一个街头小混混到道德模范，这个转化是如何在矛盾的阵痛中完成的"为主线展开联想、构建小说文本。常识告诉我们，这个转变肯定不是一帆风顺的，而是经过了脱胎换骨的心灵阵痛和矛盾冲突才完成的；常识也告诉我们，这个选材对于小说家而言，存在着一定的冒险性，很容易弄成一个榜样人物的事迹报告和道德说教。从现在小说对这一题材的处理来看，作者显然成功地避开了题材本身的局限与"陷阱"，他紧扣主人公彭飞人生的蜕变与新生这一脉络，抓住读者关注的焦点，以重点描写"浪子"过去的所作所为为线索，揭示"浪子"大起大落的人生轨迹，将个人悲剧与生活的负面尽情暴露给读者，剖析"浪子"之所以走向歧途的社会根源，展示了耐人寻味的社会现象，折射了人生百态，蕴含着深重的忧思，从而使作品产生了一定的艺术感染力。

火仲舫的长篇小说素以发掘、展示民俗文化著称，他的作品最显著的特点是民俗文化穿插期间，以浓郁的民俗风情吸引读者，建造氛围，营构意境，展示时代风貌，揭示思想主题。在这部小说中，正月十五元宵节点"明心灯"，腊月八吃"糊心饭"，婚宴上耍公婆，青年男女找对象时对"花儿"，定亲时喝喜酒，娶亲后"耍新娘"和晚上"暖床"，以及回族的沐浴习俗"乌苏里"等等，都能给人以直接的阅读快感。另外，由于作者长期生活在西海固地区，对西海固地区及周边的汉、回、蒙古族的民间习俗与日常交往十分熟悉，作品中用了相当的篇幅进行描述，大大拓展了小说的生活空间，给人以耳目一新之感。

从小说文本上看，《浪子吟》属于纪实性小说，它的人物有原形，故事有依据，事件的背景完全写实（譬如真实的地名、宁南方言、民间习俗等），乃至小说中的其他人物（如本土作家"文翰"、杂志主编"钟主编"）等在现实生活里都是有迹可循的。它的主人公完全不是传统小说里虚构的文学典型，但他却是现实生活里的"这一个"，故事发生的社会氛围也与当下十分契合。文体上的这种规定性，使这部小说一方面产生了强大的写实力量，它所触及到的社会现实令人触目惊心，它所展示的那个混混群体的生活状态和心态叫人不寒而栗，它所描写的那个由流浪打工仔到街头小混混再到道德模范的生命轨迹叫人唏嘘不已，它朴素真实到让人几乎能触摸到生活的肌肤、嗅闻到生活的原始味道，这就使这部小说在朴素无华的文字里

蕴含着砥砺和警世的力量；另一方面，它毕竟是小说而不是传记，它延续了《花旦》的成功之途——追求故事的传奇跌宕和情节的生动多趣，它的小说元素一点不缺，发生在主人公彭飞身上的诸多生活事件，传递的无论是正能量也好还是负能量也罢，无不具有刻意营构的"传奇"色彩，主人公无限纠结的内心世界被作者以文学的手段演绎得枝叶扶疏，他在劫财劫色做坏事时常常悲天悯人进退有度，总是留有余地而不把事情做绝；他在助人为乐急公好义时却又狡黠机敏邪恶难掩，这种善恶参半的人性纠结，被作者展示得游刃有余色彩缤纷，这就是文学的力量。

早在今年5月份，火仲舫就发来小说的电子版，殷殷嘱我为之序，说实话我是有些为难，一则因为这是一部长达20万字的小说文稿，不认真阅读就无从下笔，而我的工作性质使我的确没有一个完整的阅读时间，难以保证按时交稿，尤其是没有一种沉浸其中的文学心境，应付了事又非我心所愿，因此内心不敢轻易应承；二则火仲舫是我多年的文友故交，去政退休之后坚持创作笔耕不辍且多有佳作，前面提到的《花旦》即令人刮目相看，在我内心早已建立了对他的文学信心和敬重，他在新作问世之际又如此看重于我，轻易推却亦非我心所愿。就这么纠结着，近几个月来，我带着厚厚的一沓小说文稿，带着诸多公务，先湖北江苏、再陕北徽南、继巴蜀周边，每次出行都是十天半月，一边走一边看，白天办公事，晚上读小说，就这么断断续续读完了。近几个月来，小说如影随行，简直成为我生活里摆脱不掉的一个"负担"了。

在阅读这部小说的过程中，在读完这部小说之后提笔写下如许文字的整个过程中，我一直在思考这么两个问题：

一是彭飞和他的那些弟兄们，本来是一些会唱歌爱作诗的农村知识青年，他们怀揣梦想，进入城市，想靠自己的诚实劳动改变命运，却为何相继沦落为城市混混、流氓无赖、强奸抢劫犯，成为当今城市社会的毒瘤？他们没有将这个社会改造得更加美好，而现实生活却将他们打造得面目全非，这不值得深思么？小说涉笔到城市无业游民这样一个群体，在现代都市里，他们虽然是弱势群体，但他们绝对是一个庞大的存在，随着城镇化建设的推进，他们几乎无处不在，已然成为一个介于市民与农民之间的新兴"阶层"，他们居无定所萍踪浪迹，他们参与和推动着一个个城市的建设，他们又成为一个个城市不安定的因素，我们的文学创作不应该忽略他们的生存状态，小说《浪子吟》以令人信服的生活故事展示了他们怎样由一个个良民而蜕变为社会毒瘤、走上害人害己的人生歧路。小说所揭示的促使他们人生发生蜕变的直接原因，是连续被骗和简单而有失公允的司法处理所导致的逆反心理，然而这只是表象，深层折射出的，是社会诚信系统的溃决和公道与良知的被漠视，这才是最可怕最具警策意义的。

二是在一个世风日下、唯利是图、信仰缺失、敬畏无存的大环境里，文化或者文学，真的能让一个人或者一个群体改邪归正、实现灵魂的救赎么？一个人性几尽泯灭、坏事几乎做尽的人，真的可以洗心革面反鬼为人么？我们常说，一个不读诗的民族是没有希望的，一个没有敬畏感的民族则是可怕的，而一个心存敬畏、崇尚文化的人，坏也坏不到彻底、烂也烂不到蚀骨，《浪子吟》的全部故事和主人公彭飞的毁灭与涅槃，试

图证明的就是这个道理。小说让我们看到，《弟子规》中有"回家的路"，《平凡的世界》里有"黄金屋"，它们一古典一现代，一经典一名著，在彭飞"浪子回头金不换"的人生路途中，它们极具点化象征意味，文化或者文学的因素，在这里起到了点滴濡染、点石成金的作用。我以为，这不是作者的随意之笔，而正是作者的良苦用心所在，榜样的力量是无穷的，但设若榜样的身上没有一种精神和灵魂，那么榜样也不过仅仅是一个没有生命的标杆而已。所以，正是因为小说中的这些元素，才使彭飞这个形象具有了道德教育的价值和意义，而《浪子吟》的文学价值，也正体现在这里。

火仲舫是宁夏的一位老作家，他生活阅历丰富，文字功夫扎实，驾驭长篇的功力深厚，近年来四处奔波、勤于笔耕，继前几年《花旦》《土堡风云》《柳毅传奇》等几部长篇之后，这次在整合出版他的作品文集时，又推出了这部长篇新作，使"西海固文学"又增添了新的内容和分量。这种持之以恒的敬业精神难能可贵，我作为一名长期关注西海固文学的同道者，乐而为之序！

2013 年 8 月 15 日　于山城固原

（序言作者系宁夏著名文学评论家、教授、宁夏师范学院副院长）

浪子吟

　　既然是曾经的浪子，那么走过的路肯定崎岖，做过的事肯定有诸多龌龊，有些事用"不齿于人类"来表述，一点也不过分。

　　从一个街头小混混到道德模范，这个转化是如何在矛盾的阵痛中完成的？

　　《浪子吟》以朴实的笔触真实地记录这个"浪子"大起大落的人生轨迹，折射了人生百态，揭示了耐人寻味的社会现象，彰显了道德教育的意义。

火仲舫著

目　录

绿地文学丛书

浪子吟

从一个街头小混混到道德模范，这个人生轨迹是如何转化的，其中的酸辣苦甜我自然比谁的感悟都深。现在，当我站在众目睽睽的公众面前，面对媒体的聚焦，抑或出现在流光溢彩的领奖台上，从领导手中接过奖状、资金时，心中除了涌上一丝欣慰之外，阵痛也会油然窜上心头，那些梦魇般的往事会像电影一样闪现在我的面前。在领悟别人多次说到的"浪子回头金不换"的赞叹时，我便扪心自问：我回头了吗？我回头了吗？这个头回得彻底吗？今后还要如何继续"回"下去？

既然是曾经的浪子，那走过的路肯定崎岖，做过的事肯定有诸多龌龊，有些事情用"不齿于人类"来表述，一点也不过分。浪子既然要回头，就得面对现实，把心扉敞开，把自己的过去完全、彻底地抖搂出来，接受公众的监督和批判。

一　故乡的灯

　　我的家乡叫麦子湾，在宁夏南部山区的西吉县，属于将台乡。这个村子离乡政府所在地将台堡仅有三公里，但地域环境却大有差异，一座黄土山梁隔出了两个天地，山东边属葫芦河流域，一马平川；山西边属滥泥河流域，沟壑纵横。我们村子麦子湾在滥泥河上游。它四面群山环抱，一层一层的山坡梯田使村子显示出了一丝生机。沿着山坡一圈一圈下去，便到了沟底，沟底流淌着一股溪水，由于河谷是黄泥，没有沙子，所以溪水总是浑黄的，不见清澈。只有从各个山脚下流出来的细流，才显得清凉，还有一丝甘甜。这细流便是村里人长年累月食用的水源。尽管偏僻，这美好的村名还是吸引了不少南来北往的人，确切地说，是吸引了那些外地生活贫困、衣食无着、无家可归的人们。我的祖辈，便是民国二十年由甘肃秦安的一个叫做康南湾的村子搬迁到这里来的。其实这里的条件比故乡康南湾好不了多少，这里除了土地稍多一些外，其他情况与康南湾一样，差不多十年九旱，好端端的庄稼，到了四五月份，一两个月不下雨，便被晒成了"毛衣"。天不下雨时盼望雨水，可是雨水稍微下得大一些，干旱、松软的黄土经不起冲刷，便被洪水冲刷得绺绺道道，用我们的方言表述，就是"挂了椽"。有时遭遇了冰雹，一年辛辛苦苦务的庄稼便被敲打成"光杆司令"，颗粒不收。要是雨水再大点，山路便被冲垮，通往山下的唯一山道便成了"断桥"，交通便会中断，山上的村与村之间，也是鸡犬之声相闻，数天半月难以往来。尽管这个村子名字好听，给人以富庶、充实的感觉，但这里似乎一直缺少粮食，更缺少麦子，乡亲们的生活总是像晾晒衣服的绳子，紧巴巴的，从我记事起，父母便多时提着口袋到山下的将台堡粮库打供应粮，或者走村串户向亲戚、邻居借贷，甚至讨要。儿时的我，冬天拾柴火，春夏挖野菜，秋天在庄稼地里搞浮收，拾粮食、翻洋芋。稍微有点力气了，就帮父亲拉大锯解木头。在这种环境中长大的我，心灵深处自然像山路一样的崎岖。

对了，我叫彭飞。我父亲叫彭金财，母亲叫李淑英。大哥彭云，二哥彭康，三哥彭程，两个小妹妹，一个彭媛，一个彭欢。我还有个伯父，他叫彭金山。

1992年，我已经十五岁了，是初中一年级学生。我们那里地域偏僻，孩子大都上学晚，我到了十五岁才升到初中。正月十五，是传统的元宵节。元宵节主要的习俗是点明心灯。所谓明心灯，其实是用面捏的灯盏，蒸熟后滴上清油点燃，然后分而食之。据说，点了明心灯，人们便不再浑浑噩噩地打了花脸，主次颠倒地要社火、玩赌博，而是心明眼亮地做正事。因此，元宵节明心灯点了之后，人们便要投入各自的事业，春节回家过年的公家人便踏上归途，去单位上班，农民也开始正视自己一年的活计，先做什么，后做什么，然后再做什么，都要掐指头盘算。学生，自然也要去学校上课，再不能混在一起打牌或者要社火。要社火虽然不是什么坏事，也吸引人，但已经折腾半个腊月加上半个正月，一共一个月时间了，那些个自导自演

绿地文学丛书

3

的节目、戏曲已经演了多遍了，该去的村子也都去过了，该出的风头也出了，该有的风光也领略得差不多了，没有当初那样的新鲜感了。

后晌，母亲和大嫂蒸好了面灯，把蒸笼里的面灯放在案板上晾凉之后，母亲便让我给面灯插上捻子，再滴上清油，以便天黑了点燃。这活儿按理说应该是她们女人在厨房做的，却总是要安顿给我这样一个后生。母亲说她还要剁肉馅，包饺子，大嫂还要簸麦种子，点面灯这零碎活儿只能交给我这个既不会包饺子，又不能簸种子的学生娃。好在，这活儿又不累，我也不是第一次做的，而是已经做了四、五年了，记得那时大嫂还没有娶进门，每年的元宵节，总是哥哥们帮助母亲操办一天的活计，点面灯也是他们的事情，我只享受就是了。后来哥哥们长大了，他们会以各种理由出去躲清闲，这个活儿只好由我来做。其实这活儿没有多少技巧，只需要细心点就是了。把胡麻杆折断成一指头长的小段，然后用新棉花缠了，形成了一个小小的棉花棒（就像医院里的酒精棉花签），插入面灯的窝，再小心翼翼地灌上胡麻油。我做好这一切后，把滴满清油的面灯一只只摆放在大木盘里，放在八仙供桌上，只等晚上父亲回来后点燃。

天气慢慢黑了下来，大哥和三哥都陆续回到了家，二哥去了丈人家追节去了，说好的今晚不回家。媳妇还没有娶进门，事事处处得殷勤点，每个传统节日，新女婿都要带上礼物去给岳父岳母追节，这是我们这里一条不成规矩的规矩。其实，二哥与许多后生一样，也愿意去，只要父母同意，他巴不得天天去"追节"哩。按说，追了节就应该早点回来，路程本不远的，在不到十里路远的小岔沟，一个大小伙子，来去是很轻松的，二哥却不回来，而是"站"下了。他不回来其实有多种原因，一是他确实想住下，住下虽然说并不轻松，但他乐意，与未过门的媳妇在一起，做什么事都不累。二是他的岳父岳母也一再强留，留下他在好吃好喝款待的同时，也是有着他要做的事情。比如说起圈、送肥，这些又脏又累的活儿，只有他这个未来的女婿娃做了。虽然说他也是正儿八经的高中生，但给岳父家做活儿，他还是能吃下苦头的。再比如说种麦子、割麦子，他也做得很内行。有时候他也被打发到县城买些烤火过冬的炭，等等吧。正月十五元宵节，他留下来，还可以得到一只特别的面灯。虽然是一只小小的面灯，可它却有着不同寻常的意义——岳父母一家也把他看成自己家的一口人了。

父亲还是不见回来，大嫂烧开了下饭的水，叫我一遍一遍地往门上跑，她希望父亲尽快回家，她说如果老远看见父亲进了村子，就赶快来告诉她，她好下饺子。今晚的饭是猪肉萝卜饺子，这顿饭还是很丰盛的，一家之主的父亲无论如何也要品尝的。可是我一次次出门，看到的是从村外零零散散回来的人，还是没有父亲的影子。渐渐地，天气暗了下来，村子里各家户，于黑暗之中透出一点一丝的光亮，村子里没有通电，这光亮是煤油灯发出来的，今晚又多了明心灯，所以比往日要显得亮堂一些，这光亮隐隐约约，迷迷离离，从这种隐约迷离的意境中，我听到了邻居家院子里传来的鞭炮声，鞭炮声夹杂着嬉闹声。显然，人家都已经吃完了元宵饭，在点明心灯哩。我有些不耐烦了，就返回屋里。屋子里已经点燃了煤油灯。娘和大嫂守在锅台旁，显得有些焦躁。这时两个哥哥的肚子也促使他们不能心安理得地守在各自的生活小空间里，而是也不耐烦地来到了厨房。大哥试探性地问话："饭还没有熟？"大嫂说了四个字：

"等老爹呢"。语气重重的，显然她也等得不耐烦了。三哥插言说："人家都回来了……"言下之意是"唯独老爹没有回来。"母亲抬头看了我们一眼，冷冷地说："说不定他又在哪里喝马尿去了。他不回来，难道说我们一家人不吃饭、不点灯了？不等了，下饭吧？"

母亲说的马尿，我们都是心知肚明，指的是酒。是的，父亲喜欢喝酒，如果在家里，少吃缺穿，可是酒是要喝的。有时实在没钱买酒了，就在将台堡街道的铺子里打一斤一块钱的散酒，就着家里腌的咸菜，有滋有味地喝。今天是元宵节，有的是酒局，说不定他真的是喝酒去了。会做木匠活的他，多年来为乡亲四邻做的活儿不少，他的人缘好，朋友多，这样的酒局隔三岔五是会遇到的。

母亲说着，便蹲在灶头，吭哧吭哧地拉起风匣，烧起火来，大嫂也收拾下饺子。

吃完饺子，父亲还是没有回来。收拾好锅台后，母亲便对我说："晨儿，你来点灯盏吧？"

"晨儿"是我的小名。母亲是让我代替家长来点燃面灯的。这让我有点不知所措。按照习俗，元宵节的明心灯是必须得一家之主点燃的。这样就显得名正言顺，点燃的面灯也便能显现出灵气来，我一个尚未成年的后生娃要代替家主点燃这还算神圣的明心灯，便有些不敢造次。我看了看大哥，又看了看三哥，意思在说：即使一家之主的父亲不在家，那还有成了家的大哥，这明心灯说什么也轮不到我来点燃的。三哥对于母亲的决定似乎也有看法，他理直气壮地反对，说："我大哥在哩，灯盏咋能轮到晨儿一个娃娃点呢，让我大哥点吧？"

大哥接着说："不就是点个火吗？谁点还不是一样，就让晨儿点吧？"

大嫂顺着大哥的话说："老爹不在家，这个事最好是他的老疙瘩儿子代替，由晨儿点灯也合情合理。他如今可是中学生啊，是咱们家的秀才哩。"

母亲接着说："就是。晨儿点吧。"

接到这近乎神圣的点灯使命，我便有点兴奋，心中塞满的乱七八糟的心事暂时像潮水一样退却。把精力集中在点灯上面。我学着往年父亲点灯的样子，先是让母亲舀了一马勺凉水，浇着洗了手，然后来到上房地下，擦了火柴点燃了三炷香，小心翼翼地一炷一炷地插进桌上的香炉，再取了三张黄表点燃，看着黄表在自己的双手抖动下化为灰烬，就又取了酒壶往地下奠了酒。最后就点燃了清油捻子，再用点燃的捻子一个一个地逐一点燃了盘子里所有的面灯。点燃的面灯火苗忽忽地窜着，把灰暗的屋子照得一片通明，面灯发出了吡吡剥剥的燃油声，香气便迅速在充满潮湿味的房间弥漫开来。两位小妹妹拍着小手"嗷嗷嗷"地欢叫起来，此时此刻，在场的每个人的心也似乎被照亮了，有一丝轻松甚至惬意的感觉。

这时母亲提醒我：该献天地了。

于是我学着父亲的样子，端了盘子里的灯盏，大哥拿了炕桌子，来到了庭院。庭院最中心有块早就放置的院心石。这块院心石自我记得就一直安放在这里，被岁月磨砺得圆润光滑，显得青黢黢的。大哥摆放好了炕桌子，我便极其小心地把盘子摆在炕桌子上。尽管我十分地小心，还是有一个灯盏被碰倒，灯盏里的清油洒了，火焰也灭了。我不得不端回房间，又添加了清油，重新点燃端到了院子中心。微风一阵一阵地吹来，把灯盏的火苗吹得飘忽不定，一会儿向左，一会儿向右。我们生

怕火焰被风吹灭，就脱下衣服外套四面遮掩。三哥燃放了鞭炮，两个小妹妹害怕鞭炮声，就捂着耳朵跑到厨房里母亲的怀里了。

其实，只要在院心石上摆放一会儿，算是敬奉了天和地，以母亲的话说，就是天地早已领了仙气。之后家人便可分而享之了。我们又把仍然燃烧的面灯端回了房间。上房八仙桌上供有祖先的灵位，元宵节的面灯要优先敬奉给他们，在母亲的指派下，我在八仙桌上摆放了五只面灯，算是先祖和祖父母的，也给去年去世的大爹放了一只。大爹是属蛇的，他的面灯是荞面做的，上面缀了一条面蛇，祖辈们的面灯上没有缀生肖，只是敬奉了荞面灯盏和糜面灯盏各两个。接下来是父亲的，他尽管没有把点明心灯当做一回事，但是他是一家之主，除了敬奉天地和祖先之外，首先得给他把面灯做好。父亲是属猪的，他的面灯也是荞面盏，在小剪刀剪裁的花牙边上，缀捏着一只圆鼓鼓的猪，尾巴绕了一个圈，搭在了它的后背上。因为母亲做面灯已经有几十年时间了，所以面灯上的十二生肖捏得有模有样，真是惟妙惟肖。母亲属兔，她的面灯是在糜面灯上缀了一只大耳朵兔子。本来大嫂也要给她捏一只荞面兔子，可是母亲却说荞面不多，要给家里主要人物捏，娃娃女人，就捏成糜面灯盏了。大哥和大嫂也端走了属于他们的面灯。不过，他们除了端走一只荞面灯和一只糜面灯之外，还多端了一只灯，是荞面的。荞面灯上缀着一只小狗。起初，我不明白他们为什么要多端一只面灯，而且是荞面的，而且上面还缀着一只小狗，但从大哥大嫂脸上溢笑的神情和母亲赞许的目光中，我终于明白了：他们也为即将出生的小侄子捏制了面灯。二哥不在，母亲替他端了两只面灯，一只荞面的，一只糜面的。三哥也端了两只，也是荞面和糜面的各一只。轮到给两个小妹妹分配面灯了，她们俩的照样各是一只糜面灯盏，一只上面捏了一只小长虫，另一只上面捏了一头小猪。可是小妹妹媛媛却撅着嘴不要，她非要剪了花牙的荞面灯盏，她这一闹，另一个小妹妹欢欢也要荞面灯盏。面灯是按人头蒸的，再没有多余的，其他人的面灯都端去了，只剩下我的一只了，我只好把属于我的那只带着面蛇的灯盏换给同样属蛇的欢欢，媛媛换去了父亲那只带猪的面灯，这样总算是平息了这个小小的点灯风波。家人的面灯都端走了，只剩下一只了，是小妹妹欢欢的那只糜面灯，上面缀着一条盘旋的蛇，现在，它只能是属于我的了。

三哥照样没有瞅对象，他也端了两只，而我只有一只，看来母亲是事先有过算计的，她是把我当小孩子看待了。

我把面灯端到了我住的小高房上。这是我与大爹一起的休息空间。由于家里穷，没有好材料修盖更大更像样的房子，只能在原来的土箍窑上面砌了土坯墙，用树枝和葵花杆搭顶盖了简易房子。不过，爱好清洁的我，找了旧报纸把里面的墙壁糊贴了，还贴了几张年画，屋子里面显得温馨、舒适。如今大爹带着他残疾的身体走了，这间黄泥小屋只属于我了。

我把换了妹妹的那只糜面灯就摆放在窗台上，面灯好像懂得主人的心事一样，忽忽地蹿着火苗，吡吡剥剥地燃烧着，棉花棒头上已经结出了一朵黑黑的灯花，像蘑菇一样。据说，面灯灯花越大，主人今年的运气就越好。那么，我会交什么好运呢？我的好运是不是与我即将的行动有关？

看着面灯中间黑黑的像蘑菇一样的灯花，我的心中突然涌上一股酸流。刚才全神贯注点灯时退却的纷乱思绪，这会儿又像涨潮一样重新扑来。明天，或者几个小时后，我就要离开这

间小屋，只身到一个陌生的地方。我的命运是不是会像这灯花一样绽放呢？进而一想，不对啊，这盏面灯原本是小妹妹欢欢的，是临时调换了的，这灯花究竟是兆示妹妹呢，还是兆示我呢？不管怎么说，我的去意已决，即使今晚的灯花不大，甚至没有灯花，我还是会意无反顾地离开这个属于我儿时的"乐园"。

在灯光下，我又开始收拾东西。其实，没有多少要带的东西，无非是几件随身穿的衣服，还有半袋子炒面子。这些已经收拾好了。至于盘缠，也没有多少，是二十多块钱。这些钱都是平时积攒的，有一半是大爹零零碎碎给我的，有一些是父亲喝酒醉了，我在他的衣袋里偷的。作为一个农村穷家子弟，觉得这些钱还是不少的。我翻开衣袋，又取出来钱来数了数，是二十元零五角八分，八分是钢元儿，一个五分，一个二分，一个一分。大龙说，啥也别带，招工方说管吃管喝管住宿，东西带多了还是累赘，搞不好还会暴露目标，让家人发现。收拾好了东西，我开了房门看了看外面，天色还是黑魆魆的。母亲的房屋中还透出一丝光亮，显然，她还在等待父亲回来。我倒希望父亲不要回来，他回来说不定会影响我的行动。一阵夜风吹来，有几分寒意，我又闭了房门，和衣躺在了炕上。满脑子都是外面的精彩世界。家里虽然没有电视机，可我在同学家里看过电视，也常常在父亲做工的木器厂看电视。电视里那些个城市里，宽阔的马路，林立的高楼，商店内琳琅满目的商品，还有那穿着牛仔裤、留着时髦发型的帅哥和穿着裙子、露出大腿、肚脐和脖颈的女孩，都让我浮想联翩。再回头来想想自己的家里，都到什么时候了，还黑灯瞎火的连电都没有，磨面还要把粮食拉到山下的将台堡花钱磨。粮食只够半年吃用，春天播种后，就得千方百计向上面要供应粮，或者向亲戚借贷，好多人不得不外出打工。在学校里，别人家孩子穿制服新衣和球鞋，而自己只能穿哥哥们穿旧的衣服和母亲做的布鞋，尽管母亲把哥哥们的衣服拆洗改制得合身合体，布鞋也做得有模有样，但在心理上总是比不上人家的制服，布鞋总是不如球鞋风光。带的干粮呢？人家的孩子是白面蒸馍或者锅盔，有的还带着诱人的饼干和鸡蛋，而自己呢？玉米面饼子是家常便饭，有时实在没有面做饼子，就带点杂粮磨的炒面子，中午时就着凉水拌炒面。好不容易盼到星期天，回到家里，虽然母亲会想办法改善生活，给全家人做一顿白面疙瘩洋芋饭，但干不完的家务活儿却使我发怵。父亲是木匠，在乡木器厂做完一天工，回到家里还得为找上门来了四邻八舍乡亲做木活儿，不是打农具、做家具，就是修理日常用品，当他一个人干不过来时，我便成了他的帮手。在我印象中，那些个单调的、乏味的、机械式的解木板活儿，是我最为头疼的。这活儿不光是力气活，而且还得懂一点技巧，得专心致志，不能三心二意，不然会拉偏锯齿，把木板解歪。拉锯声吭哧吭哧地有节奏地响着，我的心中也在七上八下地想着心事，还未成年的我，两只胳膊的疼痛，时时揪着我的心，木头沫子散落在我的脚上，钻进鞋子里，磨磋着没有穿袜子的肉脚，很是难受，但双手执着锯子，无法解脱，只好忍受。执着锯子一头拉大锯的我，厌恶情绪便会不断加重，曾经有过折断大锯的想法。城乡两下一对比，更加坚定了我弃学离家出走的决心。所以当村里的大龙告知我有人招工的消息后，我便蠢蠢欲动了。

我进入了梦境，走在了一个不知名的大都市里，大龙带着我走进一家市面，市面上的店铺里，摆放着好多食品和衣服。食品有饼干、面包，还有叫做巧克力的东西。衣服大都是各种

颜色的牛仔服，还有西装。只见大龙拿下货架上的巧克力，一个劲儿地往嘴里塞，嘴里嚼得咋吧咋吧地响，他点头示意，让我也拿了吃。我说我不敢，他说，这是专门给我们的，你看店主人都不管我们哩。我一看有个看店铺的女孩子果然在一旁打瞌睡。于是我便胆大起来，不仅满嘴咀嚼巧克力和饼干，还学着大龙取下衣架上的牛仔服往自己身上套，穿了一身蓝色的还觉得不过瘾，就又取了一套浅灰色的夹在腋下。我们正在物色别的自己喜欢的物品，只听得有声音粗粗地叫起来："有人偷东西了，有人偷东西了。"我吓得连忙脱穿在身上的牛仔服。大龙却骂道："该死的鸟。"又对我说："别管它，是鹦鹉，这种鸟儿专会学舌的。"他这一说，我想起我与大龙约好的联络暗号是学夜鸪子叫，他在我家大门外的大榆树下学夜鸪子叫，我听到叫声就悄悄溜出门一起走，离开村子。他叫的声音也像这鹦鹉一样吓人。这么一想，果然那只鹦鹉变成了夜鸪子，"快走，快走"地叫着。声音脆脆的，越叫越响。我一下子从梦中惊醒，只听得我家院墙外的大榆下面传来了"呱呱养，呱呱养"的夜鸪子叫声。我连忙翻身起来，抓起简单的行李，顺手拿了窗台上被灯火烧烤得焦乎乎的面灯，装进衣袋，便蹑手蹑脚地走下小高房。

　　还好，天气还没有大亮，麻乎乎的，家人都还在熟睡，我就小心翼翼地开了大门，与大龙一起离开了我们的村子麦子湾，消失在晨幕中。

二 外面的路

我们坐上班车，第一站到了静宁县城。那里已经集中了十多个人，大都是土头土脸的中年人，也有一位打扮讲究的大学生模样的青年人。我与大龙年龄最小，大龙比我大三岁，也只有十八岁。带队人杨工头带领我们在街道一侧的小饭馆每人吃了一碗刀削面，然后就被安排坐上了一辆大班车。班车开动了，被称为杨工头的人点数了全车厢的人，然后对大家说："从现在起，我们就成了筑路工人，是有组织有纪律的人，不能像一盘散沙一样随随便便。为了保证安全和工作质量，表明我们的身份，有个约束，我们要严明纪律，要请大家配合，请把身份证掏出来交给我。"他见大家都面面相觑，以质疑的目光看着他，就又说："这是招工的一条规矩，哪个地方都是这样的。这也算是跟大家签订合同。如果大家不配合，在工地上出了事，我们可不负责任。没关系的，把身份证交给我们，只是替你们保管，待到工程结束了，发了工资回家时，我们会原物归还，完璧归赵的，放心。"

他这一说，那个大学生模样的帅气小伙就第一个掏出身份证交给了杨工头，其他人也都磨磨蹭蹭地把身份掏出来交给了杨工头，杨工头从包里取出笔记本，坐在座位上，煞有介事地登记着，收一个身份证，就登记一个人的情况。大龙也把他的

身份证交给了杨工头。轮到我了，可是我没有办理身份证，就说了实话。杨工头看了我一眼，说："咱们的招工简章上明确说了，要带上身份证的。你没有身份证，那就不合乎我们的招工条件，那你说咋办呢？"

是啊，那怎么办呢？我心里有些慌乱。以求助的目光看着大龙，大龙说："他还不够办理身份证的年龄，人家不给他办。我给他做证明吧？他要是有啥事，你朝我说话。"

杨工头又看了看大龙，说："这话可是你王大龙说的啊？说出去的话，泼出去的水，说话可要算数的。既然这样，那你在这里签个名字吧？"他说着走近大龙，把手中的笔交给了大龙，大龙在笔记本签上了自己的名字。

经过了这件事，大家的心情似乎庄重起来，谁也不说话，车厢里显得有些沉闷。车子在颠颠簸簸地行进，我的心情也随着行进的班车七上八下。窗外的山峦和树木不断地被车子抛在后面。大家就有些倦意，好多人打起了哈欠。也许是要调动大家的情绪，让大家从刚才收缴身份证的事情上解脱开来，不至于心有余悸，带工的杨工头带头说着浑段子。他的一段《瓜女婿》说完后，大家象征性地大笑了一阵，之后他要求每个人都来一段，有段子的说段子，会唱歌的唱歌，能跳舞的跳舞。这时那个大学生模样的大哥哥就站起来，从挎包里取出一个小小的笔记本和一支碳素笔，请大家每人说一个成语，不会成语的说其他词儿也行。他首先自我介绍说，他叫李小强，是高中毕业生。他穿着一身灰色牛仔服，留着长长的头发，还戴着一架近视眼镜，有几分斯文。他首先走到那位杨工头跟前，请他说出一个成语，他强调说："什么成语和词语都行，一定要说出一个来，不说不行的，就像你刚才收我们的身份证一样，一定要说的。"

杨工头挠了挠后脑勺，想想，就说了"连续作战"四个字，小强笑了一下，记在笔记本上，然后轮到下一位了，那位是个胡子拉碴的中年人，四十岁的样子，据说是李小强一个村的。杨工头称他为老高。老高为难了一阵，说出了"出工"两个字。李小强也记在笔记本上。接下来轮到大龙了，大龙也算是见过世面的，他随口说了"百尺竿头，更进一步"，李小强看了大龙一眼，随口说了声"好啊，有意思"。接着就问我想说什么？我没有经过这场面，也不知道他要做什么，就用胳膊肘捅了捅大龙，请他拿主意，大龙小声说："随便吧，说什么都行的。"我就轻轻地说了"拼搏"两个字，李小强看了我一眼，说道："你是需要拼搏的。"就征询下一个人去了。一车厢的人都说出了有关词汇，李小强就走向班车前面，对着满车厢的人大声宣布起来，他清了清嗓子，挥着笔记本说："感谢大家都表达了各自的心境，这里我要申明的是，我的主语是，'我在新婚之夜'，现在你们可以把自己刚才说的词语跟我的主语连接起来啊。"这一连接，大家才知道上了当。杨工头的就成了"我在新婚之夜连续作战"。老高的就成了"我在新婚之夜出工"。大龙的最精彩，就是"我在新婚之夜百尺竿头，更进一步"。我的便成了"我在新婚之夜拼搏"。答案一公布，惹得满车厢一阵大笑，这时有人便逗趣问杨工头："你连续作战几次啊？"杨工头回头看了看坐在一旁的妻子，笑着说："这事啊，得保密。看来我们都上当了。"那个胡子拉碴的老高说："到底是有文化的人，做游戏也带着文化，有意思。"之后他又说："小强啊，你问问你叔父，他在新婚之夜是如何出工的？"李小强就笑了，没有回答。他却把矛头指向了我，说："这个小兄弟看来年龄很小，新婚之夜的拼搏那是好多年之后的事情。没关系，长途

15

绿地文学丛书

跋涉，大家图个热闹。"

这个节目进行完了之后，沉默了一阵，有人就提议，请老李唱一段秦腔。李小强说他叔叔的秦腔唱得好哩，就带头鼓掌。老李便吭哧了一阵，慢条斯理地唱了起来：

耳听得樵楼上三更三点，

忆往事不由人心似油煎，心似油煎！

张存贼在朝中诡诈奸险，

居显位受恩宠独揽大权。

……

他神情激昂地唱着，有人拍着手打节拍。唱完了，他说这是《孙安动本》里的一段唱腔。

一阵掌声响过后，大龙悄声对我说："他唱的啥？像驴叫唤一样。咱们也唱一段花儿吧？我先唱，你后唱。"说着他就唱了起来：

打马的鞭子折断了，

阿哥的肉哟，

轻飘飘，走马的脚步儿乱了。

我离尕妹子越来越远了，

阿哥的肉哟，

痛煞煞，阿哥的尕心儿烂了！

大龙的嗓音高，唱得脆脆的，赢得了好大一阵掌声。

大家非要让我唱，说是我这么小就出门做工，帮家里挣钱，真不容易，劝我出了门不要想家。让我也高兴高兴。在大龙的鼓励下，我就唱了当时十分流行的歌曲《冬天里的一把火》。

行进了好几个小时，天色阴暗了下来，天气变黑了。大家都纷纷询问，什么时候到达？杨工头就说，很快就要到了，请大家再坚持一会儿，到了工地就安排吃饭。其实，我早就饿了，其他人也饿了，有人拿出家里带的馒头、饼子，也有人拿出昨晚点过的面灯，掰着吃起来。我的那些炒面子包裹在行李里面，不好取。即使取出来也不好吃，就把那只带来的糜面灯盏小心地从衣袋里取出来，掰了一半给大龙，让他吃，大龙一看连连摆手，说："使不得，使不得。点过的面灯只能是单数人吃，不能双数人吃。"他让我一个人吃了。说着他也从车架子上拿下了行李包，取出了他带的一只荞面灯盏，啃着吃起来。我问他为什么双人不能吃，吃了会怎么样？他笑着说："听说双人吃了害绷眼子哩。老人们都这么说的。我也不知道灵不灵？"

我一边啃食糜面灯盏，一边思谋，家乡的穷讲究真多。幸好带了这个糜面灯盏，要不然这会儿可就饿晕了。

晚上大约十点多钟，终于到达了目的地。是天祝县的一个乡镇，离县城不是很远。是一个筑路工地，工棚搭在一个山坡上，工地四周灰蒙蒙的，有灯光从帐篷里泻了出来。有几个劳工正在工棚外边吃饭。我们被带到一间工棚里，按照接待人员的安排，我和大龙把自己的简单行李放在了地下支的木板床上，床位是靠墙的。刚刚安放好，就有人叫着吃饭。在路上颠簸了一天，虽然吃了一只面灯，但还是没有填饱肚子，这时候真的饿了。按照杨工头的安排，我们八个人是一组，李小强是我们的组长，李小强打了一脸盆烩菜和一脸盆馒头，给我们每个人发了一只碗，他用勺子给我们分饭，分了烩菜的，自己在脸盆里拿一个馒头。烩菜是莲花白和粉条，里面也有肥馕馕的猪肉片子。我们各就蹲在灶房外面的山坡上，津津有味地吃起来。我咬了一口白面馒头，又夹了一块猪肉片子，烩菜不是很热，显然饭做熟已经有好大一会时辰了。也许是第一次吃这样的饭，也许真

的饿了，感觉这顿饭还是很香的。

吃过饭回到宿舍，发现我和大龙摆放在靠墙处床板上的行李不知被谁扔到了最边上的靠门处。大龙就有些不高兴，大声嚷嚷着说："这谁把我们的行李放这里了？我们占了靠墙根的。哪个不讲理的随便动别人的东西？"

这时那个唱秦腔的老李就不依了，他已经点燃了一支烟，吸了一口说："娃娃你说话放客气些，谁不讲理？这是公共场所，谁占有了就是谁的。你再诈唬，我还要扔出去哩。"

大龙也不示弱，他说："你扔你扔？看你本本分分的，出门才多久，就欺负人？"

老李站起来，走向大龙，似要打架的样子，这时就有一起来的几个中年人把他拉住，那个老高就抱怨老李说："你都给娃能当大了，咋跟他们一般见识？都是出门下苦力的，理应相互照顾，在这里争天么夺地哩？"回头他又对大龙说："娃娃，出门三步，小人受苦。你两个年纪最轻，就多跑路，勤快些。都是这烂床铺、破被褥，还讲究啥哩？要不你们两个睡里边。我睡在外边吧？"

这件事因为这位好心人的出面就这样平息了。大龙还在生气，我拉了他一把，走出了帐篷，向山坡高处走去。

不远处的修路工地上，铲车还在工作，车灯一明一暗地闪烁，机械的响声划破了山区夜晚的静谧，配以机械声音的是民工们劳动工具的碰撞声。明早，我们也就融入这劳动人群当中，挥汗如雨的劳动，今晚的清闲是暂时的。想到这里，我的心里就直犯嘀咕：我能不能适应本是大人们做的苦力活？要是我做不好，工头会怎么样？他也会像那个老李一样事事欺负我吗？

大龙见我不说话，知道我心急了，就掏出纸烟给了我一支，打火点燃。他说："出了门，你不能太软，有些事得拿硬。人常说软处好取土，硬处好打墙。你太软了他们就老把你当软柿子捏。刚才要不是那个老汉拦挡，我真想给那个老叫驴颜色看。"

大龙说的"老叫驴"就是那个唱秦腔的老李，他在车上唱秦腔的时候，大龙就说他唱得像个老叫驴叫。

我当时只是笑了笑，并没有理会。没想到他们彼此都种下了不好的印象。

我们正吸着烟小声说话，只见一个烟头忽明忽暗地向我们这边闪了过来。走近了，才看清是那个时髦的李小强。他走近我们跟前，从嘴上拿掉烟说："我叔叔就是那个样子，没文化，还脾气不好，你们不要计较，今后我们是朋友。有我在，他不敢欺负你们。"

大龙连忙抽出一支烟递给了他，说："还请大哥多照顾。"

李小强也不客气，接过烟接在了自己的烟头了，狠劲吸了起来。

晚上，我们就与小强，还有那个高叔睡在一张床铺上。得知那个高叔名叫高贵。

尽管帐篷里生了火炉，晚上睡觉时还是有些寒意。杨工头进来给李小强等几个安顿了一下，让他们晚上多操心，防止煤烟中毒，就出去了。

第一次睡在这陌生大帐篷中，听着旁边的人此起彼伏的拉鼾声，我一时无法入睡。此时此刻，疼我爱我的母亲睡了吗？父亲喝完酒回家了吗？他们知道了我远离家乡了吗？前几天我在母亲面前流露过十五元宵节一过就开学了，我不想在乡上的学校上学了，想去县城上学。当时母亲担心地说："在县城上

学好是好，可是人家收留你吗？就是收留了，钱很多吧！能上得起吗？"听了母亲的话，我就没有再提这事。其实，我并不想去县城上学，而是一种声东击西的精明措词罢了，是为我的离家出走抛出的试探绳。出门一天了，她发现我不在了，一定会想到我去了县城。至于父亲呢，他是个心大人，只要母亲不过于惊慌，他也不会认真追究我的行踪的。这样会减少家人的恐慌。谎言往往能解决许多棘手问题。

由家中的事情又想到了工地上的事情。天亮了就要投入工作，他们会给我分配什么活呢？要是用铁锨铲土，用镢头挖土，或者搬运沙石、水泥，我还是能做得来。在家时我从猪圈里往出起粪，往山地里送肥，从山上拉土垫猪圈和茅厕，帮母亲给牲口铡草，帮父亲抬木头、拉大锯，那些活儿还要比这些活儿累、脏，也窝囊，我还不是都做了？如果运气好，能学着开铲车和压路机，那该多好啊！昨晚的灯花好大好漂亮，说不定我的运气会好呢。我带着一丝惬意进入了梦乡。

三 路，由我指挥着走

"嘟——嘟——"一阵哨子声把我从梦中惊醒，紧接着有人在帐篷外面喊叫："起床了，起床了。"我抬头一看，天气亮了，就连忙起身，昨晚怕冷，又不习惯，我没有脱衣服，只脱了鞋子。我下床铺穿了鞋子，站在地下等候安排。这时杨工头推门进来，说是抓紧时间洗脸吃饭，吃完了点名安排活儿。

早餐是大米稀饭、馒头，还有咸菜。是自己到灶台前端饭拿馍，这时饭大师会给一个煮鸡蛋。这第一顿早饭，还是很不错的。大家吃完了，杨工头就把大家叫到帐篷外面，拿出昨天的笔记本，开始点名，叫到谁的名字，谁就应一声"到"，站在队列里。这帮人当中，有叫刘兴魁的，有叫王满喜的，还有叫司永亮的，李小强的那个叔叔叫李果然。杨工头自我介绍说他叫杨志和，他老婆叫李秀琴。点完了名，杨工头就安排事情，其实是在训话，他一改昨天车上的和气，板起脸来，煞有介事地说："今天我们大家算是正式报到上班了，成为我们虹桥建筑公司的工人。早些年，毛老人家号召工人阶级领导一切。现在虽然不时兴这个了，但是工人阶级还是有力量的，有一首歌儿不是唱道，我们工人有力量吗？不是吗？你看，工人两个字加起来是啥字？李小强你说是啥字？是不是个天字？"李小强在手上比划了一下，说出了"天"字之后，杨志和又说："所以，

我们要珍惜工人这个称号，要做出工人阶级的样子来，出工、上工、收工、吃饭睡觉，都得有个工人的样子。这个样子最主要的要体现在干活上面。既然是工人，就要按劳取酬，多劳多得，少劳少得，不劳不得，懂吗？"

他看大家听得认真，又提高嗓门说："当然了，劳动质量最关键，做的活儿要保质保量，尤其我们修路的，不能马虎。咱们一路上也看到了，走一段路就坑坑洼洼的，车子就不能顺利通过，惹得司机骂娘、掏先人、捣祖宗，领导也不满意。我们拿了工资不能修出让人骂老娘的路啊。说归说，教育是一个方面，还得有个制度，监工的要负责监好工，发现谁的活儿没有做好，就扣谁的工钱。这没说的，咱们可是先小人后君子，把丑话说在前头。到时候人家都领了一大笔钱回家，你不好好干活，拿不上工钱，到时候可不要后悔。"

训话一毕，就简单地分了工，他说地还没有解冻，正式筑路还得一段时间，当下的活儿是先运输材料，为修路做准备，再为大家找些零活儿做，帮助大家挣点零花钱。大家被分了两个组，一个组在工地上准备材料，比如说运输沙子、水泥、砖头等，另一个组进城里打零工。我和大龙、李小强等几个分到第一组，留在了工地。本来我们几个年轻人都想进城去，可能是杨工头担心我们几个人"嘴上没毛，办事不牢"的缘故，不放心我们到城里去。进县城打零工那一组，都是年龄大的，李果然、王满喜、高贵他们都去了。工地上的活儿零零散散的，说重也不重，说轻也不轻，我还是能吃消的。就这样不紧不慢的干了大概有半个多月，才开始正式修路了。进城务工的那一组人也回到了工地，杨工头就重新分工，有土工组的，有拌料组的，还有搬运组的，有新来的人也被分别补充到原先的工组里面了。在新来的人当中，有两个女的，一个年轻，二十岁出头，名叫杨高儿，另一个年龄比较大，有四十岁的样子，名叫尹水清，杨高儿还是杨工头的远房堂妹子。李小强最牛气，被安排在了监工组，专门检查做工质量，下来就数杨高儿和我的活儿轻，杨工头说我年龄小，身体单薄，通过半个月的观察，觉得我干活还老实，就让我拿着小旗子站在路口指挥过路车辆，杨高儿也同我一样，挥旗子指挥过往车辆，我指挥一头，她指挥一头。尹水清则帮杨工头的婆姨李秀琴帮厨。

我们各自领取劳动工具，我拿到了两面三角小旗子，一面红色的，一面绿色的。大龙有点忌妒地说："晨儿的运气真好，当了指挥官了。"他被分配到了搬运组。

这活计真合我的胃口，施工时公路都是一半施工，一半通行，成了"单行道"，拿着两面小旗子，当路一站，用红色小旗子使劲向下一挥，那些个无论大车还是小车，都得乖乖停下，像一只温顺的小狗，"卧"在路上，眼睛巴巴地看着我手中的旗子出神。

头一天，我小心翼翼地挥动小旗子指挥，按照杨工头教的，先是在胸前什字交叉挥动一下两面旗子，接着单手挥动红色旗子，示意停车，然后是一个立正，接着给人家一个举手礼，表示道歉。如果放行，就挥动一下绿色旗子，学着交警的样子，把旗子指向要通过的正前方，像演节目一样，做得有章有序，很有节奏感。杨高儿也是这样，我们二人得时时沟通，用心观察对方动向，做到密切配合，如果她放行，我就示意停车，相反，她停车，我就放行。由于是第一次做这活儿，感到很自豪，就小心翼翼地对待每一辆车，认认真真地做着动作。到了吃饭的时间，也不想放过这行使权力的机会，而是让大龙给我把饭菜

送到工地上，我边吃边指挥。为了表示大度，我也让杨高儿回去吃饭，我一个人指挥两边。没有车子通过，或者不需要指挥了，我就抓紧时间扒拉几口菜，咬一大口馒头，看见有车子驶来，就地放下吃的，道貌岸然地执行任务。一天的工作告一段落了，到了吃晚饭的时间，杨工头当着众人的面表扬了我，说我工作认真，动作灵活，像个小交警。他还用了"废寝忘食"这个词。在学校差不多天天挨批评的我，第一天正式做工，就受到了表扬，这使我感到十分高兴。

在往后的几天里，我还是"废寝忘食"地工作着，有时候没有车子可指挥了，我还会拿起工具，帮助别的组干活。

指挥车辆时，每当看到在自己的指挥旗帜下，公路上排成长龙一样的车队，就会想到这是自己的权力所产生的作用，我心中便会涌上一股痛快的暖流。是啊，从小少吃缺穿、受尽生活磨难的我，只有在老师或者村干部，或者父兄们的呵斥下从事属于和不属于自己的事情，从事永远完不成的学习和劳动任务。父亲和哥哥们也从来没有指挥过别人，而是受别人指派。没想到，年纪小小的我，竟然指挥着"千军万马"。经过的一辆辆小车，里面肯定坐着大官，说不定还有很大很大的官，他们也不得不听我彭晨儿的指挥。还有那些个六大轮、八大轮、十大轮的大货车，印象中那些司机可牛气了，嘴上总是叼着高级香烟，说话行动总是大大咧咧，总是牢骚满腹地骂这个训那个，嘴里总是不停地"他妈的，他妈的"不知道在骂谁。可他们在自己的小红旗挥动下，也不得不服服帖帖。那些个"电蹦子"摩托车，平时总是目中无人地横冲直撞，故意在我们这些穷哥们面前显威风出风头，到了这里，一看到我挥舞的小旗子，也不得不收起野性。渐渐的，我的指挥越来越灵活，举手行礼也大打折扣，觉得哪辆车子不顺眼，就不敬礼，有时还故意压一压时间，不立即放行。对于那些大货车、摩托车，我根本不屑一顾，只是狠狠地挥动一下手中的旗子，让它们在旗子指挥下停，或者行。

由于我的工作受到了工头的表扬，同行们也羡慕，我的心情便开朗起来，又恢复了调皮的天性。下班吃饭时，便也跟大家一起说笑话，也敢把杨高儿叫成"羊羔儿"，虽然会遭她的一个白脸，或者挨她的一拳头，但我也乐意。我最喜欢逗杨工头的孩子玩耍。老杨带工监工，他老婆做饭，他们的小儿子阳阳便跟着母亲在地下窜来窜去地玩耍。也许这里都是清一色的壮汉（仅有三个女性），没有一个小孩子的缘故，小家伙很愿意跟我玩，总是会扑进我的怀里要这要那。我呢，天忭喜欢孩子，看到他，就想起家中的两个小妹妹媛媛和欢欢，我每次周末放学回家，都会给她们带点玩的、吃的东西。过年过节别人给了我糖果、花生、核桃、枣子，我都舍不得吃，而是全给了她们。出门好几天了，她们看不到我这个小哥哥，会不会哭着找母亲要人呢？这个阳阳大约五、六岁的样子，与小妹妹欢欢差不多大小，圆圆的脑袋，理着麦擦沿的头发，说话嗲声嗲气的，很可爱的。他妈妈安顿他把我叫哥哥，他每次见到我，总是"哥哥，哥哥"地叫着投入我的怀抱。我就抱着他玩，让他拿着我指挥车子的小旗子挥动，我趴在地下学车辆行进，还学小狗叫。这些玩腻味了，我便带他到山坡上抓黄鼠和鸟儿。其实黄鼠和鸟儿是抓不到的，只是带他看看开开心罢了。每当他叫我哥哥时，杨高儿便会开心地大笑起来，就故意逗阳阳，让他把她叫姑姑。阳阳就脆脆地叫她"姑姑"，然后杨高儿就故意问阳阳："你把彭晨儿叫啥？"阳阳就说叫"哥哥"。杨高儿就笑着说："怎

么样晨儿，你小我一辈吧！"我的心里便有些不平。

原以为指挥车辆很简单，只要用心就是了，没想到接下来的事情，让我感到了世情的复杂，也意识到了自己的幼稚。那天早上大概是十点多吧！两边的车子聚集得比较多，我这一头堵了足有十几辆车，那一头杨高儿也迟迟不给通车信号，而是任她那边的车子一辆接一辆地通过，这边的车就等待不及了，有一辆车子从后面冲了上来，车门摇下，司机伸出手了向我挥动，示意让我过去，我就走了过去，那个胖司机说车上的领导要赶到玉门参加一个什么重要活动，要按时赶到的，再不能耽误一分钟时间了，请我放行过去，说着便塞给我一盒兰州烟。我从来没有经过这事情，觉得一定是什么大领导参加什么很重要很重要的活动，要不然他也不会这样求我一个小孩子。再说，人家送了我高级香烟，何乐而不为呢？就回头使劲向杨高儿那边挥了挥旗子，让她那边停车，好让这边通过。结果挥动了好一阵，那边的车子还是没有停止，仍然一辆接一辆地行进，我就有些生气，心想，你这个羊羔儿，平时开玩笑，拿我当小辈耍弄，倒也情有可原，这会儿是正事，她却还是自以为是，不把我放在眼里。我也不理她了，就挥动旗子让这边的那辆车子通过。结果这辆车子一行动，其他的车子也跟上了，一辆接一辆地行进。那边的车子也没有停下，这样两边的车子就迎到了一起，结果造成了堵塞，最后费了好大劲才输导通了，影响施工一个多小时。要是单单影响施工也就罢了，而是两边的司机都怨声载道，有骂娘的，也有找到工头追查责任的，搞得杨工头很是狼狈，他把这次堵车当成一次事故追查。追查来追查去，结果追查到了我的头上：是我没有按交通规则办事，指挥不当造成的。结果宣布扣除了我三天的工钱，还按照李果然的建议停了我的职务，换了他来指挥车辆。好在，收了别人一盒烟的事情没有人知道，要是知道了，事情肯定没有这么简单。杨高儿也被罚扣了三天的工钱，二十一元。可她没有被停职调换岗位。

扣除了我的三天工钱倒也没有让我心疼，三天工钱是三七二十一块钱。可是轮换了岗位，不让我指挥车辆，这着实让我心疼。我问大龙怎么办？大龙起初有些幸灾乐祸，他批评我不珍惜大好机会，这个好机会其实是他给我提供的。他说我当了指挥车的小喽啰，就像做皇上的护卫，牛气得像保长一样。可是我们毕竟是一个村子的，从小一起玩大的，是要好的哥们。批评归批评，他还得照顾我的，就又为我宽心，让我吸取教训，往后做事再不能马虎，他给杨工头说说，分配到其他组做工。其实其他组的活儿虽然累点，但工钱多，每个工日是十元，比指挥车辆的七元多三块钱哩。出了门做工，不就是为了挣钱嘛！李小强也给我宽心，说他跟杨工头是远亲戚，他会建议杨工头给我分配好工作的。

出了这事情，杨高儿不但不感到内疚，反而怨我，说是我乱指挥害了她。我就不客气地说她："我连续给了三遍停车信号，你怎么一点反映都没有？眼睛让狗屎糊了？"

不料她却反唇相讥，愤愤地说："你连续三次给的都是什么信号？停车信号是红旗，你挥动的却是绿旗，是行车信号，到底是我的眼睛让狗屎糊了，还是你的心让狗屎糊了？"

"啊？"我听了有些糊涂，难道真的是我挥错了旗子？杨高儿说的可能是实情，要是我连续三次挥动停车信号，她说什么也不会无动于衷的。看来，真的是我挥错了信号旗？唉，为

了一盒破烟，害得我竟然思想走了神！

这停了职的滋味还真不好受。别人都热火朝天地在工地干活，我却百无聊赖在山坡上转悠。我取出那盒兰州烟，小心翼翼地拆开，抽出一支点燃，边吸边吐烟圈，心事重重地想这想那。心想回家，可我出门才不到一个月，也没有挣上钱，怎么回去呢？再说，大龙不回去，我一个回去向家人说什么呢？我胡思乱想地从山坡上下来，走进了食堂，李秀琴和尹水清两位阿姨也对我有些同情，她们说停上两天就会给我安排工作的，让我不要心急。实在没事做了，就给她们帮厨，她们建议工头给我发工钱。小阳阳也跑过来抱住我的腿，"哥哥，哥哥"地叫着。这时听到"哥哥"这个称呼，不是感觉亲切，而是感到别扭。心想，杨高儿才比我大几岁，你们能安顿他把她叫姑姑，却安顿他把我叫哥哥，当下就短了辈分。但这事情能怪小阳阳吗？我不好说什么，就蹲在地下帮着捡起菜来。

中午时分，有人陆续来到食堂打饭吃饭，李小强看到我，就挥手示意我过去，我放下手中的活儿走近了他，他小声说："我给老杨说了，让他给你安排活儿，最好帮我搞监工，我一个人忙不过来。他说你年龄小，搞监工容易感情用事，别人也不服气，他再看看，看有合适你的工作就让你做，你不要心急。"

我心里一阵感激，我真希望再回到了指挥车的行列，当然，学开车和搞监工也不错哩。我小心地掏出那盒兰州烟，抽出一支给了他，小强一看是兰州烟，就有些惊奇，问道："兰州？你小子牛啊。这是哪儿来的？"

我当然不能说出烟的来历，就顺口说："早上去那边的小卖部买的。"

这时李果然也来了，他还没有进门，秦腔声就先来了："我孙安素怀着报国意愿，秉忠心和赤胆保主的江山……"他一进门就挥动着我使用过的那两面红绿小旗子"哗啦、哗啦"抖动。看到他这样，一股无名火气就冲上我的头脑：哼，分明是你夺了我的饭碗。心中想，总有一天，我会报复你这老叫驴的。他看见我和小强在抽烟，就伸手向他的侄子小强要烟："来一支烟抽。"

小强抖了抖烟灰，指了指我，说："我没有烟了，是小彭的。"

李果然又把手伸向了我，说："来一支吧！"

我坚决地说："我也没有了。"

四　心中有一条路，路上长满杂草

停了两天职，第二天吃晚饭的时候，杨工头对我说："小彭，从明天起，你就带阳阳玩耍吧，算是你的工作吧。工钱跟指挥车一样，也是每天七元。带的好了还会再加的。反正孩子也要一个人看，我看他很依恋你呢，你就看他吧。"

看孩子虽然不比指挥车子来劲，但轻松，也自由，想带他到哪里就到那里玩，在时间上也相对集中，他妈妈的几顿饭做好了，我便可以把孩子交给她，不像指挥车那样时间不确定，有时候一天到晚得在工地上指挥十多个小时。别无选择，我就领了这个特殊的任务开始投入工作了。

天气开始暖和了，山上的狼毒花（我们那里叫狗菊花）一簇簇地长起来，有的结出红红的花苞，像火柴头一样，有的已经开花了，白艳艳的。我就带着小阳阳摘了狼毒花，编织成两个凉圈，当做帽子，戴在我和阳阳的头上。他如果玩腻了，我就把他架在我脖子上，带他到工地上玩，看修路的，看打沥青的。就是不到两边指挥车的地方去——其实我很想去，但是一边是我憎恶的李果然，另一边是杨高儿，我怕她又拿小阳阳和我开心。小阳阳嚷嚷着渴了、饿了、热了，我就带他回到灶房，一边帮厨，一边逗孩子玩。杨工头夫妇看我带阳阳很上心，不让他们操心，就对我格外地好起来。李秀琴总是会给我留下瘦肉或者鸡蛋和油饼等好吃的。

晚饭后收拾了锅台，阳阳便回到他们一家人另住的小屋里去了，我也就回到我的床铺上睡觉。其他干体力活的人劳累一天十多个小时，晚饭后抽上一支烟，便很快进入了梦乡，我的活儿轻，一时难以入睡，便头对头地与李小强拉闲话。每次说到学校的某个女同学或者他看到的某个漂亮女孩子，他就情绪激动。也许正当年华的他正值青春骚动期，说着说着就不安分了，说他的下身硬得难受，问我该怎么办？我没有这方面的经历，也只能笑笑。又过了几天，晚饭后，我想找李小强上山到树林里散心、抽烟，结果等了好大一阵工夫，还是找不见他，我只好上床睡觉。一觉睡醒了，身边还是空的，小强还是没有回来，我举手看了看电子手表，已经快凌晨两点了，他去哪里了啊？这里离县城有一段路，离山脚下的村庄也不太近，相对独立的。再说，他在这里也没有亲戚朋友啊。要说上山吧？平时都是我们与大龙三个人一起去的，无非是在一起抽抽烟，说说话，小强有时候也诌几句诗。大家一起打工，都住宿在一起，除了少数几个人不抽烟之外，大都抽烟，一盒烟拿出来，散一圈儿就所剩无几了，要是给谁散不到，谁就会不高兴，甚至耿耿于怀。李果然对我和大龙有成见，其实就是刚到一起时，在静宁县城吃饭后，我们没有给他散烟的缘故。大家都把钱看得重，抽出点钱买了烟，就避开大家，独自在某个角落享受。我们三个小青年便选择晚饭后去山坡上抽烟。这样三个人你给一支，我让一支，他敬一支，一边抽烟，一边海阔天空地海吹神谝，无拘无束，尽情地享受，谁也不吃亏。那么，今晚小强是不是买了好烟，独自一个人享受去了？又一想，不可能啊，他抽烟也不会一抽就是几个小时吧？再说，我有了好烟能请他抽，

绿地文学丛书

他有了好烟怎么能独自享受呢？他不是这样小心眼的人。我伸手捅了一下旁边的大龙，他已经睡着了，被我捅醒后有点不高兴，责问我做什么？我指了指李小强的床位，说小强怎么还没有回来？大龙不耐烦地丢了一句："可能嫖风去了。你睡你的，别管他了。"说着就翻身又睡去了。

"嫖风？"在这里他嫖谁呢？这里只有三位女性，一个是工头老婆，她带着孩子，丈夫也在身边，还是他堂姐，另一个是半老徐娘尹水清，他不会嫖她的。那个"羊羔儿"倒是年轻、漂亮，可人家是杨工头的堂妹妹，看上去还是个黄花闺女，她与尹水清住在一个屋里，他能嫖上吗？虽然平时看到他们俩也说说笑笑的，他也叫她"羊羔儿"，她也追打过他，但那是纯粹地玩耍，与那种实质性的男女接触不能画等号吧！要嫖她，那可不是一件轻而易举的事情。听说有些人长年在外，生理上需要了就到城里放松，有些人还会在附近村子里挂女人，年轻帅气的小强会不会也是这样呢？

想着各种各样的可能，我渐渐进入了梦乡。

天亮了，起床一看，小强睡在我的身边，呼呼地睡得很香，不知道他是什么时候回来到床上的？

吃早饭的时候我问小强，昨晚上去哪里了？他脸上露出了不自然的神色，咧嘴笑了笑，说他上山构思诗歌去了。他这一说，我想起了他有时候会一个人在某个地方独自踱步，口中念念有词，他高兴时，还会把构思的诗歌念给我和大龙听。我所以很喜欢他，甚至敬重他，其中最重要的一点，就是因为他会写诗。这次他半夜一个人上山，构思了什么诗歌呢？也许小强看出了我的质疑，为了证实自己的话属实，就主动吟诵起来：

我心中有一条路

这条路上通天堂

下通地狱

中通人间四面八方

这条路坎坷崎岖

路上杂草丛生

尘土飞扬

……

末了，他说他由修路联想到了人们心中的所思所想，便构思创作了这首诗，题目叫《心路》。

我把写诗看得很神圣，构思诗歌是需要安静，不需要人声嘈杂，小强这么一说，我便相信了。就说："小强哥，你以后也教我写诗吧！我也喜欢诗歌。"

小强看了我一眼，然后点了点头。

工地上的晚饭可是名副其实的晚饭，往往吃晚饭时就十点多了。由于工种不同，我在家带孩子，其他人大都在施工现场，所以减少了交流。对于别人倒也罢了，对于小强，我就有些想念。我尤其喜欢他吟诗对句的样子。可是这些天来，他吃完饭就"神秘失踪"，我就邀大龙一起上山走走。我们上了熟悉的东山坡，点燃了烟，蹲在树林边上，看着山下灯光闪烁的工路闲聊。我们的话题自然说到李小强的情况。我说："小强说他每个晚上上山构思写诗，今晚怎么不在山上？他究竟在哪里呢？"

大龙却说："嘿，你真傻。你当真以为他构思什么歪诗哩？这会儿他恐怕爬到人家肚子上构思哩！"

他这一说，我想起他说过他"嫖风"的话，就将信将疑，说："他爬谁的肚子呢？"

大龙没有说，反问我："你猜？"

我立马就想到了那个年轻漂亮的杨高儿，就说出了她。

大龙却说："要是她就好了，我还不为他惋惜哩。"

不是她是谁呢？剩下的两个都是老女人，其中一个还是工头老婆，也是他远房堂姐，他嫖谁呢？我的心理上是不太相信的。就说："我猜不着，大龙哥你说吧！我不会对人说的。"

大龙吸了一气烟，烟头在黑暗中使劲一亮。然后听到他说："工头老婆他又不敢，还会有谁呢？这几天工地上的人都吵红了，你还啥都不知道？"

是尹水清？那怎么会呢？一个是年轻帅气、有文化会写诗的棒小伙，另一个是大字不识一笸箩的半老徐娘，两个人年龄上相差十多岁，身体和品相上也相差很大，他们怎么会纠缠到一起呢？我还是摇了摇头，说了一声："不会吧？是人都乱说的吧！"

大龙说："我知道你跟他好。可是他却凡事瞒着你的。事情就是那个杨高儿说的，工头老婆也知道。我观察了好几天，就看出了问题，起初尹水清打饭时，总给小强挑很多肉，挑肉时眼神也不对劲，后来，小强就不到她跟前打饭了，而是到工头老婆李秀琴跟前打饭。神情很明显的。"

又说："这事情是无风不起浪，终究是纸里包不住火的。你等着看吧！"

要不是事情很快暴露，工地上掀起轩然大波，我真不会相信他们的事情是真的。

果然，就在我和大龙上山抽烟那个晚上，李小强一直没有回到集体宿舍。我凭据大龙说的，想象着他可能是"爬到人家肚子上构思哩"。可是年轻帅气、充满青春活力的他爬到一个皮肉松松垮垮的老女人身上，会是什么感觉呢？再说，尹水清是跟杨高儿住在一起的，她跟小强做事，那么杨高儿在哪里呢？脑子里乱七八糟地想这想那，终究还是睡着了。可是到了天亮，小强还是没有回来。接着吃早饭时便传来爆炸性消息：李小强不见了，杨高儿也不见了。有人说他们"私奔"了。

这天的早餐吃得没滋没味的，谁也不多说话，只是默默地吃着饭，吸溜吸溜地喝着粥。

杨工头的脸色很难看，铁青青、板森森的。一个是他的堂妹，一个是他妻子的娘家堂弟，尽管关系很远，但是一个"杨"字和一个"李"字分不开啊。作为工头和带队的他，脸上挂不住啊！

李果然叹息着，只是机械地说着"亏先人了，亏先人了"的话。

大龙给我使了眼色，悄声说："你看，事情不假吧！"

事情发生了，谁也没办法。杨工头脸上挂不住事小，当事人的安全和工程进度事大，施工不能受影响啊，工程要按照合同保质保量地按期完成啊。至于当事人的安全，一个大小伙跟一个大姑娘一对大活人，他们只是两情相约，一时冲动，要远离这环境，到另外的地方享受人生快乐，相信并不会有啥人身安全的，人家是两厢情愿，如今这事情多哩，人们见怪不怪。眼下最要紧的是调整人员，补充岗位。

这样一来，大龙就受到了重用。他被调整到监工组顶替李小强监工。杨高儿指挥车的任务一时找不到合适人选，大龙就建议让我重返岗位。这个建议杨工头也觉得可行，就这么定了。至于带孩子的事，暂时交由李秀琴。

我又拿起了杨高儿扔下的两面红绿旗子，心事重重地走向工作岗位。我作为一个少年娃，心情原本应该是开朗的，单纯的，

不像成年人那样心眼多，想法多，可是我却喜欢想心事。重新拿起了指挥旗，开始行使职权的好胜心理又窜上了心头，这是我所欣慰的。可是工地上一下子不见了两个活森森的人，而且这两个人都在自己心里有很深的印象。杨高儿虽然老喜欢开玩笑拿自己开涮，但她毕竟是年轻漂亮女性，是刺蓬中间生长的一朵鲜花。自己曾经给工头老婆李秀琴说过，要让小阳阳改口，把自己叫叔叔，因为在工地上我虽然年龄最小，可是家中我的父母也是五十多岁的人了，比杨工头夫妇年龄还大哩。李秀琴也同意，让我自己给小阳阳纠正。其实我已经纠正得差不多了，小阳阳有时也叫我叔叔了。我这样要求，并不是单纯的考虑辈分尊卑，而是通过争取辈分来表达心中暗藏的另一种情愫。我也是十五岁的大少年了，心中也会萌发一种男子汉的冲动来，好花人人采，好女人人爱，对于杨高儿，别人喜欢，我也喜欢。可如今她走了，再也看不到她了。对于小强哥，他是我们这帮打工族当中的"白马王子"，他帅气、开朗、新潮，有文化，爱清洁，待人也热情，他是一个十分优秀的小伙，要不是家境贫寒，替父母分忧，来养活两个残疾的哥哥，他不会加入到我们这个劳动群体行列中来的。得知他会写诗，而且愿意教我的时候，我就升华了对他的感情，更加敬重他，有种学生敬仰师父的感觉。可是，得知他与尹水清有那种事后，我心中曾经有过酸楚的感觉，有种"鲜花插在牛粪上"的惋惜；他与杨高儿双双私奔，我的心情复杂极了，既解脱了"鲜花"与"牛粪"的困惑，又有种老汉吃醋的酸意。他如今也是不辞而别，在看不见他帅气活泼的身影时，还是有点怅惘若失的感觉。

　　每次想到小强哥，我便很纳闷。大龙说是他与尹水清有男女关系，可是他又怎么跟杨高儿私奔了呢？这期间先后到底发生了什么事？这个感情转移是如何进行而完成的？

慢慢地，我从其他人口中得知了事情的原委曲折，听了让人瞠目结舌，不能相信。后来再次遇见小强哥，再后来收到了他写给我的信，才得知事情是真实的，李小强在那个名叫东山坡的偏僻工地附近，曾经做过轰轰烈烈、淋漓尽致的青春发挥。那样的青春发挥，有人羡慕，有人不齿，有人理解，有人无奈。而我呢？兼而有之。

他作为我羡慕和敬重的朋友，在构思这部作品时，不应该披露人家的底细，可是朋友的所作所为，对我后来的行为有着很大影响，对于诠释某种社会现象有着相当的穿透力，因此我便决定隐去他们的真实姓名，将事情公之于众。

五　李小强和杨高儿私奔到哪里去了

　　李小强和杨高儿走了，工地上一下子似乎安静了许多。我拿着指挥旗又趾高气扬地站在工地上，行使职责。公路那头是李果然在指挥。想到他动不动欺负我们的情景，我就想使报复。上次建议工头停了我的职，由他取而代之，我就一直怀恨在心。如何报复呢？也想办法让他出点事故，也让杨工头扣他的工钱吧？就在挥动指挥旗的时候，我故意乱挥旗子，让他摸不着我要表达的意思，或者故意不放行他那边的车辆，让那边的司机骂他。果然，在我恶作剧式的操作下，迟迟压下他那边的车辆不发行车信号，结果那边的车积压得太久，就不干了，为首的一辆货车司机竟然不理会他在场，边骂着粗话，边开车闯了过来。后面的车子也等得不耐烦了，就紧跟着开了过来，结果又一次塞车了。大龙是监工，追查责任的结果，责任自然落在李果然身上。杨工头照例宣布扣了他三个工日的工钱二十一元。他的侄子小强不在了，他也短了精神，好像不是他侄子做了丢人现眼的事，而是他自己做下的。工头老婆李秀琴虽然把他叫叔叔，但那种街坊式的远房亲戚关系，根本不值得一提。他被我和大龙捉弄了，工钱被扣除了，他也就打了牙往肚子里咽，默默接受了这不公平的处罚。他一开始就瞧不起我这个未曾成年的小混混，现在要整天一起共事，时不时地受我捉弄，他就懒得干了。再说，指挥车每个工日才七元，而做其他活是十元，他觉得不划算，便要求调换了工种。他被调换到土工组，挖土方垫路基。这时正值关键时期，人手紧缺，一时抽不到其他人来配合我指挥车子，我就自告奋勇，要求一个人指挥两头。杨工头一看实在再抽不出人来，就点头同意，说是"先试试看"，如果不行，再想办法。我一个人拿了四面小旗子，用心地观察着来往车辆，用心地指挥它们。好在两头的距离不是很长，两边的车辆是能够看清的。一个人指挥，完全能干。不但如此，有时我还把阳阳带到工地上玩。按说施工地方是不允许带小孩子的，可是在这偏僻山区，没有人正经过问这事的，只要带工的杨志和不制止就行了。杨工头起初也批评我，叫我不要把孩子带到工地上，说工地上车来车往，有时还放炮炸山，很危险的。可是他说归说，我还是偷偷把阳阳带上工地玩耍。我知道，只要不放炮，是不会有多大危险的。有时候我的孩子童心会促使我大胆地做某些事情，我会带着好烟或者从灶上弄来的好吃的，瞅空钻进某个铲车或者压路机驾驶室里，要求司机大哥哥教我开车，在工地上混熟悉了，他们看我热情、可爱，也就乐意教我。我也有灵性，就学会了开车。大龙也过来帮我，给我出点子，不让工作中出任何差错。这样，其实我一个人做着三个人的活儿，杨工头自然高兴。

尹水清还在帮灶。杨高儿与李小强的私奔，对于她来说，其实是一种解脱。这样便可以掩盖她与李小强的关系。每天面对来灶上吃饭的人，她装作若无其事的样子，还是很热情地对待每一个人，也与高贵、王满喜、刘兴魁等几个年龄大的人开玩笑。不过，李果然却不与她说话。每当她与高贵等人打情骂俏时，李果然便轻声骂道："嫁汉婊子不是好怂。"

大龙也总是用粗话骂她："嫁汉婊子，白天装得人模狗样的，大锤子日捣惯了，晚夕没有人日捣她，她也不好受哩。"

关于尹水清跟李小强的事，李秀琴自然更憎恨。好多事情是她陆陆续续披露的。

尹水清装是装，白天倒也好过，但是到了晚上，她就难挨了。杨高儿走了，现在她一个人住宿。每当想到她搂抱着一个帅小伙在这里神魂颠倒地快活时，就有几分失落。人常说"老年吃嫩草"。她庆幸自己做了快活的老牛，品尝到了嫩草。小强那小伙可不是一般的嫩草，而是嫩得让人眼馋口馋的仙草。年轻时就好这一口的尹水清，偏偏就遇了一个体弱多病性无能的丈夫，她多时饥渴着。由于娘家离得近，平时在村里她也不敢找男人快活，一直压抑着，可是出了家门外出打工，她受到了外界的影响和启发，就一发不可收拾了。那活儿既受用，又能挣到钱，一举两得。她就干上了。这一上瘾，她就难以收敛。来到这个民工不多的修路工地，在食堂做饭的她，一天好菜好饭吃上，强壮了身体，也强壮了欲望，她不停地物色猎物。一开始并没有奢望得到鹤立鸡群的李小强，而是试探几个老壮年，高贵、刘兴魁、王满喜几个人都是很本分的人，玩笑他们也开，但要进入实质接触，他们就不干了。这帮人中，大都是一个村庄的，有的还沾亲带故，搞不好就会身败名裂。李果然呢？他也产生过意念，可一是他侄子小强在，还有个远房侄女李秀琴，担心会被侄子侄女发现的，二是他疼钱，那女人不会让白干的，她要快活与利益双收。听说他只给尹水清伸出了一个手掌，就是一次五块钱。尹水清就骂他啬皮，言说："五块钱你连猪都日不到。"

她究竟是如何勾引上李小强的，人们只是猜测，说是她用好吃的和金钱拉他下水的，不然，那么年轻帅气而且有文化品位的小伙，不会上一个老破鞋的肚子的。当然，这事的细枝末节谁也不知道，还是后来从小强的来信中和再次见面后，才了解到了事情的真相。

尹水清可真是老谋深算啊！

这事情过了一段时间，由于工程进入突击阶段，大家常常带夜施工，都累，就没有人再提起，倒是我时不时会想到小强：他如今在哪里，做什么呢？他与一个美女在一起整天快活，还能顾上写诗吗？还记得我吧？我们还能不能再见面？也许是心有灵犀吧？有一天，李小强突然出现在工地上，他是找他堂姐夫杨工头索要身份证的。他首先来到了职工食堂，找到了堂姐李秀琴，李秀琴打发人在工地上找来了来回奔波的杨志和。杨工头这人还可以，二话没说，就把小强一个人的身份证交给了本人，还结算了工钱，但是杨高儿的身份证和工钱却没有给李小强，说是他回家了交给她家人。小强来工地的消息还是杨工头告诉我的。我正在忙碌，杨工头走过来说："有人找你哩，把旗子给我，我替你指挥，你把阳阳带过去见见他吧？"

我问是谁找我，杨工头咧嘴苦笑了一下，说："你去了就知道了，他在食堂那边。"

我连忙带了阳阳跑过去一看，原来是小强。我愣了片刻，就连忙走过去握住了他的手，叫一声"小强哥"，就流泪了。

小强伸出两只手，分别摸着我和阳阳的头，小声说："小彭还好吧？我走了以后，别人倒不怎么记挂，就是有点想你和阳阳。"他说着从挎包里取出一支玩具枪给了阳阳，又取出了一条兰州烟往我手里塞。是那种天蓝色硬盒子的烟，一条大概五十块钱哩。他说他已经给了杨工头一条，这一条让我分给他叔叔、高贵和大龙几个人。其他人他就不见了，工地上人多，他懒得见。随后他笑着问道："我走后，人家都在骂我吧？"

我说："也没有咋骂。只是你们一走，人手紧张。我又调整到指挥车子。"

他说："其实有些事情兄弟你还小，还不懂得，以后你就知道了。可不要怪我啊？"

我说："我知道。"

我问他现在哪里，做什么工作，这回来有什么事？他说他跟杨高儿在兰州，混得还凑合，只是在一些单找工作，需要身份证，他和杨高儿的身份证都在杨工头手里，他是特意来取身份证的。他说杨工头还给他清算了工钱。

从他穿着时髦的情况和气色看，他的境况可能还不错。他给我留下了地址和电话，也要了我家的地址，说是保持联系。正在这时，尹水清从门里伸出半个身子，向我们这边招手，她小声说："饭做好了，小强吃点饭吧。哦，晨儿也来吃点吧？"她的神情坦然，好像他们之间什么事情也没有发生过。

小强回答说："天气不早了，我还得赶回去，饭就不吃了。"他低着头说话，显得有几分羞涩。末了他对我说："小彭，我们保持联系吧，如果到了兰州，就来找我，我还要给你教会写诗歌哩。"

他说完，伸出双手拥抱了我，双手在我后背上使劲拍了拍，又握了手，然后转身走了。

望着小强的背影，我再次流泪了！

三个月的工期满了，路也修成了，原来坑洼不平、尘土飞扬的路基，经过筑路大军的修整，现在变得整洁而宽阔，像一条青色的带子飘落在大山沟壑之间。

工钱结算了，大家都领到了属于自己的一份辛苦费。多的是近千元，少的也拿七、八百元钱。我呢，反而比他们都高，比大龙还高出了近一百元呢，是一千一百二十元。原因是，在后几个月中，杨工头给我开的是双份工钱，说我既上工地，又带孩子，还帮灶挑水、捡菜。表扬我"人小头脑灵活"。其实，这待遇跟杨工头的老婆李秀琴的耳边风有很大关系。几个月来，阳阳已经依恋得离不开我了，总是要我这个"晨儿叔叔"带他玩。我也与小阳阳建立了亲密感情，十分喜欢他，尽心地看待他。工头老婆说我年龄小，思想单纯，只是做活儿，不偷懒，没有闲话，不搞是非，工地上的民工要是都像我这样就省事多了。他们夫妇是想让我继续跟着他们干，要是再有下一个工程，他们还会通知我和大龙的。

第一次领到了自己挣的钱，我开心极了，就建议回家时在兰州玩两天，给家人买点东西，也看看小强和杨高儿，大龙也同意。我们带着简单的行李告别了杨工头一家和高贵他们。刚要走，阳阳却哭着要跟我走，杨工头夫妇一时哄不下他，就开着他们临时租的车子，把我们送到了火车站，又送上了去兰州的火车。

到了兰州火车站，一下子热闹起来，人来人往，熙熙攘攘的。大龙带我在火车站附近登记了一间招待所，每晚每床十元。我们住下放下东西后，就上街市逛。开始去天祝的时候，路过兰州，但那是由市郊绕道走的，也没有下车，只是在班车上向外看了看街市，那次感觉城市有些杂乱外，并没有什么值得看重的地方，这次是实实在在停下来逛街市和商店，第一次来到这里，并且衣袋里有了钱，心情与那一次就是不一样的。我们在街道的电话厅里按照小强留下的电话号码打了电话，接电话的是一个女人声音，她说他们那里没有有李小强和杨高儿这两个人，我们觉得没有办法联系，心中就有些失落。我们就找了一家不是很大的门面，购买了一些东西。我首先在商店为自己选了一套牛仔服，是灰色的，又买了一双白色旅游鞋。小强在工地时就是穿着这样的服装和鞋子的，显得帅气而有气派。大

龙说他不喜欢穿牛仔服，那衣服穿着紧巴巴的，不舒服。他喜欢穿西服和皮鞋，就买了一套西装和一双皮鞋。我又给父亲买了一瓶"陇南春"酒，给母亲和大嫂每人买了一双丝袜和一方头巾，给两个小妹妹买了糖果，又给每人买了一只小圆镜。

肚子饿了，但我们舍不得吃炒菜和更贵的面食，而是要了两碗牛肉拉面，每碗两块钱。出了面馆，觉得还没有吃饱，就又在三轮车上买了几个馒头，这东西还是实惠。

招待所里很热，还有蚊子，天气还没有黑，睡觉还早，我们就又到了火车站前面的广场转悠。广场上有叫卖地图的，有伸出手指暗示出售发票的，还有当托儿拉客住宿旅店的，也有打手势拉皮条的。我们边浏览边走，走到一个偏僻处，就有一排擦鞋族给旅客擦鞋。大龙说："我们也把这鞋收拾一下吧？擦亮了回家也体面。"

我一切都听他的，他说擦就擦吧？反正擦一双只有一块钱，不贵的。我俩就各自蹲在一个座位上，脱下旧皮鞋交给擦。脱鞋过程中，突然看到一张熟悉的面孔。我惊叫起来："杨高儿！"

几乎同时，大龙也发现了她。就站起来说："是你啊小杨，小强呢？"

杨高儿也被这突如其来的遇面搞得不知所措。她张了张口，但是什么也没有说，眼泪就流了下来。她接受不了众人诧异的目光，就搬了凳子，收拾了面前的帆布旧包离开了原地方。我和大龙就跟了过去。

杨高儿挪了一个地方，放好凳子坐下来，什么话也不说，只是一个劲儿地哭泣。

我和大龙面面相觑，不知道跟她说什么才好？

这时我才仔细观察了她。也许是她遮挡白天的太阳，或许也遮掩行人，她戴着一顶扇舌很大的帽子，有几绺头发从帽子中溜了下来，遮住了大半个脸，要是不仔细看，一下子还认不出她来哩。帽子下面罩着一张憔悴的脸面。她上身穿着一件粉红色体恤，两只胳膊上套着花布护袖，下身穿着一条青色长裤，腰里系了一块很脏的护裙，脚穿一双浅蓝色塑料凉鞋。穿着打扮倒也没有什么说的，只是那张原本漂亮的脸蛋，却显得蜡黄，看上去似乎有些粗糙。刚才她挪动位置时，也发现她的肚子隆起，行动有些吃力，这表明她怀孕了。

还是大龙比我老练，就说："小杨啊，事有事在，你有什么难处就说吧！我们在这里相遇，也算是有缘吧？"

我接着说："我们在一起也呆了几十天，也一起吃了不少饭。你还给我比大辈哩。你有啥事就说给我们吧！"

杨高儿用护袖擦了擦眼泪，说："没有什么，我是见到你们高兴啊。"

我问："那么小强哥呢？"

杨高儿："他在外面跑业务哩，一出门就好几天不回来。"

一个月前小强就来工地取走了他的身份证，说是找工作用，怎么她还在街头擦鞋呢？我提出了这个问题。

杨高儿哀叹一声说："他是找到了一份工作，说是当推销员，推销化妆品哩。你们不是外人，我也就不隐瞒你们了，说是推销化妆品，其实也带着推销药品哩。可是我啊，人家检查出我怀孕了，又没有身份证，就不要我。我只好一个人呆着。可是他有时候推销不出去产品，收入就少。说句不怕你们笑话的话，有时候连吃饭也没有钱，房租也没钱交。没钱了，他就对我发脾气。我，我就上街去做这活儿了。"

大龙又问道："你们的家人知道你们的情况吗？"

杨高儿说："我们的事一直瞒着家人，没有说。还是我堂姐夫杨工头给家里打电话说了。我有了身孕，就写信给我爸我

妈说了，我们也没有留下确切地址，也没有收到家人的信，不知道家人是什么态度。小强说等混出个人样了再抱着孩子带着彩礼回家认亲。可是越混越不行。你们说，我该咋办啊？"杨高儿说着说着又抽抽搭搭地哭泣了。末了，她喃喃地骂了一句："都是那个老婊子把人害成这个样子了……"

她所骂的"老婊子"，我们自然知道指的是谁。但究竟她是如何设圈套害她的，我们虽然从李秀琴口里也得知了一些情况，但详细情况还不是得而知。

杨高儿一边为我们用心地擦着鞋，一边诉说她的不幸遭遇。尽管她是带着羞涩的口吻，夹一句放一句地诉说，说到关键处总是打住或者绕到另一方面，但是我们还是从她的诉说中获取了表面背后的一些事情。这种事情不同于别的事情，人家不说透，我们也不好细问，在这样的情况下，我们只有表示同情罢了。

临走，大龙又安慰她几句。让他们好好相处，困难是会过去的。还半开玩笑说"什么时候小侄子满月了，告诉我们，我们来祝贺。"

她为我们用心擦了鞋，我们各自把二百元硬塞给了她。呵呵，擦一只鞋子一百元啊，擦一双鞋子相当于一个月的工钱。不过，帐不能这么算啊。

杨高儿感动得再次哭了，她说小强回来她一定让他写信感谢我们。

六　李小强"特别还账"令人酸楚

回到了家乡麦子湾，经过了亲人相逢的短暂喜悦后，便进入了孤独。这种孤独感来自于乡村生活的单调，也来自于亲情的冷漠，抑或原本就来自于我骨子里的桀骜不驯。

我在进村的那一刻，是做好了挨骂甚至挨打的准备。因为我是放着好端端的学不上，却在不属于独自闯荡的年龄偷偷弃学外出了，不但耽误了学业，而且让家人日夜牵肠挂肚。外出几个月了，给家人连一封信也没有写过，连一个电话也没有打过。家人能不生气？

为了不让我挨骂挨打，大龙带领我进了家门。

看到了我一身新潮打扮回来了，母亲愣了片刻，便走过来拍打着我的肩膀哭泣起来。尔后连连说了几声"晨儿长高了；我晨儿长结实了"的话，并没有责怪我的不辞而别。当时父亲不在家中，当他回来看到了我，从我手中接过了那瓶"陇南春"和三百块钱后，眉头皱了皱，说了声"这龟儿子……"就没有下文了。不知他是在赞许他的老疙瘩儿子能出外挣钱了，还是不屑于我这种行为？

大嫂的话多少让我有点欣慰，她接过我给她的丝袜和头巾后说："回来了就好，回来了比啥都强，还花钱买了这么多东西，兄弟真是有出息了。"末了又说："在外头受了不少苦吧？

再不要出去了，还是到学校念书吧？"

现在回想起来，那时候父亲若是狠狠教训甚至狠狠揍我一顿，说不定我心中还好受些。或者要是他坐下来，拉着我的手询问我在外面的情况，询问我这几百元钱是如何挣来的，中间夹杂着讲一些"书中自有黄金屋"和"劝君惜取少年时"之类的有关道理，也许我的下一步会是另外一种结果，也许就不会再次离家出走，进而浪迹社会了。

家人谁也没有指责我的行为。家人只是看到了我回到家里的人身外观，却忽视了我蠢蠢欲动的内心。这颗蠢蠢欲动的心正在十字路口徘徊着，正要迈向某一方向。家人要是拉一把，或者严厉阻止了走向歧途的路口，我后来的行动也许不至于偏离阳光大道，而滑向歧途，越走越远。

这时父亲当上了村支书，整天忙里忙外，不是开会，就是上县城找人办事，或者陪同乡上来的干部上门做计划生育动员工作。新官上任的父亲的力度还真不小，首先争取到了解决村上"两通"的问题，一是通电，二是通路。县上来的通电施工组在村里忙碌着，村上人自然清闲不了，大家在父亲的组织下，积极配合，男人们有的挖坑栽杆，有的拉线，有的修路，农活就留给了女人。大哥跟着通电施工队在村里忙活，三哥还在兴隆中学上学，二哥在我出走后不久也辍学外出了，他来信说是在内蒙阿盟一家公司做工。失了学的我，无所事事地感觉无聊，就跟上母亲和大嫂下地干活。由于几个月一直没有下雨，庄稼很不好，稀稀拉拉的，杂草充塞在庄稼行里。看到今年的庄稼又没情况了，母亲总是不住地叹息。下半年就要增添人口了，要娶二嫂进门，大嫂的孩子小侄（女）就要出生，而三哥面临毕业考学，庄稼是这个样子，全家人的生活可怎么着落？

我呢，人虽然在家里，在田野的庄稼地里拔草，给牲口铡草、垫圈、起圈，可是心却野了，一刻也没有落在家中。我会时不时想到在工地上指挥车辆行驶权力的惬意，会想起那个可爱的男孩子阳阳，想到食堂里香喷喷的饭菜和馒头、油饼。尤其想到晚上与小强、大龙一起在山上抽烟闲聊的情景。小强吟诵诗歌的样子也会勾起我的联想和回味，甚至连老李吼唱秦腔的样子也不觉得厌恶。想到李小强，就自然想到了他在工地上的所作所为，想到他"爬到别人肚子上构思"诗歌的事情，进而想到杨高儿在兰州火车站的一幕。稍有闲散，我就找大龙聊天，一起抽烟，以此来解闷。每当大龙在村人面前夸我人小头脑灵活，在外面会做事的时候，我心中便会涌上一股自信和惬意来。

　　有时候一个人的时候，我就偷偷地在厨房拿上碗，在我的高房上脱了衣服练习吸碗。这玩意儿是我在街道上学时偶然发现的，有个卖老鼠药的秦安老头，他为了吸引人卖他的药，就挺了肚子吸碗，他运了气后可以把碗牢牢地吸在肚子上，任凭你有多大的力气也拔不下来的。这玩意儿吸引了我，我每天到了吃饭休息的时候，便去观看，有时候还帮助他卖药。老头见我执着，就说收我做徒弟，给我教吸碗技术。我十分高兴，就跟上学了。吸碗技术主要是个运气问题，学会如何吸气、如何呼气，如何收气，达到一定程度便可以玩转，会越练越精的。本来在家时练习得差不多了，因为摔碎了两只碗，母亲就骂了我，再不让我用碗练习了。出门在工地上几个月，有时候吃完饭，也掂着碗想练习一下，可是又怕摔碎人家的碗丢人，就没有练习。现在我一个在房子里，如何练习，完全由着我。

　　小强终于来信了，是父亲到乡上开会从邮局带回来的。信

封是牛皮纸的，里面胀膨膨的，看来信纸不少。我连忙拿着信走上我的小高房子，一把撕开信封，抽出信纸。果然，信纸是厚厚的一叠，有八九页。首先映入眼帘的便是称呼：

小彭兄弟：

你好？家人都好吧？

在离开你和大龙的日子里，我才感觉到了孤独。原来这世界上除了金钱和欲望而外，还有一种亲情和友谊。在我离开家乡无奈走到打工大军行列的时候，喜欢诗歌的我遇到了你这位知音；在我处境最尴尬的时候，是你们给了我理解；在我最困难的时候，又是你们给予了同情和关照……

我读着信，心里说：那算什么关照啊！既然朋友一场，那点忙是应该帮的。现在想起来，帮的钱实在太少了啊。

信写得很潦草，有些字我不认识，有些字费好大劲才能顺着前面的意思揣摩出来。下面的内容紧紧吸引了我。

"小彭，你们一定在背地里朝（嘲）笑我吧？笑我不该那样的。其实，我也不想那样的。但我却鬼差神使地那样做了。这里不妨用一个'重操旧业'吧！"

接着写道：

"你们对我那么好，那么信任我，我就索性把前后情况都说给你吧？不过，有些事情只你一个人知道，不要说给大龙了。"

读了全部内容，我才明白小强所说的"重操旧业"是怎么一回事。原来，小强早已不是那个年轻帅气处男，而是过早地把童男身子抛给了邻居大嫂了。

事情的大致情况是这样的。

小强家境不好，父母亲虽然给了他一个健壮帅气的身体，可是没有给他创造出相当的物质来满足他，没有使他在村里，在学校受到应有的青睐。不知为什么，原本体魄健康的父母亲，却在生小强之前生出了一对残疾儿子，这两个小强的哥哥，一生下来并没有失明，和健康孩子一样活泼可爱。可是长到五、六岁便患上眼疾，渐渐地就失明了，两个都是如此。怀小强时，经人指点，小强母亲借了些钱，在医院妇产科生了，小强算是没有像两个哥哥那样重蹈覆辙。小强越长越可爱。父母自然视为掌上明珠，便把所有希望都寄托在这个可爱男孩身上，他们瞒着两个瞎眼孩子，千方百计让小强吃好的，穿好的。小强到了上学的年龄，大人就送他上学念书。可是，父母越来越老，两个哥哥越长越大，他们的眼睛虽然看不见，可食欲却有增无减。当时还是生产队大集体，一双老人一年辛辛苦苦劳动下来，挣的工分不够，年年超支。渐渐地，他们家成为全公社有名的超支户。家境越来越困难，可是小强与两个哥哥却像施了油渣的高粱一样疯长。随着小强升入初中，各项费用增大。一家人的生活就更艰难了。正是生活的艰难使小强过早地品尝到了贪婪食物所带来的满足。邻居有位大嫂，她的丈夫在外地当工人，每年过年才能回来一次，在这一年的时间里，就靠书信交流。可是不大识字的大嫂就顺手牵羊，抓了小强的差，请他念信，再写回信。这样一来二去，寂寞的大嫂便对帅气的小强有了意思，在一个星期天的下午，小强在大嫂强有力地牵引下献出了十六岁的童贞。小强自然也得到了回报，大嫂烙了油旋饼，还烧了荷包蛋款待他，临走时，大嫂又把一个白面锅盔和两个煮鸡蛋塞进了他的书包。这样，写信的事就越来越频繁，写信之后自然会有一番翻云覆雨。后来他与她的事让细心的母亲发觉了，母亲就高调提醒他："强子，以后不要再去你大嫂家写信了，村里人都说闲话哩……"母亲的提醒让他有了省悟，他也

意识到事情不能太黏糊，要是传到学校里，那可如何面对？想是这么想的，说闲话归说闲话，可是品尝到滋味的小强已经难以收心了，尤其到了饥饿难挨或者急需钱的时候，他就会想到了她。每当到了晚上一个睡觉的时候，想到与大嫂的快活，身体就有了反应。其实那位大嫂比他更渴望，她如今可是如狼似虎的年龄，丈夫常年不在的寂寞，促使她顾不了许多，她对他的勾引和挑逗就不可避免。不过经历了许多事情后的小强，心里一直充满矛盾，在与她做事的时候不像以前放得开，发挥得痛快，而是显得力不从心，有时会唉声叹气。大嫂得知他因学费或者生活困难而心情不好时，便会主动给他钱的，一开始是十块二十块地给他，后来就渐渐增加了，少则一百二百，多则三百五百，最多的一次给了他一千元。这钱大嫂说是借给他的。既然是借的，就得归还。不过大嫂要他归还的方式很特别，是用他的身体来顶账。如何顶账呢？除了帮她做家务活之外，就是满足她的欲望。小强说是做一天活抵二十块钱的账，每完成一次性交算是归还十块钱。为了尽快顶完账，小强不得不连续作战，最多时一晚上有过七次，抵消了七十块钱的账。

读到这里，我心中泛上一股酸楚来，小强当时与我现在的年龄差不多大，还没有成年，身体肯定也没有发育成熟，就用干活加付出那样的方式来拼命归还债务，真让人揪心地痛。可是小强不但不记恨位大嫂，反而感谢她：

"在我最困难的时候，是她接济了我，我没有因为没钱交学费和没钱买校服而遭受困惑，也得到了别人家孩子吃好饭，穿新衣和球鞋的享受。从某种意义上说，是她供给我读完了中学，初中和高中。"

"她原本不生养的，抱养了一个男孩子，她的丈夫早就带到单位念书去了。在身边没有丈夫和孩子的时候，她一个人也寂寞，我们也算是互惠互利，优势互补吧！"

他说他一直记着那位大嫂的情分。她姓秦，她丈夫也姓李。

不过小强说他后来也变得机灵了，也学会讲条件和砍价了，帮她干活太显眼，也累，还费时间，他就不干了。做那事顶账的事由开始的每次十块钱增加到二十块，到了高中快毕业时，增加到了五十块。

我觉得好笑，就在心中骂了一声："这家伙……"

就在他高中即将毕业时，那位大嫂转为城镇户口，被丈夫接到工作单位去了。她这一走，他思想常常走神，以致影响了高考，他以十八分之差，被隔到了大学校门之外。原本是要补习的，可是大嫂一走，经济上再没有人接济，父母亲身体每况愈下，老病缠身，两个哥哥需要人照顾，他只好放弃了补习的念头，选择了打工。

读到这里，少年的我对他涌上一丝深深地惋惜。

由这件往事，我联系到与尹水清的事，让人感到他和她的事情似乎就不可避免。他说从那以后，他就对中年女性有着本能的好感。

与尹水清的接触也是在一个下午。在工地上搞监工的他觉得口渴了，就到灶房找水喝。也许事情注定要发生，那时李秀琴到山下的村庄里买鸡去了，不在，杨高儿也在用心指挥车辆，我把阳阳带到东山坡上摘榆钱。食堂里就尹水清一个人。早就对他想入非非的她，在他喝水之时，就过来搂住他，抓摸他的下身。小强是过来人，他知道该怎么做，他们就进了储藏室。后来，当李秀琴不在的时候，这个储藏室就成了他们行欢的场所。

我突然想起，储藏室是储藏米面、调料、肉蛋和蔬菜的地

方，这两个家伙的污秽物是不是沾染到食品上了？我突然觉得一阵恶心。

小强说，其实他们都不满意在那潮气味很浓、堆放杂物难以下脚的储藏室做事，有时候夜晚，他们会去山坡上的树林里打野。一天晚饭后，杨高儿还在工地上加班，她就把他叫到了她们的宿舍。不料，正在起劲，被突然回来的杨高儿堵了个正着。

小强说，其实真正喜欢他的是杨高儿。所以她一直观察他的动向，在暗中追踪他。他与尹水清的事，自以为做得密，其实人们早就觉察了。最敏感的人当然是杨高儿。

"杨高儿一看我不在工地，就赶到宿舍。结果门是反锁的。她没有叫开门，而在外面守株待兔。当我开门出来后看到她怒目而视时，顾不了许多，就跑回到咱们的住处。那时候你们都在呼呼大睡哩。"

我在心中又骂了一句："这家伙，真的爬在别人肚子上构思哩，我们还被蒙在鼓里呢。"

小强之所以与杨高儿私奔，这个戏剧性的变化其实还是尹水清导演的。

事情暴露给杨高儿后，他们就有些收敛，有好几天再没有接触。小强说他提心吊胆地观察着动静，他侥幸地想，一个黄花闺女，不会将他们的事说给别人的，她说不出口的。

"过了几天，我觉得一切正常，没有人注意时，就又走到了一起。我们改变了接触时间，由晚上改为凌晨。一次凌晨在树林里做完事后，我提出了被杨高儿发现担心她会说给别人的事，尹水清却说，我会堵塞她的口的，你放心。她说得很轻松，胸有成竹的样子。我说用什么办法堵塞她的口？她说她有办法，只是让我大胆配合就是了。果然，在一次晚饭后，我往锅台上放碗的时候，尹水清趁人不注意，给我做了一个两个手指头相套的手势，随即又把手指向她们的宿舍方向。这是我们约好的接触暗号，她的动作很快，只有我心领神会。我约谋着大家睡熟了，就假装解手溜出了帐篷。"

小强用了"色胆包天"这个词。他说他推开了虚掩的门，一闪身进了她们的宿舍。

"我进了门，屋里黑灯瞎火的，什么也看不见。我伸手摸了摸床上，被筒是空的，定睛仔细一看，不见了尹水清，只是杨高儿一个人睡着，她穿着半袖衫，只用被子盖了下半身，而把上半身露在外面。也许是她意识到是尹水清进屋了，也许是她在等我，就没有理会，翻了一个身又继续睡觉。原先尹水清让我也把杨高儿弄了，这就堵住了她的口。说真的，我也想弄她，可是怎么弄呢？总不能强奸么？她要是不愿意喊叫人怎么办？尹水清打过保票，说是她能保证她愿意的。我心里七上八下地揣谋着，该退出房门呢，还是进一步试探呢？正在这时，杨高儿却发话了：'上来吧，既然来了还装得人模狗样的'。"

接下来的事情就是那样了。也许是一时慌乱吧？小强说是他很快就完事了，并没有品尝到妙龄少女的那种特有滋味。正在这时，尹水清用钥匙开了门进来了。

一个妙龄少女要迈出第一步，那是一件很大很重要的事情，无论她如何喜欢对方，她都不会轻易开启防线的，尤其在这样环境嘈杂的劳动工地上，在她得知心上人与别的女人已经有了实质性接触后，她会产生排斥心理的，会小心加小心，矜持加矜持的，怎么能如此轻狂地就躺在他的身体下呢？

小强说："我真服了那个老狐狸。我这个高中生算是栽在一个老文盲手里了！"

　　小强所说的"栽到手里"是指尹水清做了手脚，那天她在晚饭中给他和杨高儿下了"伟哥"。

　　这也就是杨高儿所说的："都是那个老婊子把人害到这一步了。"

　　尹水清处心积虑导演了这出双簧戏，旨在彻底堵塞杨高儿的嘴，使她没有口说他和她的事。后来她干脆借此机会一方面鼓动小强带着杨高儿私奔，另一方面鼓动杨高儿死心塌地地委身这个帅气又有文化的小伙。其实，她是在转移人们的视线，以此来掩盖她跟他的事。

　　尹水清是个讲现实的女人。就在小强与杨高儿匆匆完事之后，她也没有放过他，而是又挑逗他跟她放纵了一番。被"伟哥"膨胀了神经的小强，肆无忌惮地横冲直撞，同样被冲昏了头脑的杨高儿，头脑麻木地目睹了心爱的人和一个泼妇在她们的床上摔跤式地一番折腾。

　　我想，令我敬重的小强怎么会像畜生一样，不顾廉耻呢？那个什么的"伟哥"真的会使人神魂颠倒吗？

　　其实，杨高儿在清醒之后也十分后悔，她再也不想那样了，也不允许自己心爱的人与一个老泼妇厮混。尹水清鼓动她跟上李小强私奔，正中她的下怀。

　　李小强呢，自然也愿意顺手牵羊。从字里行间也看到小强有些庆幸。他流露，要不是尹水清处心积虑地设圈套，美女杨高儿可能不会很快轻而易举地成为他的"菜"。

　　我对他这个带了引号的"菜"字感到有些刺眼。心里埋怨道：你他妈的都把人家的黄花闺女搞成那个样子了，都种下子儿了，即将当爹了，还那么说话？一个高中生，怎么能用这个字眼儿？单是这个词，小强在我心目中的形象便矮了半截。

七 生活像一条小河

在家里待了一段时间，虽然每天可以一个人练习吸碗，也可以品味小强的信，但还是觉得心慌意乱的。好不容易等到把麦子收上场，我就外出了。这次外出不是偷偷走的，是二哥来信叫我去的。二哥原本在将台中学补习，由于那时家里实在困难，我们三个（还有三哥）大小伙子加上两个妹妹，要吃要穿，还要往学校带干粮带面和学费。半年糠菜半年粮的家境，自然供养不起。还有，那个阶段经过了"89学潮"，正是学校教育转型期，学生受社会的影响，思想极不稳定，人在学校心却不在课堂，有弃学走向社会思想的学生不在少数。就在我外出不久，二哥也与班里的几个同学相约，跟上包工头离家出走了。他在内蒙占一个叫阿盟的地方打工，活儿还是修路。由于工地上缺少劳力，二哥从家里写给他的信中得知我在家中不安分，也得知我在外面闯荡时学会了开车，就叫我也到工地上来，那里正好需要人开车。

我按照信上写的地址，在阿盟找到了二哥。这是一个很有特点的地方，城市建在一片很开阔的沙漠和草原交接处，一条小河从沙漠和草原穿过，也从城市边缘穿过。巍巍贺兰山依稀可见，平时被笼罩在灰蒙蒙的雾霭之中，要是天气大晴，便会看到高山上的松树和羚羊、麋鹿之类的动物。

在二哥的主张下，我们贷款买了一辆小型客货车，在工地上拉货。我得到了自己喜爱的职业，开上客货两用车子，如同出笼的鸟儿，奔波在筑路工地与城市之间，运料拉货，进城采购东西，也给职工灶上买菜和肉食。工地上人手实在紧张了，我就开着翻斗车运土拉沙，这比我在天祝时更活便，更有灵活支配的空间。因为年轻，生活有保障，馒头肉菜尽着吃，也因为有了用武之地，便不觉得困乏，一天到晚，多时工作十多个小时。至于工钱的多少，我都懒得理会，有二哥操心。单是这份心情就很让人满足。其实，心情好还有另一个原因，那就是一起做工的还有几位年轻的女性。这里是汉族、回族和蒙古族杂居的地方，工地上也有几个蒙古族姑娘和大嫂。也许我活泼，头脑灵活，也乐意帮她们做事，她们尽管都比我年龄大，但还是喜欢与我交往，其中云屏和托菲娅与我最能谈得来。

云屏长得憨憨的，面容白净细腻，性格开朗活泼，像个瓷娃娃。她是家中的独生女，父母亲都是牧医，父亲整天出诊，带着医包骑着马奔波在草原上，母亲则留在家里坐诊，为上门的患者看病。这世事真会开玩笑，父母都是医生，漂亮的独生女儿却患有一种癫痫病，动不动就犯病。这样的情况，读书自然不理想，有几次在课堂上犯病了，学校怕担责任，就找了借口让她退学了。退学在家的云屏有时也帮父母打理药铺，但天性外向的她却不喜欢孤独单调的只有三口之家的环境氛围，就说要到外面闯荡一番。我们工地上的建筑老板老赵常到云屏家药铺看病取药，一来二去，与云屏的父母很熟悉，就想要云屏到工地上搞出勤统计。作为医生的云屏父母，也懂得女儿这种病不能让她太孤独，而要使她心情好，让她在人多的环境中摔打，有利于她的身心健康，就允许了。

其实，云屏的病情并不可怕，不会轻易犯病的，不犯病时与健康人一样正常，有说有笑，工作起来一丝不苟。她天性活泼，并不安分坐办公室或者拿着本本在工地上走一圈儿了事，而是喜欢到人多的地方瞅热闹，也喜欢跟着我的车子拉货运料，更喜欢进城转悠。她对我产生好感（确切地说，是我们互相产生好感），是在一次进城的途中，从工地到县城，不算太远，二十公里的样子，但是要经过一段开阔的草原。在山里长大的我，开车奔驰在大草原上，就感到心旷神怡，激情奔放。何况车上还坐着两位美女（还有一个是托菲娅），我就情不自禁地唱起"花儿"来了：

白杨树儿谁栽哩？

叶叶儿，咋这么嫩哩？

娘老子把你咋生哩？

模样儿，咋这么俊哩？

这一唱，起到了抛砖引玉的作用，云屏说："阿飞还会唱山歌？我也喜欢山歌哩。"

我来到工地时，就改了名字，叫彭飞，小名"晨儿"再不要人叫了。这里除了二哥外，其他人都叫我"阿飞"。这个称呼，当地人与外地人的用意不同，外地人特别是南方人，多是在名字前面缀一个"阿"字，以表示亲切，是一种爱称，可是在北方，特别是我们那里，意思就完全变了，"阿飞"常与"流氓"连在一起，称"流氓阿飞"。云屏这样称呼我，是她按着别人的口气叫的，我自然看成一种亲近，而且觉得不是一般的亲近。

我一边开着车，眼睛注视着前方，一边顺着云屏的话说："那好啊，你也唱一首吧？山歌本身就是少数民族唱的，云屏姐一定唱得好呢，你看人家德德玛，唱得多好啊！"

云屏说："我哪能跟人家草原皇后相比啊？我听了你的歌，就想唱唱嘛。"她说着唱了起来：

高高山上的红日头，

晒得莲花抬不了头；

若要莲花抬了头，

一朵花儿遮日头。

云屏的嗓子真好，高亢而清脆，神情也自然，看来她是唱惯了的。我就请她再唱一首，云屏也不客气，就又唱了：

黑鹰儿恋着山，

骏马儿恋草原；

草原姑娘的那个心哟，

恋着心中的阿凡！

唱完了，她怕我听不懂，就问道："阿飞，你知道阿凡是什么意思吗？"

我说我不知道。

她就说："以后你就知道了。"说着又开始唱了：

白蛇恋许仙，

吕布戏貂蝉；

尕妹妹的心哟，

装着憨憨的阿凡！

我说："你总是阿凡阿凡的，阿凡是你的心上人吧？他现在哪里啊？"

云屏听了就笑了，呵呵呵地笑个不停。

托菲娅就说："阿凡不是具体指那个人，是指一个人心中追求的那个恋人。"

我顺口问："那么云屏姐心中的那个阿凡是谁呢？"

云屏说："你猜？"

我说："你心中的人，我怎么能猜得到？你说吧！"

云屏叹了一口气说："唉，也许，也许远在天边吧！"

一直闭着眼睛听歌没有说话的阿健硬硬地抛了一句："谁晓得他是谁呢？反正不是你，也不是我。"

别看我当时年龄小，其实我已经经过了好多事情，也看过许多闲书，对于她的这句话，我还是能领悟到某些意思的，与"远在天边"相延伸的词就是"近在眼前"。眼前有谁呢？车上的男人就我和阿健两个人。可是阿健已经结婚了，都三十多岁了。我呢？才将近十六岁，还没有成年哩，她不会指我的。我想可能是乱唱哩，并没有表达什么特有意思，就也扯着嗓子唱起来：

天上的白云如马儿跑，

阿哥的肉哟，地上的阿哥哥醉了；

想起尕妹妹对我的好，

阿哥的肉哟，就想跟你睡了……

这一唱，车上的两女一男三个人立即笑得前躬后仰。

阿健骂道："球大的个人，心还野得很。有人跟你睡，你能行吗？"

在工地上，大家都熟悉了，开玩笑骂粗话是家常便饭，对于女性也不例外，谁也不会计较的。阿健是陕西人，说话总会带着粗话，开口闭口不离一个"球"字。

听了大哥哥阿健的话，我笑着说："呵呵，别看我年龄不大，家伙却不小。谁要是不相信，试试就知道。"

两位女性听了，边笑边用手指掐我。说我真坏，坏到家了。

阿健严厉地制止，他说："玩笑归玩笑，可别动手了，小心把他逗燥了，把车开到阴沟里去了。"

从那以后，我与两位大姐的接触就多了起来。

托菲娅不在工地上，她姥爷家开的超市离工地不远，她多时帮助照看店铺，我常常到超市买东西，一来二去就认识了。这次她要乘我的车顺便进城调点货，不想在途中通过唱花儿和开玩笑，再通过我帮她搬运货物，替她跑东跑西，便有了进一步的接触。她似乎也对我产生了好感。在今后的日子里，我总喜欢往她的店铺里跑，哪怕是买一包烟、一瓶水或者一颗口香糖，都要专门去一趟。

云屏呢？她有事没事总是主动找我。她喜欢那条小河，总是相邀我到离工地不远的小河边走动。小河接近工地时，由于人们抛下的杂物充塞，脏乱而混浊，到了镇子里，纯粹就成了污水坑，腥臭难闻，因此，我们都喜欢走很远的路，到小河上游去走动。上游的河水不大，河水清清的，像一条小溪，河床上是各色的小石头，多是圆圆的，也有其他形状。我们就蹲在小河边，一边捡石子玩，一边天南地北地谈论着话题。

我和两位蒙古族大姐的情况自然引起了大家的注意。有一天吃饭时阿健哥把我拉到僻静处，对我说："阿飞，你小子球大的个人，一下子就谈了两个？咱说个丑话吧？这种事牵扯人多了就出问题，女人都爱吃醋，要是吃起醋来打闹起来，可是臊毛哩，你二哥也在工地上，他的脸上也是不好看的。依我说，你挑上一个，把另一个让给我吧！"

我听了心中便有了气，就说："人家跟我处朋友哩，又不是找对象？人家多大了，我才多大？能处对象吗？你都有老婆孩子的人了，还给人家女孩子打主意啊？小心我给嫂子说了着。"

阿健听了，拍打着我的肩膀说："阿飞是你误会了，我没有那个心思。我是想给我兄弟找一个对象，他都快三十了，还没有对象，我父母都急成病了。"

我还是有些不高兴，就说："那你自己问人家去。她们谁愿意谁不愿意，那是人家的事，与我无关。"

我说是这么说，心里头还是酸酸的。

我并没有理会阿健的话，还是与云屏和托菲娅密切来往。有一天傍晚，云屏来找我，说是她阿爸早上去城里调药还没回来，请我帮忙开车子接应一下，我信以为真，就把活儿给一个同事安顿了，开着车子带着她一起走向她指定的路线。可是到了一个岔路口，她却要我把车子拐进岔路口。我就拐进了。车子行进着，云屏给我打开了一瓶露露，递给我，说："你开慢点，喝了再走吧？"

我接了过来，边开车边喝。

云屏说："那天你唱的什么花儿，好听哩，你再唱一遍吧！我想再听听。"

我扭头看了她一眼，觉得她神情有些不自然，就说："那天人多，大家一路上沉闷，心一热就唱了，献丑了，你才唱得好呢。"

云屏说："嗯，你唱得好呢。特别是那一首。"

我问："哪一首？"

"就是嗯就是……你说想跟谁睡觉的那一首……"她吞吞吐吐地说着，就小声吟唱起来：

　　天上的白云如马儿跑，

　　阿哥的肉哟，地上的阿哥哥醉了……

我连忙说："哪里哪里？那天人多，气氛好，是胡诌哩。在你们面前再不敢唱了。"

她说："我倒希望你今天放开嗓子唱哩……"

也许是她看我漫不经心的样子，就再也没有说话，而是继续吟唱着那首花儿的调子。

行进到偏僻处，她要我停车。

我不知道她要做什么，就停了。

刚一停车，她就搂住我吻我的脸庞和嘴唇。

我被这突如其来的举动搞懵了。原来她今天约我，是要做这事的。

我立马想到了李小强经过的事。心中就涌上一股燥热。就也搂住了她。

正在这时，却听见一阵摩托车的响声朝着这边来了，就连忙推开了她。

摩托车开到我的货车旁边停下了。我一看，是托菲娅骑摩托车来了。

她喘着粗气说："有急事，赵老板到处找你哩。你上哪里去？"

我问有什么急事？

她说："我也不知道，反正不是一般的事，他都到超市找了好几遍。"

我看了一眼云屏，说："看来不能帮你了。"

又不得不调转车头往回返。

我在前面开着车子，托菲娅就骑车跟在后面。

坐在副驾驶座位上的云屏，涨着脸一言不发。

回去后，我找到工头老赵，他还在托菲娅的超市里等待。

我问他有什么事，他说三缺一，让我顶人数玩几把麻将。

后来我才知道，赵老板并不喜欢玩麻将，这次是托菲娅专意安排的。

二哥也知道了我跟两个女青年的事。就有意监视我。有一天晚饭后，他把我叫到车上，对我晓以利害。

他说我年龄还小，还不到谈对象的时候。再说了，少数民族的女孩子，不可能跟一个比她们年龄小的愣小子去穷山沟里过日子。

他把事情看得很严重，他说："要是让人家家长知道了，纠结村里的一帮人，轻则打断你的腿，重则有性命之忧。挣上挣不上钱事小，有个一差二错，我这当哥的可咋样向父母交代呢？"

他还提醒我：云屏有羊角疯病，要是她犯病了，有了麻烦如何处置？

那时我年龄小，听了二哥的话，就有些胆怯。在今后的接触中就有意避开她们。

封冻前，路修成了。我和二哥领了工钱，就收拾回家。人工一个工日是十五块钱，车子一个工日是一百块，三个多月下来，扣除了借款，我们哥俩领到了一万两千多元。这些钱一部分归还贷款和利息，剩下的钱要填补二哥结婚的费用，我们都舍不得花。

一想到这一离开云屏和托菲娅，可能这辈子就再也难以见面了，我心里便有些难受，想要见见她们，可是见哪个呢？如何见呢？两个一起见，肯定不好，也不行。只见其中的一个，不见另一个，良心上过不去。在二哥和其他人的一再催促下，

我还是硬下心肠决定谁也不见。

就在我们收拾好行李，准备离开时，云屏骑着自行车来了，她埋怨说："也不告知一下。"说着从车子后架上取下一个包，又说："这里面是一些吃的东西，你们带在路上吃。有机会了来转转。时间长了打打电话。"

我不知道说什么好，呆呆地望着她。二哥接过提包，说："真让你费心了。我们会时常联系的。"又说："你的病情刚好转了，以后还得多加小心。"

在二哥的示意下，我握住了她的手，她的手热得发烫，她的眼睛里饱含着眼水，稍有动作，泪水便会流下来的。我低声说了声"保重"，就放开了她的手。转身上了车，向她招手再见。她也挥手告别，眼泪已经流了下来。

车子启动了，我的心里倏然涌上了一股热流，酸酸的。这时，我从反光镜里看见阿健在向二哥使眼色。二哥摇了摇头。不知道他们两位过来人是否理解此时此刻我的心情？

八 在二哥的婚宴上，我亮了一招

阿盟离我们的家乡路途不近，大约四百多公里，要经过银川的。我们的车子没有挂牌照，担心被扣留，就选择了晚上行路。当我们感觉饿了渴了，从云屏给的提包里寻找食物和水吃喝的时候，发现提包里除了饼干、面包、香肠、榨菜和饮料、矿泉水之外，还有一套衣服和一双皮鞋。它们都是用塑料袋子包着的。这显然是给我买的。看到这些，我的心里一阵一阵地激动着，由激动便牵动思绪，就有些埋怨二哥：人家本来很好很纯洁的女孩子，你们却无端怀疑人家，害得我心绪不宁。反正我是男孩子，无论发生什么事，我也不会吃亏。你们何必杞人忧天，把事情想得那么复杂呢？

由云屏想到了托菲娅，她怎么没有来送行呢？是不知道我们要走，还是知道了不来送行？还是没有来得及送行？要是知道了不理我，是不是因为云屏的事？女人容易吃醋，她是不是这个原因呢？

回到家里的第三天，我收到了她的包裹和信后，这个问题才有了明确的答案。她的包裹邮寄的也是一套衣服，是球衣球裤和一双回力运动鞋，还有一只傻瓜相机。在我从邮局取来迫不及待试穿球鞋时，发现鞋框里有一封信。我连忙绽开一看，"阿飞"两个字十分醒目地映入眼帘。

阿飞：

到家了吧？我估计你们到家了，我的邮件也就到了，我是在你们走之前几天邮寄的。我没有在临别时来送行，是不想感受别离的痛苦和别人的白眼。也不愿意看到那个疯女子的做作神情。我选择了这种方式。

我现在还不能对你表白什么，只是觉得有点喜欢你。也许是我们这里太偏僻，男人太少的缘故吧？也许是别的小伙子太拉牵、太俗气或者太狂傲的缘故吧？年轻、开朗、热情、诚实的你才给我留下了好感。我家的情况你也知道，缺少男丁的我们，需要一个有能耐的人操办生意、支持（撑）门面，通过观察，我觉得你阿飞行的。我姥爷也对你比较认可，可我不知道你为什么总是回避这个问题？是考虑民族不同吗？是嫌我们这里地域偏僻吗？是嫌我比你大一岁吗？还是你心中已经有人了？按照你的年龄，你是不会那么早就谈了女朋友的。是云屏吧？我想也不是。她比我还大一岁，而且她还有个疯病。她没有优势跟我竞争……

看到这里，我心中就有些想法。大家才相处，觉得一起谈得来，并没有正式谈婚论嫁，怎么就想得那么多？她把她称为"疯女子"，说她有"疯病"，说明她们之间已经相互排斥对方了。

世间的事情就是这样的，好事太集中了有时反而会连一件也得不到。用我们这里的俗话说，是"花里头捡花，捡个眼花"，挑来捡去，就"一头挑担了，一头抹担了"。两个女孩子都对我如此上心，这反而会使我对她们加以比较。云屏漂亮、热情、开朗，但是年龄稍大，而且还有病，而托菲娅年轻、健康、内向，却城府深、有心计。两个人的家庭条件都差不离二。从年龄、健康方面当属托菲娅，但从人品方面却又倾向云屏。这也许是我终究没有选择她们的一个原因吧！

有时候我也会异想天开地想象某些事情。我的二哥当时二十二岁，是高中生，长得也是有模有样，做事稳妥，处事低调，要不是家境贫困，他也会在某所大学里就读，也有女孩子与他牵手，徜徉在周末的花前月下，不会到这工地上把东山的日头背到西山的。在劳动工地上，他也并不逊色于每一个男人，两位女孩子为什么就没有向他抛出红线呢？也许是她们暗中也向他传递信息了，只不过即将结婚的二哥不想再移情别恋，婉言谢绝了吧？或许一脸严肃不苟言笑的他并没有给她们留下好感吧？抑或如他所说的，担心被人家家人发现，"打断他的腿"？二哥不说，我们也不得而知。

婚姻这东西讲缘分，也讲造化，也许我和二哥原本就与她们没有婚缘，我原本就没有坐享其成的命，而是一个注定要在社会上摔打的人。

二哥的婚礼还算是隆重，父亲选择了腊月八迎娶新娘。二嫂是小岔沟的秀凤。

那天来的亲戚客人很多。父亲做了几十年木匠活，认识的人多，现在又当了村干部，全乡镇的村干部和乡镇干部也都来了，将台堡街道一些机关单位也来人了，这在我们这个偏僻贫困的村子还是第一次。家中之所以千方百计把二哥的婚礼办得体面些，除了父亲当了村干部有点要显摆的意思外，还有一个很重要的原因。大伯一生没有孩子，他在世时，说好的二哥是过继给他顶门立户的。如今大伯人去入土，作为他儿子的这婚礼自然要尽量办得像个样子。

家里杀了一头大肥猪，是母亲一年来辛辛苦苦喂大的。大哥又在街市上割了几十斤牛肉，买了鸡蛋、鸡和鱼，父亲又在邻村回民马大叔家买了两只羊，尽量做到"吉（鸡）庆有余（鱼）"。邻村附近回民多，他们大都与我们一家人关系好，他们一定是要来恭贺的，所以又在家门前的大场里泥了新的锅灶，请了回民厨师，专备了清真席。汉民则在家里的锅灶上做汉席。在街上调了几件啤酒，几件白酒，又打了一坛子散酒。用父亲的话来说，"穷一年不穷一日"，面子上的事不能马虎，事情办完哪怕再借再贷，今天的婚礼无论如何也要办得体面一些。

天还没有大亮，母亲和大嫂就起来收拾锅灶（其实已经准备了好几天），村里大龙的母亲和其他几个大嫂也来帮灶。太阳升起一竿子高的时候，已经有亲戚客人进门了，来一拨客人，便放一通鞭炮迎接，客人上了礼薄搭了情分（礼物），然后分开回汉民族，各自入席。酒喝到一定程度，看看来的宾客多了，便有人出主意，开始耍公婆。有人事先准备了村上耍社火化妆的油彩和戏装，父亲被画成了小丑，穿上了道袍，戴上了圆耳朵纱帽，扮成了赃官，尽管他是一村之长，但在这种场合，他也不能摆架子，何况父亲平时就没有官架子，而是十分随和。再者，按照传统说法，儿子娶媳妇，长辈被折腾得越厉害，喜事就越顺利，人气就越旺，新媳妇就越孝顺，这个说法是谁都知道的。母亲被打扮成了妖婆子，嘴唇被画歪了，嘴角还画了一颗黑痣。这样有人还是不依不饶，就拿来了套牲畜犁地的家当，把牲畜拥脖和架圈套在他们的脖子上，有人就拉着他们在院子里和门前的马路上转悠，欢声笑语充满了整个山村。本来大哥也是被重点耍弄的对象，可是有他相好的人事先点化了他，让他早点躲藏起来，等到风头过了再回来。精明的大哥在客人还没有进门之前，就躲藏到一个回民朋友家去了。要是他在现场，那可不是好玩的，一帮闹主儿不会放过他的，打了花脸、戴了牲口用具不说，还要把新娶的弟媳妇架到他的脖子上让他驮着走，折腾得他掏钱买了香烟，每个人散一盒后才会放过他的。大嫂因为生了孩子，怀里抱着满月不久的孩子，才免于被要。我和三哥是兄弟，传统里没有要兄弟的习惯，就乐得看热闹。不过，看到父母亲被折腾成那样子，他们还笑脸相迎，真让我感到心中不是滋味，就想着如何来解脱一对老人。也是表现欲望在作怪，我就告诉大龙，让他提议，由我来表演吸碗，请他们放过一对老人。

大龙就大声向大家宣布："今天是彭家二公子彭康的大喜之日，宾客盈门，喜庆多多，我看光要公婆不过瘾，得来点新花样。我有个建议，不知道各位亲戚嘉宾欢迎不欢迎？"

这一喊叫，喝酒的，要公婆的，都把目光集中到大龙身上，都嚷嚷着询问是什么新花样？

大龙就显示出神秘来，他说："这个新花样可不是一般的节目，是城里人花钱买票才能看到的。大家要是想看，就先把两位老人放了，然后我再安排。"

他这样一说，有人便不依了，说是他是想解脱两个公婆，并没有什么新花样。他们要求：只要新花样一开始，他们就解脱两个公婆。

大龙无奈，就安排让我表演吸碗。

我练就的吸碗活儿还没有正式亮相呢，这时自然想在众人面前露一手，就顺手在席上取了一只瓷碗，擦净了，顺手抛向空中，然后伸手接住，亮一个戏剧式子"金鸡独立"，收了式子，再脱掉了外套，撩起了背心，运了运气，把碗"叭"的一声扣

在光秃秃的肚皮上，然后放开了双手，肚子上吊着瓷碗，在院子里旋转了一圈子。大家一阵喝彩。这时有人不信服，走近我用手往下抓碗。那碗却像长到肚皮上了，无法移动。这时吃席喝酒的人都起身排着队，争先恐后地涌向我，试图往下取碗。不言而喻，那都是徒劳的。就这样，父母亲才被解脱了。父亲也高兴了，他擦洗了脸，走过来在我的肩膀上拍了一巴掌，说："这龟儿子啥时候学了这一手？"刚说完，那只碗便掉了下来，摔碎了。这时有人就喊着："碎碎（岁岁）平安，碎碎（岁岁）平安！"

可是我的心中老大不痛快。要不是父亲这一干扰，我还有更绝的花样呢。就不甘心地又抓了一只搪瓷碗，运了运气，扣在肚皮上。我叫了大龙和三哥，拿来了尼龙绳子拴在碗的底砣上，然后让他们两个人一人拽一头绳子，使劲地拉。两个人拉了一阵，倒是把我的身子拉动了，碗还是拉不下来。这时两位回民朋友马立民和穆萨不服气，就来拉，大龙和三哥则拉着我的两只胳膊不让动。使劲拉的结果，搪瓷碗的底砣被拉断了，马立民和穆萨被重重摔在地上，屁股蹲在冻地上，疼得直叫唤，引起了哄堂大笑。我呢？也快乐得狂笑起来。

经过了这件事，我的名声大振，一传十，十传百，百传千万，都说彭家的四小子得异人真传，有特异功能。

这个冬天比较清闲，家中通了电，晚上可以看电视了；修了简易公路，来往于乡镇或者县城也方便多了。有时候村里的大龙、正林会约上我到邻村参加篮球比赛，穿着托菲娅邮寄的球衣球鞋，奔跶在众目睽睽的篮球场上，一股豪情便会涌上心头，对于云屏和托菲娅的思念就不可避免。每当夜晚一个人独自在我的小高房子的时候，想到此时的二哥和二嫂正在缠绵度蜜月的情景，又联想到李小强写诗歌表达爱情的情况，我心中就胡思乱想起来。想着窗外的雪花，面对孤灯，一种惆怅的心情便涌上心头，我拿过小桌子上的笔记本和铅笔，就胡乱写起诗来。第一首写道：

悄声细语说给谁？

独宿寒舍几排回（徘徊）；

心灵的驿站总不属于自己，

难以永久驻足；

寻找心中的星星，

感情是悬挂在月尖上的天平。

写了，我斜着眼睛又看了一遍，觉得好笑。这是诗吗？想撕掉，但又一想，这毕竟是自己正儿八经第一次写诗，还是留下吧？反正不是给别人看的，是自己当时的心情记录。我翻过页码，又写了一首：

相悦两不厌，

心中落鱼雁；

云霞罩银屏，

菲娅托眷恋。

这其实是我经过几次修改定型的，一开始不是这样的。这首我比较满意，不但写出了意境，也融汇了云屏和托菲娅的名字。

如果说夜晚还比较充实的话，白天的孤独就难以排遣，在没有事做，没有活动的时候尤其如此。这时候我便会找大龙和正林他们，与他们一道打牌、玩麻将，还出入街上的录像厅，或者赌博场。感觉到心越来越落不到我们麦子湾了。

九 第三次外出，我由男孩变成了男人

　　家里一下子增添了两口人，小侄子出生了，二嫂娶来了，家里的负担一下子更重了，侄子虽小，可是要喝奶粉、更换新衣，还要定期抱到医院检查身体，注射有关防疫针，花费也不少，二嫂娶进门虽然多了劳力，但送彩礼和办喜事时借贷了不少债务，需要按期偿还。因旱情庄稼又欠收，大年一过，村里人都纷纷外出打工，种上了庄稼后，春风过后，我和二哥、二嫂一起也外出了。

　　这次是一个建筑工程队联系的。是在靠近银川的灵河镇建设一家新成立公司的楼房。我的工作照例是开着车子运输建筑材料，二哥负责出货，二嫂打零工。因为是亲戚介绍的，所以我们三人的工种都不怎么累。也许我天生就是在工地上闯荡的料，一上工地，就觉得心情开朗。我一个人多时干着几个人的活儿，不需要材料的时候，我便开水泵抽水，把不远处引黄灌渠的水抽到工地上开掘的大水池里，以备工地上用。工头想得周到，就安排民工在大水池的旁边又开挖了一个浅水池，说是供民工天热了洗澡，不然在工地上劳动一天，汗流浃背，晚上睡觉也不舒服。其实大多数民工不是天天洗澡的，劳动一天十多个小时，吃了饭就累得懒得动弹，只是洗洗手脚就睡了，有的人连手脚也不洗。我可是个例外，由于年轻，精力旺盛，也有工作之便，只要有空闲，就脱揲了衣裤，只穿着三角泳裤，把自己泡在水里，有时候也淌进黄渠卸船上的货物，晒得像个黑不溜秋的泥鳅。就这样，我学会了游泳。

出门三步，小人受苦。工地上数我最年轻，跑腿打杂的事也一般都是我干，有谁要买一包烟，一瓶酒，一袋洗衣粉，一块香皂，大都让我跑小卖部代劳。每天从开水房往住处提开水，也都是我做的。开水房设在靠近公路的一间闲房子里，距离民工住宿的简易工棚还有一段距离，大约四、五百米的样子，烧开水的大嫂姓王，三十多岁的样子，比她年龄小的称她为王姐，比她年龄大的称她为小王，有人还戏称她为"大妹子"。她家在附近农村，每天带着一个小孩子，来工地烧两次开水，早上一次，下午一次，每天的工钱是十块钱。一开始她挨宿舍把空暖瓶提去，一壶一壶用大瓢舀着灌上开水，民工下班了路过就提到了工棚，渐渐地人熟悉了，大家看她带着一个小孩子，来回取暖壶麻烦，就自己提了暖壶到伙房去灌开水。这样有人收工早，有人收工迟，有人还会因劳累或者事情多忘记灌水。后来二哥就承揽了这活儿，说是让我专门给大家灌水、送水。反正我年龄小，宽余的时间也多。这样我便为大家服务了。也许我的劳动帮了本该属于她的忙，她就对我显得很是热情。我呢，对小孩子有着本能的亲近，总是喜欢逗孩子玩。她的孩子大约五、六岁的样子，跟杨工头家的阳阳差不多，只不过阳阳长得憨憨的，这个名叫圆圆的男孩子却面黄肌瘦的。王姐有时候会从家里带零食给我，有时候带炒豆子、葵花籽，过节时还会把鸡大腿或者羊羔肉包一块塞给我。这样熟悉了，圆圆也就喜欢让我带他去玩，我就把他带到我们的民工宿舍，有时候还带他去小卖部买糖果，也带到水池去玩水。

有一天，圆圆玩累了，在我车上的驾驶室里睡着了，我就抱他到开水房，交给他妈妈。开水房外间砌了锅灶烧水，里间有个套间，支了一张小床，铺了被褥，可以临时休息的。我把小圆圆小心地放在床上，准备离开，王姐却拉了我一把，轻声说："先别走了……"她说着关了套间的门。

我一看她的脸面，她的脸上露出异样的神色。这么多天了，在我一个人来到房子灌水的时候，不止一次地看到过她的这种神色，以为她就是这个样子，并没有想到其他方面。今天她的这种神色不但比往日更显明，而且她还在大白天关了房门，这就让我感到了不寻常来。我立马想到了李小强的事，他在家乡念书的时候邻居大嫂叫他写信时是不是也是这么挑逗他的？

我还在愣着，王姐就抓住了我的下体，揉搓起来。我本年轻，在家躺在被窝里读小强的信时，不止一次地冲动过，此时候它就不安分了。王姐搂着我顺势倒在床头上。那时候天气大热了，我穿着短裤，她就一把撕了下来。在她的牵引下，很容易就成功了，我笨拙地抽动了一会儿，一阵快感就传遍了我的浑身。

完事之后，王姐在我的额头轻轻亲吻了一下，说："以后想了就再来……"

出了开水房，我逃也似的跑到了一边，打开车门，开着车子跑到了黄渠边上，停了车，一下子躺在驾驶室座位上回味起来。

毕竟这是第一次，我有些胆怯，想着刚才的一幕，我心中突然沮丧起来：我的第一就这样糊里糊涂给了一个人，给了一个比自己大了许多的女人，值得吗？值得吗？我的处男就这样轻而易举地结束了，今后的路如何走？这种事今后还会再发生吗？我伸手取过烟包和火机，打火点燃了一支烟，吐了一个大大的烟圈，我伸手看了看电子手表，时针指向"4"，是下午四点钟，这时正是工地上最忙碌的时候，难怪她选择了这个时间，大家都在紧张地施工，没有人来这边的，做事放心。又一想，这不是她选择的，而是我送上门的。孩子怎么偏偏在这个时候睡着了？我怎么偏偏就在这个时候给她送孩子？这难道说也是一种机缘？命中注定有这一段境遇？

吸完了一支烟，觉得下身黏糊糊的，很不自在。现在的身子脏啊。我下了车子，一个猛子扎进了黄渠，洗浴着全身，一遍又一遍地搓洗着那个脏脏的家伙。

一连几天，我借口拉料运货，没有去给大家提水，而是安顿给了二嫂。

过了几天，我正在水池边开水泵抽水，圆圆喊叫着"阿飞叔叔"，向这边跑来，由于工地上到处是沙子、碎石和杂物，小圆圆双手捧着一包东西，跑得有些不稳，几次差点摔倒。几天不见孩子了，还真有些想念他，这时看到他，我就过去接住了他。他把双手伸给我，说是他妈妈让送给阿飞叔叔的，是好吃的东西。

我回头看了看四周，其他人都在不远处各自做工，没有人注意这边，就对圆圆说："你拿回去吧，你对你妈妈说，就说阿飞叔叔不要。"

圆圆却歪着头执拗地说："我不拿回去，就要你吃呢。"又说："我妈妈说，你不要，我就不叫你叔叔……"

我就绽开塑料纸包，里面包着两只鸡腿。灶上虽然也隔三差五改善生活，吃点肉，可是那是什么肉啊！萝卜、白菜、洋芋菜里加一些零零星星的肉片肉丁，哪有这整块的好肉啊？过

年时也吃肉,那是肥腻腻的猪肉,即使宰一只鸡,也是人多肉少,鸡腿是轮不到我吃的。记得我长了这么大,还没有吃过鸡腿呢。我们那里有个说法:当了新女婿才能吃丈母娘做的鸡腿哩。也许王姐选择了让我接受鸡肉的时候,这时正是开饭之前饥肠辘辘的时间,我本能地咽了一下口水,就接过来狠劲撕下一块,开始有滋有味地吃了起来。另一只,我给圆圆,可他却摇头不吃。说是他妈妈不许他吃。

我心疼他,好哄歹哄,他才接住啃起来了。

吃完了鸡腿,我又把圆圆送回开水房了。

那种事,可不敢开头,一旦有了第一次,以后就不容易收敛了。晚上睡在充满男人脚汗味的工棚里,就会想到那畅快淋漓的感觉。小强那家伙之所以那么上心,原来那事情妙不可言。想归想,可是心里还是有些发虚。我记得在阿盟与两个姑娘相处时,二哥提醒过,要是让人家家人发现了,那可非同小可。可我从王姐的口中得知她的境况时,胆子也就大了起来。

不去灌开水的借口不能长期下去吧?二嫂代我提了几天水,就说顾不过来,让我继续提水。自我吃了鸡肉的第二天,就硬着头皮又去开水房灌水了。我尽量装得若无其事,嘴里哼着那首《白杨树儿谁栽哩》的花儿调子,走进开水房。房中没有人,我就一个人边哼花儿,边往暖壶里灌水,灌了满满四壶开水,正要离开的时候,王姐从里面套间出来了,她笑着问道:"小彭这几天忙啥哩,几天都不见你来提水了?"

我也笑了笑,说:"工地上的事情多,一会儿运料,一会儿抽水,一会儿买东西。"又说:"身体还有些不舒服……"

她听了神情就有些诧异,连忙关切地说:"咋了?感冒了,还是那天伤了身子？"

一听她提到了那天的事，心里就有些害羞。但是当着一个女人的面，不好装熊。心想，人家小强一晚上能做七次，自己来了一次怎么就伤了身子呢？其实，做了那事的当天觉得有些不自在以外，身体没有丝毫不适。我今天言不由衷地说"身体不舒服"，其实是无话找话。没想到却引起了她的关切。就摇摇头说："没事儿。"

她看了看窗外，压低声音说："你是第一次吧？感觉咋样？"

我没有说话，而是轻轻地点了头。

她又说："今天还想吗？"

我没有说话，也没有点头，也没有摇头。而是低着头傻笑。她看我这样，就从里面插上了门，拉了我的手，走进了那个套间。

今天圆圆没有在，我在她的调教下，放开了手脚，学着电视录像上的动作，用力冲撞，她也陶醉得直呻吟。事毕，我突然一阵清醒，又后怕起来，就说："王姐，这样不行吧？要是让你家大哥晓得了，我可就死定了。"

她听了叹气说："唉，要是有什么大哥就好了。要是有大哥，我还能要你吗？"

我才得知，她的丈夫前些年在中缅边境贩毒时被警方抓住，就地枪毙了。如今她是一个人带着孩子生活。家里还有一双公婆，他们分开过，但是她也帮他们做家务和农活，有时也给他们一些零花钱。

知道了她的情况后，我胆怯的心情就减轻了许多，渐渐地，就有些肆无忌惮了。只要她稍有暗示，我就主动出击，多时候在开水房套间玩，有时候还会假借帮她干活儿，在她家的炕上做，也在野外打过一次"野"。尤其在她家的炕上，脱得一丝

不挂，上上下下，出出进进、前前后后、反反复复地折腾，那种痛快和缠绵真让人神魂颠倒。为了与小强比较，我也奋力拼搏，可是我还是没有达到七次，只有五次。不过小强他是还账抵债，而我却不是，我只是贪图一些小恩小惠，没有账务的负担。

二哥二嫂终于发现了我们的事。胆小怕事的他，就又给我上"政治课"。他们夫妻是两个人住宿在一个小窝棚里的，有一天我把开水送到他们房间后，刚要出门，二哥就叫道："晨儿，你等等。"

二哥轻易不会这样的，他这样叫我，我就知道有特别事情安顿。果然，他说出了我与王姐的事。

我自然不能承认，就说："没有那回事。"

二哥加强了语气，说："还没有？工地人都吼红了，谁不知道？"

我也加强了语气，说："我没有，那是他们胡说哩。"又问道："证据是什么？"

二哥一听便生气了，他拍打着床沿说："还要啥证据？我问你，那一晚上你哪里去了？平时精力旺盛、走路都跳蹦子的你，那几天像丢了魂一样蔫头耷脑的，还说没有？"又说："那个姓王的女人，对别人正眼不瞧，对你却是亲热得跟她男人一样，给这给那的。还说没有？"

我一听，事情果然败露了，他们啥都知道了。就低下头没有说话。

这时二嫂接上话头，她唉了口气，语重心长地说："唉，兄弟呀，你还小哩，还是个童子娃娃；她可是个老寡妇啊。你跟她然在一起，可不划算啊。寡妇门前是非多啊。这事要是传出去了，还有谁家的女孩子给你当媳妇啊？人家都笑话你哩。

再不要跟她然和了。"

二哥缓和了口气接着说："晨儿，如今工地上都知道了，那边村子里的人也知道了。王工头也找了我好几次，说是让我处理好你的事，不要再出乱子。他说了一个意见，或者打发你离开，或者我们一家三个人都离开，让我选择，你看怎么办？"

我没有想到事情会这么严重，竟然到了这一步了？就是我不离开这里，每天还能面对大家吗？二嫂的话像锥子一样刺痛了我的心：是啊，我才多大？怎么能跟一个比自己年长许多的女人鬼混呢？要是传到社会上，传到家乡，传到同学朋友耳朵里，那可多丢人啊？要是我们三个人都离开，又去到哪里找工作挣钱呢？二哥二嫂正干顺了啊？我还是决定离开，就点了点头，轻声说："那我离开吧！"

十　我们连续被骗了

　　我把车子留给了二哥，车辆拉运货工钱多哩。再说，二哥也不放心我把车子开回去。没有了车子的我，行动更自由一些。

　　那天，二哥二嫂把我送到汽车站，一路上又给我说了许多好话，让我在家帮父母好好干活，不要再外出了。过段时间他们转换了工地，再叫我去。他们还给父母、两个妹妹和小侄儿买了东西，让我带回去。

　　二嫂要给我买车票，我坚决回绝了，我说我带着钱，自己买，路上我会自己照顾自己的，就让他们回去。

　　眼看着他们开着车子返回了，我就买了一张去银川的车票——我还能回家吗？我回到家给家人和村里人怎么说呢？工程还没有结束，人家都在工地上干得热火朝天的，你没疾没病的，怎么一个人回来了？不好解释是一个方面，更重要的是我在家能呆下去吗？三十六计，走为上计。我还是另走他乡吧？

　　到了银川南门汽车站，一下班车，人流熙熙攘攘的。我去哪里呢？听说广场上有劳务市场，专门有人来这里找民工，我就去了。这里果然有很多乡下人，大多数是男性，有坐在砖头水泥护栏上的，有站着的，也有席地而坐的，有人还拿着泥抹子、粉刷器等劳动工具。虽然天气已经大热了，但是还有人穿着厚厚的外衣，看了让人觉得浑身炽热。我的穿着算是时髦，上身穿着花格子半袖衫，下穿带着很多兜子的短裤，脚穿旅游鞋，还戴了一顶遮阳帽，不像是个打工的，倒像是刚刚出校的大学生。

现在找什么活干呢？我心中一点数也没有。离开了二哥二嫂和工地上的一帮大哥哥，来到一个陌生的地方，我突然感觉到了孤独。在工地上我虽然因为与王姐的事闹得沸沸扬扬，大家对我有点看法，但在很大程度上还是同情我，甚至喜欢我的。因为我勤快、活泼、心诚，有时候晚上睡觉，还有人把我当小孩子对待，摸我的下面，开玩笑。有时候我高兴时还会给大家表演吸碗、唱花儿或者秦腔。现在呢？满广场密密麻麻的人，我一个也不认识。看到了几位女性，就想起了王姐，心中便涌上一股难以言状的感觉。她现在还在开水房吗？还是带着圆圆吗？她知不知道我离开工地是因为与她的事？如今我一离开，谁在为大家灌水提水呢？人们知道了我突然离开和她有关，她如何面对呢？她是不是也被工头支回家了？

由王姐我又联想到了云屏和托菲娅，她们如今在干啥呢？云屏的病再犯了没有？她和她两个人还相互来往吧？我突然想着要去找她们。就四处找电话厅，想给她们打个电话。走到电话厅旁边，我又停住了。我找她们做什么呢？我是找工作的，那边的活儿已经竣工了，她们还能帮我找到别的工作吗？我具体找她们哪一个呢？想到了云屏的眼泪和托菲娅的信，我的心情又复杂了。如今的我，已经不再是以前那个纯洁的男孩子了，已经失去了最为宝贵的东西，我还能面对她们吗？还是算了吧。可是，我不找她们又到哪里去呢？我就抓起了电话筒，拨通了云屏家的电话。是云屏妈妈接的，她听说是我阿飞，还是显示出了热情，简短的相互问候之后，她说是云屏的病又犯了，她

绿地文学丛书

爸爸带她到北京看病去了。我听了想起二哥的话，就心有余悸。云屏是不能找了，找托菲娅也不合适，要是云屏知道了，她的病情是会加重的。就收了去找她们的心。

时近中午，觉得肚子饿了，好在带着二嫂给我在路上吃的食物和瓶水，还有给家中买的香肠等，我就坐在一个石阶上吃喝起来。正低头吃喝着，突然后背被人狠劲拍打了一下，我回头一看，是大龙和正林。看到村里的伙伴，真有说不出来的高兴。我连忙请他俩一起吃东西，他们也不客气，就蹲下来吃干粮。我们在这里相遇，也是一件喜事，我就打开了二哥带给父亲的那瓶酒，三个人喝了起来。

馍饱酒足，我提出了找工作的事。正林就拿出一页纸片，上面打着一则招工广告，大龙也同样拿着这片纸，说是大武口有一家企业要扩建，拆了旧房盖新楼，需要大量民工，待遇优厚，每个工日是二十元，比其他工地上的工值高出五块钱呢。上面印着地址和联系电话。大龙说我们可以去试试，反正离得不远。我们就去了汽车站，搭上了去大武口的班车。

我们到达大武口时已经是下午四点多了，按照广告说的地址找到了那个工地，老板名叫陈飞，是一个脸色黝黑的中年人，操着一口当地土话，人长得精壮，可是说话声音却尖尖的，像个女人，有时也像鸭子叫。他很热情地接待了我们，带领我们在不远处的饭馆吃了一碗烩面，就安排干活。他说是下午太阳斜了温度低，连着晚上凉快，好干活。我们再次核实了工值，他说是一个工日是八小时，工值是二十块钱，还管吃管住。看他很热情的样子，我们打消了顾虑，就投入干活。说好的先拆除旧房子，然后再打地基修建楼房。拆旧房子时要小心，不要把原来的门窗、玻璃和砖头损坏，而是要小心地拆卸下来。旧砖头还要码放整齐。与我们一同干活的还有几个民工，说是甘肃的，我们一共是七个人。我们七个人一直干到大半夜，才被安排到附近的旧房子里住下。房子里支了一排木板床，床上没有铺设，只有两床旧被子。好在天气大热，就凑合着睡了。干了好几天，拆了一排十几间旧房子，旧砖头码放得整整齐齐的。陈飞就带我们到了另一处工地，拆除另一排旧房子。他一再表示，先拆旧房子，然后再盖新楼房，有的是活干，也有的是钱挣。我们就卖力地干着活儿。到了新地方，一直干到大半夜了，还不见有人来带我们吃饭，大家都饿了、累了，就蹲在工地上抽烟。这时就有人出面干涉，质问我们为什么拆除他们的房子？是谁让拆除的？我们说出了陈飞的名字，那人就说他不知道此人，还骂我们胡整，要求赔他的房子。我们觉得事情不对劲，就找陈飞，结果原来拆除的那一排房子已经人去地空，拆除的砖头、玻璃和旧门窗全部不见了，不知道什么时候被搬运到哪里去了？打电话也没有人接。我们才意识到上当受骗了，白白给人家拆除了几万砖头和许多有用材料。几天来顶烈日、带星辰的苦力白下了。这世界真是无奇不有，还有人做这勾当？年轻好胜的我们，一遍又一遍的诅咒着那个有着娘娘腔的"陈飞"。

　　骂归骂，可是找不到人，工钱还是拿不到。工钱拿不到还在其次，八、九天时间，每个人不到二百元钱，可是我们一帮子大大的男人，竟大睁两眼让人家欺骗了，还"阿飞哥"长，"阿飞哥"短地跟人家套近乎，真是傻到家了。没有办法，我们七个人就去找了当地的派出所，派出所的人不但不管这事，还笑话我们不懂管子，说是这不是刑事案件，也没有人被抢劫，不应该找他们的，而应当找当地的城管部门。我们费了好大劲，又找到了城管部门，他们说他们也没有办法，还怪我们没有与

他们签订劳动合同，是自找倒霉。

　　没有办法，我们七个人就地分开，各自找工作做。甘肃的四个人又去了一家建筑工地，而我与大龙、正林三个人无所事事，就去了大武口市区街道转悠。走到一条街道，突然听到有音乐响动，在一条街道的一角搭了一个平台，有主持人手执话筒大声宣传，说是公司搞活动，扩大影响，抽大奖，借以推销电器产品，奖品有电视机、洗衣机、收录机，最不行的也是电饭锅，还有电磁表。他们特意介绍了这种电磁表，说它戴在手腕上可以促使血液循环，增进各器官新陈代谢，可以医治百病，益寿延年。不过抓到电磁表的，是要付出部分资金的，本来一块电磁表价值两千元的，抓到后，就以低十倍的优惠价卖给客人。本来我们只是瞅瞅热闹，并不想抓到大奖的。可是看到旁边有人一连抓到了几次大奖，有两台电视机，一架收录机，最次的也抓到了一只电饭锅。这就刺激了我们的胃口，我就对大龙和正林说："我们要是也抓一台电视机，还能卖两千元哩。"刚说完，正林就伸手也抓了一个纸片，纸片很是精致，印着双喜图案，封面印着"祝您好运，大奖多多"。结果拆开一看，上面印着"电磁表"三个字。这就意味着要以二百元的"优惠价"购买人家的表。正林以为捡到了便宜，便掏出了二百元兑现了。大龙有点不服气，轻声说："咋搞的，人家都抓大奖呢，我们刚一抓，就是电磁表？我再试一试手气吧。"他又抓了，拆开一看，还是"电磁表"，大龙很无奈地掏出了二百元给了人家。我想，他们俩的手气不好，我们三个人总有一个手气是好的吧？就也抓了，结果还是"电磁表"。这下我们三个好像才有所醒悟：他们是不是在设圈套，做手脚？我嚷嚷着重新抓一次，就又抓了一次，结果还是"电磁表"，这下我不干了，我说我没钱，拿不出这二百元钱。这时就有几位穿着黄衣服的保安过来，说是这是事先讲好的，也在工商部门注册的，还有公证人。不交钱就别走人。我们没有经过这种事，在异地，势单力薄，面对气势汹汹的一帮"保安"，只好掏出了身上仅有八十五块，还差一百多块，正林和大龙就借垫给我了。

这样，我们三个人除了正林身上还有四十多块钱外，我和大龙都没有钱了。怎么办？一时找不到工作，可怎么生活？想来想去，想到了"电磁表"，三块价值六千元，就是折价十倍，以二百元卖掉，也可以收回成本，身上就有钱了。要是能多卖点钱，当然更好。我们拿在手里，学着人家做广告的，见人就推销，边走边吆喝，说这表有多好多神奇，结果有人拿了我的一只"电磁表"，在手上掂了掂，仔细看了看，又还给了我，说："假的，就是个普通的电子表，连二十块钱也值不上。小伙子，上当了。"我们一听傻了眼，就找着又询问了好几个人，他们都摇头说电磁表值不了那么多钱。原来想到可能不值两千元，就是几百元的货，结果听了才知道不值二十块钱，真他妈的惨了。

我看着所谓的电磁表，上面显示着：10:10，是 1993 年 6 月 13 日。

我们就找工商部门，工商部门的工作人员一听情况，有个穿着浅蓝色工商服、相貌威严的小伙子接过我们的表看了看，也煞有介事地打电话询问了一通，结果还是两手一摊，说道："联系不上了，可能是一帮外地人。我们再查查吧？"

后来，我们一连找了几次，那个相貌威严的小伙子也找不到了，工商部门其他人推说他们不知道情况，让开始谁受理的还去找谁。再后来，就干脆没有人懒得理我们了。

在这几天里，我们睡人家的门台，用正林的那点钱买馒头，渴了就在水管上喝冷水，有时候不得不伸手向行人讨要。

连续两次被欺骗，我们的心情糟糕极了，口中咒骂着可恶的骗子，也责怪着只拿俸禄而屁事不管的政府官员。后来我们走上偷盗和抢劫道路，是与这两次被坑被骗经历有很大关系的。我们由此而产生了报复心理，报复骗子，甚至报复社会。

三个大小伙子，要吃饭住宿吧？更重要的是要养家糊口啊，总不能这样下去吧？这样的生活我们一天也过不下去了，就挖空心思地想办法找事做。结果从一个开人力车的老乡跟前得到启示：蹬人力黄包车。这种活儿投入小，成本低，虽然挣钱不多，但也有保证，只要勤快，一天也可以挣二、三十块钱哩。于是，我们三个人便找到了永兴车行，登记注了册，每个人租了一辆黄包人力车，蹬着车子行进在这个城市的大街小巷里。

十一　黄包车上的罪恶

　　我们三个人租了三辆车子，确定了大概路线，大龙跑东边，正林跑北边，我跑南边，中午时分在长途汽车站旁边的永鑫余面馆接头，一起吃午饭，晚上则回到永兴车行吃饭睡觉。

　　一开始，我们都十分小心地接送客人，按照客人的要求把他们送到要去的地点，一般情况，只收人家一块钱，远点的收两块钱。头一天，我们从早晨六点到晚上十二点，整整跑了十八个小时，真的有点吃不消了。回到车行睡觉时，骨头都好像散了架。还好，收入也还不错，我挣了二十八元，大龙挣了三十二元，正林最少，才二十四元。不过，这也比在工地上干土活强得多，跑车子比干土活自由、干净。拉上个打扮时髦、浑身溢香的漂亮女人，还会得到意念上的享受。我们商量好了，便一直干这一行。

　　在跑黄包车的过程中，我们接触到了不少同行。相互一交流，原来他们都是我们南部山区的，其中还有我们本乡西坡村的昌子和大保村的利益。这两个人已经在这里干了两年多，是老手了。是他们教会了我们许多，膨胀了我们的私欲，也撩拨起我们心中的报复意念。

　　昌子说："光靠实打实地跑车，拉一次人才一两块钱，一天到晚还不把人累死了？要学会投机取巧，向他们多要钱。"

利益说："城里人有时把钱不当钱，你向他们多要一块两块的，他们也给。"

昌子说："城里人把钱不当钱，也把我们乡下人不当人。你也不要把他们看重了，该不客气的，就不要对他们客气。"

又说："他们能骗我们，我们为什么就不能以牙还牙呢？"

原来，昌子他们也被骗过。他们三年前到内蒙古集宁修建楼房，在工地上辛辛苦苦干了大半年，临了却讨不到工钱，他们无奈，就把工头劫持到另一个地方，逼他家人拿钱赎人。结果人家家人告发了，当地警方依照绑架罪名拘捕了他们。结果工钱没有讨到，还挨了打，被罚了款。他们呼天无门，呼地无声，就回家了。

说起这些事，昌子和利益便咬牙切齿。

他说他们再也不相信人世间还有什么真情。还有什么人能为人民服务。

他们的经验和理论，对我们三个人来说，起到了立竿见影的作用。在今后的日子里，我们也像昌子说的，开始投机取巧了。该收一块钱的，就收两块，该收两块钱的，就收三块、四块，甚至更多。昌子说他还收过一次三十块钱的。

他讲起这次创收"大款"的经历，津津乐道、眉色飞扬。

那是从集宁回来的那个冬季，一天夜晚，天上飘着雪花，很冷的样子。他徘徊在一家宾馆门口。他知道，越是这种天气，这种时段，越会碰上"大鱼"。果然，有一个穿着讲究的女子走出了那个名叫"塞上春"的宾馆，她戴着口罩，把脖子埋进狐皮大衣领子里面，看不出她的相貌。不过看上去还很年轻的。他知道她是做什么的，就蹬着车子接近她。她轻声说了一声："到大丰路口。"就坐上了车。他听了心中一阵高兴，大丰路是去大丰煤矿的路，那边修建了一排二层楼房，都出租给外地做生意的人，比较偏僻，路也不短。他就想着，这次要变着法儿多要些钱。就七扭八拐地穿过了闹市区，向西北方向蹬去。到达了目的地，她就一边下车，一边塞给他五块钱。这时他就变脸了，说："大冷的天气，这么远的路，你打发叫花子啊？不行，你得多加点。"

那女的就又加了五块钱。她取钱时，他看见她掏出了一叠钱，不少哩。就离座当面拦住了她。厉声说："不行，我都下班了，为了照顾送你，我都加班了。今天你要是不多加钱，我就把你拉到那边的派出所去，让警察看看你们都在做什么勾当。"昌子笑着说。

他这一说，那女的就心虚了。因为她害怕警察，也害怕周围的人。就狠了狠心，又给了他两个十元的，加上开始给的十块钱，共三十元。她一边给钱，一边嘴里嘟哝着说："拿去吧？拿去吃药去……"

昌子说他一听也火了，就骂她："你偷人嫁汉，让众人日捣，才应该吃药哩。"

她就逃也似的消失在飞雪中了。

这样的情况，后来在我们几个人身上，几乎每天都有发生。我们瞄准的对象，大都是女性、老年人和单个外地人，作案时间也多选在晚上。

我们并不满足于多要钱。见我们的行为没有人过问时，胆子就更大了，有时候还变着法儿愚弄客人。觉察到车上的客人老实胆小时，就故意撬起车子的一个轮子悬空，让一个轮子着地行走。也会把车子骑在水渠边上或者路桩上，客人一看吓得就不敢坐了，要下车，这就让他们走，这样只坐了几十步路，

就收了本应该几公里路的钱，腾出座位再拉客。有一次，我的车子的一个轮胎气瘪了，本来应该充气的。我就不充气，故意找人拉，结果走了一段路没气了，我就埋怨是他带的东西多压瘪的，死乞百懒地向人家要修车费。

除此之外，我还有个别人没有的绝活儿，那就是吸碗。所以把吃饭碗当作工具，随身带在车子上。在与客人讨价还价时，我便很麻利地取出碗，吸在肚子上，敲打着碗向他或者她示威。声言自己有气功，他们若是不多给钱，我就会发功让他们某个器官受损的。客人一看，也就掏钱了，少则给五块十块的，也有给二十、三十的。

每天晚上收工回到车行休息，我们便会交流一天的情况。车行住宿的有十一个人（昌子和利益不在这里，在另一处出租房），大家的行动真是五花八门、乱七八糟。我的吸碗技术是绝活儿，他们学不上，可是他们也有招儿，内蒙古临河的拉强在车座低下压着刀子，觉得到时候了，就取出刀子在车把上摩擦、敲打，客人一看情况不妙，就只好忍气吞声地掏钱走人。甘肃平凉的傅军，年龄小，手脚麻利，趁人家下车交钱时，顺手会摸人家的衣袋和包，多时会得手的，不是票子，就是手表、香烟，还抓到过女性的头巾和乳罩。同州的虎勇是个好色之徒，专门拉有姿色的女性，下车地点总要选择僻静处。人家要求停车，他总要多拉几步，人家付钱时，他就伸手摸人家的奶子。他给我们伸出了一个拳头，然后又展开了三个手指头，意思是，他摸过十三位女人的奶子，其中还跟一个外地来的女人强行发生了关系。他从火车站接上她之后，从她的神情中意识到，她是搞特别服务的。就边走边试探，拉到僻静处的时候，他就背过手摸她，她就说她是收费的。谈好了价钱，他就把她拉到一片树林里,在车子上发生了关系。当她伸手要钱时,他就变脸了。厉声说:"向我要钱?我还要向你要钱呢?你一个黄脸婆子享受了我一个帅小伙,我还要你赔偿青春损失费哩。快把包留下走人,不然没有你的好果子吃!"那个外地女人吓得提了包就跑了。

大家在相互交流情况时,又说又笑,带有相互攀比的意思,好像做了多么光彩的事。正是这种心态,才使涉世不深的我得知了好多情况,在遇到类似情况后,我们也就效仿他们做了。青春骚动的我们都把青春抛撒在这个纷乱的新型城市之中了。

一连好多天,街上没有遇到昌子他们,就有些想念。在一天中午,我顺便去了他们的出租房。敲门时,他们还在呼呼大睡。是昌子开的房门,他只穿着一件裤头,光着膀子和腿。利益还在睡觉。昌子见是我,就又一头扑在床上睡觉。我问他怎么还在睡觉,该吃午饭了。他说他们凌晨六点才睡觉的,很累很瞌睡的,不想吃。

我问:"昨晚上干什么去了,捞大钱了吧,这么瞌睡?"

他说他瞌睡,睡醒再跟我说。

我性子急,就想知道。就伸手在他的胳支沟瘙痒他。他被我折腾得睡不着了,就起身穿了裤子和半袖衫。我给他抽了一支烟,打火点燃。

他吸了一口烟,就说出了这几个昨晚上他们的行动。一开始,他并没有直截了当地说出他们的事。而是卖了关子,意在拉我们加盟。

他说:"阿飞,看你豪爽,也没有闲话,还有一手吸碗的绝活。我很看重你。我把我们的事给你说了,你可不能乱说。"

我说："大家都是朋友，都是一个绳子上拴的蚂蚱。昌哥有话就说吧，我不会对别人乱说的。包括大龙和正林。"

昌子吐了一个烟圈说："他们两个倒是要说知道的……"

他似乎有什么顾虑，停了一会儿，弹了弹烟灰，又低头看了看还在睡觉的利益，叹了一口气，又说："我们做的事情收益好，见效快，你们要是愿意一起做，我就说实话。要是不愿意做，只你一个知道就算了。"

他说着，伸手在枕头边的提包里取出了一条"金丝猴"烟，说了一声"拿去抽"，就往我手里塞。

这烟在当时可算是高级香烟，一般人是抽不起的。他怎么如此大方，把整条子烟给我呢？

我哪里得到过这么多的好烟，就推辞不要。问道："哪里来这么多的好烟？值好多钱吧？"

他说："你先拿着抽去，咱们哥们，提什么钱不钱的？这烟算啥好烟，还有更好的哩。只要你跟上我们干，不但有好烟好酒，还能挣到大钱哩。"

我说："只要能挣到多钱，再苦再累我也干。真是把人穷极了。"

昌子说："累也累，苦也苦。还要意志坚强，手脚麻利。我看你们三个人倒是挺合适的。"

我连忙问道："究竟做什么呢？"

昌子说："你要是愿意加入，咱们先拉个钩。谁说话不算数，谁就不是父母养的。"

他伸出了手，我也伸出了手，我们的中指儿狠劲勾到了一起，捏出了啪啪的响声。

就是这一拉钩，我的身子连同灵魂一起被拉进了罪恶的深渊，也把大龙和正林带了进去。

也许是我和昌子的拉钩声吵醒了利益，也许是他原本就没有睡着。这时他也翻身起来，跳下了床头，在地下放的纸箱里取出了几盒子罐头，有牛肉的、鸡肉的，鹌鹑蛋的，还有鱼肉的。我一看，地下摆放着好几个纸箱，不知道里面都装着什么东西。

利益给我和昌子手中各塞了一盒牛肉罐头，然后他自己拉开了盒子，吸溜吸溜地大口吃起来。

昌子边吃边说："这都是我们的劳动成果。"

利益笑着说："这是战利品。"

吃了昌子、利益他们的"战利品"，我便要离开去蹬车拉客。昌子却不高兴了，说："大热的天，拉什么客？那才能挣多少钱？咱们不是拉了钩吗？你怎么这么快就忘记了？"

利益接着说："来，喝酒，喝酒。吃饱喝足了，我们就去搞'战利品'，一次搞的保证比你拉一月客都挣得多。"

利益说着又从提包里取出了一瓶子酒，是精装的宁城老窖，这酒一瓶要四十八块呢。我以前只喝过八块钱的尖庄和川粬，也偷偷喝过父亲打的散酒，就是二哥结婚时，也只喝过五块钱的"金糜子酒"和啤酒，哪里喝过这么高档的酒？就着各种肉食罐头喝酒，那可是首长的享受。再说，昌子一脸的不高兴，我还能走吗？

利益就拿过他们两个人的刷牙缸子，哗地倒掉了里面的牙刷牙膏，把酒倒了进去，酒瓶里留下三分之一酒交给了我。我们三个人就碰到了一起，发出了铮铮地响声。一瓶子酒很快喝完了，利益又拿出一瓶，又喝完了，利益还要再取，昌子就挡住了，说是不能再喝了，喝醉了会影响事情的。他说："酒能

提神壮胆，但也能误事。"就给我们散了烟。

我们又抽了一会烟，边抽边聊。从他们的言谈中，我已经意识到了晚上要去做什么，但具体做什么，他们也说不上个道道，反正不是什么正经的事情。我心中有些胆怯，就提议也把大龙和正林叫上，利益却说："这事人多了不好，容易暴露目标。"

昌子说："以后会让他们加盟的，今晚就先带你一个人开开眼界。"

看看天色很晚了，已经十点了。我们就收拾出发。我们三个人都蹬了自己的黄包车，向市郊开去。出了市区，走上了沿山公路，老远便看见一片光亮。这地方我以前也是来过的，是走向石炭井和八号泉的岔路口，在这里停车吃饭的人多，靠山处还建有一排二层楼房，供过往客人休息。据说常有司机在这里打野，还有过夜的。我们走近了，就看见有一辆大货车停在路边。灯影下有几个身影走动，孤零零的。昌子说："阿飞，今晚就给这辆车下主意，你在路边看人，有人来你就吆喝一声'谁坐车，黄包车'。"他又对利益说："司机可能在饭馆吃饭，你进饭馆观看动静，要一碗面，边吃边观察。若有情况，暗号照旧。"

昌子说完，利益就进了那个名字"客来喜"的饭馆。我就坐在车子上观察动静。只见昌子一闪身子窜到了大货车旁边。因为光线不是很亮，货车是用帆布篷盖着的，我也看不清他在做什么。

我第一次跟人做这事，难免心虚，就忐忑不安地紧绷两眼东张西望，生怕有人发现已经接近货车的昌子。

过了一会儿，我正在扫视着周围的一切，这时突然一个身影窜到我的面前，我吓了一惊，定睛一看，是昌子，他把一个包忽地一下扔到了我的车子上，又把一只包扔在他的车子上，说了一个"走"字，就快速登上了车子。我就跟着他蹬上车子飞奔起来。跑了一段路，我说利益还没有来，怎么办？

昌子说："别管他，他会睡觉，也会翻身。"

果然，行进了一段路，利益就赶了上来。他小声说："你们真快。我连一碗面还没吃完哩。是什么'战利品'？"

昌子说："这是军事秘密，先不说，回去一看就知道了。"

我们用力蹬着车子，大约行进了半个小时，就到了他们的出租房。

进了房门，利益便迫不及待地拉开提包，只见里面满满装着香烟，是红塔山，有十条子，另一只提包里也装了十条子。提包里除了烟，还放着一把刀子和一卷绳子。

后来这事做多了，才知道是用刀了割开纸箱，把东西抽取出来，既省事、快捷，还不易被发现。司机回去交接货物时才会发现，那时已经太晚了。

二十条子红塔山价值两千多元，我们第二天一大早就把烟批发给了两个门市部，每条按九十元批发，得了一千八百元，昌子拿了八百元，利益拿了六百元，我最少，四百元。

不到两个小时，就轻而易举地得到了四百元，这真应了利益的话，相当于我蹬车拉客一个月的收入。

我行动的诡秘和抽烟档次的升高，还有说话的口气大了，引起了大龙和正林的注意，当他们问我时，我不能瞒着他们，就实说了。好在昌子也想动员他们加盟，就带他们与昌子、利益走到了一起。

我们五个人第一次作案，是在黄羊滩盗窃火车。

我们照例把车子骑在靠近铁路的僻静处。我照例是望风，也帮助搬运东西，大龙和正林搬运"战利品"，昌子和利益登临"第一线"。

我们选择了一个认为很好的地段，隐蔽在夜幕中，等待着猎物出现。听得有火车声传来，昌子就指挥我们靠近铁路。火车驶近了，昌子和利益就势爬上了火车，火车飞奔而去，我们按照事先说好的，也向前方跑去。一会儿便从火车上掉下来了一包又一包东西。我们三个人跑去一拎包，发现是二氨化肥，就有些沮丧。心想，这么沉重的东西，搬运也不方便，为什么不偷香烟和其他值钱的东西呢？然而，这毕竟是他们冒险从车上弄来的，也不容易。就一人一袋扛到了车子上。等我们三个人把七袋子化肥全搬运到车子上后，昌子和利益也来到了车子跟前。

正林连忙献殷勤似的递烟给他们俩，昌子连忙厉声说："你个猪头，这里哪敢吸烟？连说话都得轻声些。"

利益也觉得有些沮丧，就说："他妈的，今晚运气不好，没有别的东西，是他妈的肥料。"

昌子听了就有些生气，他说："肥料有啥不好？我们在家里种地，没有钱买化肥，那个难怅劲儿真让人心酸。你是好了伤疤忘了疼啊。"又说："这火车又不是咱们的，人家装什么货物，我们哪能知道？在这种情况下，上了火车，就只能是碰到什么搞什么，总不能空着手回来吧？"

大龙连忙说："就是，这一袋二氨也要近二百块呢，这七袋子也值一千多元哩。走，咱们拉上走。"

我们三个新来的人每人拉了两袋子，利益拉了一袋子，昌子的车空着。我们准备离开铁路，昌子就把我拉的一袋子抱过去放在他的车子上，他说我年龄小，拉不动的。从此，我对昌子的感情更进了一步。

走到了一块西瓜地头，看到有一个瓜棚子，这时西瓜已经全部收获了，瓜棚只是一间空棚子。昌子就决定不用拉回去了，说是上楼下楼搬运很不方便，还会被人怀疑，就让我们在瓜棚里过夜，等到天亮了把肥料卖给村上的人。这个决定大家都赞成，于是我们便各自和衣躺在了黄包车上睡觉。谁要吸烟，就躲进瓜棚去吸，我们还是十分小心的。

也许是受到了惊吓，也许是搬运肥料太累了，这一夜，我竟睡得十分踏实。

天亮了，大龙征求昌子意见，化肥如何推销，昌子就让我们三个人原地等候，他和利益各拉了一袋子肥料进了村子。不一会儿，他们骑着车子返回来了，车上的两袋子肥料不见了，却拉着一个人。原来他们跟这个人讲了价钱，是带人来取货的。昌子就收了这个人的八百四十元钱，说是每袋子肥料按一百二十元卖了。也许是那位农民认为捡到了便宜，便很痛快地付了钱，就让我们三个把肥料送到他们家。一路上，我们从那个农民口中得知，二氨市面上一袋子是一百五十元。

这次昌子和利益每人得了三百元，我们三个人每人只有八十元。

我们也知道了"多劳多得、少劳少得"的道理。谁吃苦最多，谁冒险最大，谁出点子好，谁就收益高。渐渐地，我们都学会了"亲临第一线"，也扒火车、上货车，翻墙入室，一发不可收拾。

十二　加入"铁鎯头队"

我们就这样以蹬黄包车为掩护，白天采点，夜晚做事，活动在这个城市的大街小巷，而多时在城乡结合部。

转眼到了冬季，就遇到了障碍。这个障碍不是来自于政府、警察和社会民众，而是同类。

有一个晚上，我们刚刚把从货车上弄下来的几件纺织品拉运到郊外，快要到昌子他们的出租房时，结果就有人拦路了。借着昏黄的光亮，我们看见有一大群人站在路边，有十多个哩。为首穿一位穿着一身青色，戴着面罩，双手叉腰。操着半生的普通话说："你们干得好啊。跟我们走一趟吧？"

一看这情景，自认为见多识广的昌子就下了车子，走上前去，抽出一支中华烟递给了他，陪着笑脸同样用不太地道的普通话说："大哥别开玩笑吓着兄弟了，我们雇了几个兄弟，调了点货物。大哥别误会……"

话还没有说完，就只听到"啪"的一声，昌子手中的烟被打掉了，脸上还挨了一巴掌。

为首的黑大汉骂道："少给老子来这一套。你们是干什么的，瞒得了别人，瞒不了我的。老实说，你们这是第几次作案了？"

昌子还在抵赖，仍然陪着笑脸说："没有大哥，我们真的是调货……"

这时就听见他的背后有人说："强哥，你跟他啰嗦个球。把他们连人带赃一起带走吧？"

那个为首的说："好吧，那就跟我们走一趟。"

他这一说，就立即涌上来一帮人，抢夺我们的车子。

听到有人把他叫"强哥"，这立即使我想到了李小强，我们在一起时，我也常叫他强哥。他说话的声音也有点像小强。可是，他无论如何也不会在这里的。

这时候，大龙在我身后拉了我了一把，小声说："这个人咋像个李小强？"

这时那个像小强的人走近了我，厉声喝道："还不快走，愣着还想顽抗吗？"

"李小强"？就是他。

经过了许多事情，我也学会了思考，也不如原来胆小了。就叫了一声"小强哥"。

我这一叫，他立即扭头看我了。这一看，他也认出了我，就也惊讶地叫了一声"小彭"。

我再也控制不了感情，就放下车子，扑在他的怀里，哭泣起来，边哭边用拳头捶打他的胸部。

"小强哥，可把兄弟想死了，你怎么在这里啊？"我哭着说。

这时他一把撕下面罩，紧紧搂抱着我，双手在我的后背轻轻地拍打着，说："哥也想你们啊？我们怎么在这里相遇呢？这是不是书上说的'心有灵犀、无巧不成书'啊？"

这时大龙也过来与他握手。小强也张开膀子与大龙拥抱。

在场的人看到我们原本认识的，有人就说："原来是吾神遇到了吾神啊。"

会来事的昌子立即又掏出了中华烟，给在场的人都散着，

边散烟边讨好地说："他乡遇知音，这可是大喜事啊！"

小强接过昌子的烟，笑了笑说："兄弟，误会了。"他就着昌子伸过来的打火机，点燃吸了一口，又说："是啊，这真是难得的喜事啊。走，我请客，我们去那边的夜总会喝一场子。"

大龙说："还是我们请兄弟们吧？"

小强说："哎，你和小彭在兰州还帮过我们钱呢。来到这里，应该我请客。我们一帮兄弟多，你请不起啊。"

昌子、利益和正林三个人收拾了我们的"战利品"送到了出租屋，我和大龙跟着李小强他们向市区走去。小强坐在我的车子上，边走边聊。

当我问起杨高儿和他们的孩子时，小强半晌没有说话。过了一会儿，他叹了一口气说："说来话长。今晚兄弟们相会，高兴，伤心的事就不说了，改天哥再详细给你们说说哥的事吧？"

他这一说，我也不好再问，就随他来到了一个名叫"夜来香"的夜总会。这时昌子他们三个人也赶到了。我们一帮子十多个人就开了房间，点了啤酒和下酒菜，在这里狂欢了起来。

这一帮子充满青春活力的人，里面还真是人才济济。有唱歌的，跳舞的，有会唱秦腔、京剧、郿户、花儿的，还有会打拳的。大家边喝啤酒，边八仙过海地各显神通。大龙让我吸碗，我觉得一点心情都没有。面对一帮活蹦乱跳的兄弟，我腆了肚子吸碗，觉得不过瘾。我决定朗诵一首诗歌。

如果是读了前面的文字，就会知道，我之所以朗诵诗歌，是因为遇见了小强的缘故，我之所以一直喜欢他，敬重他，就是因为他会写诗，是我心目中的"诗人"。我选择了徐志摩的诗《雪花的快乐》：

假若我是一朵雪花，

翩翩的在半空中潇洒;

我一定认清我的方向——

飞扬,飞扬,飞扬——

这地面上有我的方向!

……

不想,这首诗朗诵完了,小强也站起来接着朗诵诗人的另一首诗《再别康桥》:

轻轻地我走了,

正如我轻轻地来;

我轻轻地招手,

作别西天的云彩。

进而,有会这首诗的其他人也加入一起朗诵了。

一阵男子汉的雄浑之声充满现场,令人陶醉,使人忘却了窗外的一切,一切。

活动进行到了关键处,昌子和利益就过来找我和大龙,他们心想加盟小强他们的组织。他们说人太少了势单较薄,会受人欺负的。我就把他们的意思对小强说了,小强说:"我正有此意,你们不加盟,我还要求你们加盟哩。"接着他就站起来清了清嗓子,大声宣布:"各位兄弟,今天是我老大遇到知音的大好日子,这五位兄弟有意加盟我们的组织,我们的队伍又新增了力量,值得庆贺。他们这一加盟,我们'铁锄头队'正好扩大到十八人,梁山好汉是一百单八将,红军当年强渡大渡河也是十八勇士。我们的组织也应了这个吉祥的数字,可喜可贺。现在,我提议,为我们的新朋友加盟干杯!"

这时大家便都举起酒杯,齐声吆喝着"干杯、干杯"!

随后,就有一个年龄稍大的大哥询问了我们的姓名、民族

和年龄，也问了我是不是党员和团员。我们就自报家门，说了各自的情况，我们都不是党员，利益说他原来入过团的，后来没有人再管，就算是自行脱团了。这位大哥姓郑，叫郑通，是河南新乡人，他是这帮兄弟中年龄最大的一个，但排在小强后面，是老二。

按照年龄，昌子排位第十四，利益排位第十五，正林排在第十六位，大龙和我排在最后位。我是第十八位。

郑大哥说话办事老练，是这个组织的关键人物，一些具体事情由他办理。他对我们提出了一个要求，要我们都纹身。他说："按说，我们是要效仿古代好汉歃血盟誓的，但是考虑到现代人的因素，就免了。可是，我们决定以纹身来表达心意。纹了身，既是一种时尚，也是表示忠心。具体纹什么图案，由自己决定。或者是自己喜欢的人物头像，或者是自己喜欢的动物、实物、昆虫，或者是自己喜欢的一句名言，都可以的。但是重要的一点，是要在左手臂腕上纹上一只锄头，这是咱们的标志。为什么要用这个标志呢？有请咱们的老大强哥给大家演讲吧。"

郑哥带头一欢迎，小强就站起来了。他双手抱拳向大家示意了一下，就说："共产党党旗上印着什么？是镰刀和铁锤吧？这两样东西代表什么呢？是工农联盟。现阶段，又兴起了一个新的阶级，是什么呢？就是我们打工族。我为什么要把我们打工族说成一个新的阶级呢？因为我们这个人群非常庞大，是介于工人和农民之间的新型阶层。试想，如果没有我们打工族，高楼大厦如何盖起来？没有我们庞大的打工族的辛勤付出，城市如何变成花园？城里人和政府官员如何在冬暖夏凉的环境中工作，如何有花前月下的浪漫？可是，我们打工族却不被人看重，辛苦劳动却得不到应有的回报，辛辛苦苦劳动一年，劳动报酬得不到兑现，工钱讨不到，还会挨打受气。我们这帮人当中，有几个没有被骗过？有几个没有受冻挨饿？尽管中央领导三令五申强调尊重我们打工族，强调不能克扣打工族的工钱，可是又有多少用工单位切切实实兑现呢？政府有关的什么劳动呀保障呀，什么的城建呀公安呀，谁也不会为我们做主。因此呢，我们自己要拉起队伍，为我们自己维权，讨取公道。"他停了片刻又说："我们的劳动工具大多是锄头，就以锄头做为标志。用锄头做标志，还有两层意思，第一，锄头硬，有骨气，敢于硬碰硬，这是我们打工族的象征；第二，锄头跟铁锤相仿，我们要争取成为镰刀铁锤——也就是工人农民的同盟军，成为共产党的另一支骨干力量，与社会上的邪恶势力、贪官污吏和腐败行为作斗争。就这原因，大家赞成吗？"

"赞成，赞成。""一万个赞成。""举双手赞成！"

他的话音刚落，就响起一阵热烈的掌声，夹杂着欢呼声。

也许是他们为了展示阵容，郑哥向强哥征求了意见后，就让大家脱掉衣服展现。这一宣布，十几个人便齐刷刷地脱光了膀子和长裤，露出了胴体。兄弟们浑身黑黝黝的，泛着油光。有纹双肩的，有纹前胸和肚子的，有纹后背的，还有纹大腿、小腿和脚面的。图案也是五花八门的，多是龙、蛇、虎、豹、狼、鹰，也有纹麒麟、貔貅的。还有纹著名运动员和歌星头像的。小强是双肩纹了两条龙，很是威风。他们的左手臂腕上都有一个锄头图形。

大家高兴，一直闹到凌晨三点多。就都各自回去休息。小强要我到他那里再说说话，我就跟着他去了。

他们的租房在一个很偏僻的居民小区，从外面看，房子很破旧，砖头墙壁显得土头土脑的，有的阳台玻璃也被打掉了。

我随小强进入了楼房，立即就有一股怪味儿扑入鼻孔，那味道说香不香，说酸不酸，说臭不臭。这是他们的住处，也是活动接头地点。三个卧室中支着两排高低床，小强一个人住宿里面的套间，其他几个人住在其他两个卧室里的高低床上。小强的套间收拾得还算整齐，床铺是一张双人席梦思大床，床单净净的，铺得展展的，床边的衣架上挂着几件洗过的衣服，散发着浓浓的香皂味儿。他的床头还放着几本书，其中一本是《诗经》。

小强带我进了卫生间洗了澡，就上床睡觉。

好几年没有见了，小强好像老了一些，他的头发已经理成了光头，但嘴唇上和下巴上却留着一层薄薄的胡子。小强拉着我躺进了他的怀抱。枕着他结实的胳膊，摸着他刺纹着龙形的肩膀，品味着大哥哥的关爱，心中涌上了一股幸福感。想到我们俩十分相似的境遇，此时此刻，我想，如果我是个女孩子，我会要他的。

我们自然再次谈到了杨高儿。他叹了叹气，说："唉，要不是她，我还不会到这里干这一行的。"

杨高儿已经不在人世了，她是难产死的，她与肚子里的孩子一起死在了医院的妇产科的门前。

那就是我们在兰州火车站见到她的那个冬天，元旦刚过，有一天，杨高儿觉得腹部有异常，就嚷嚷着小强带她到医院检查检查，看胎儿是否正常，也确定一下预产期。可是到了医院，医生给开出了一系列的检查项目，有血常规、尿常规化验、肝功化验、胸透、量血压、做 B 超、心电图、还要做高压氧舱，其实有些项目是不需要做的。与此同时，开了好多种药物，有中药，也有西药，大部分是补药，价格很贵。还有一些无关紧要的药物。大概一算下来得将近两千元。这两千元当时是有的，但那是留着生产时住院的费用，就没有舍得花。在与医生商谈能不能减少一些检查项目和药物的时候，脾气倔强的小强与主治大夫吵了一架，就赌气没有检查。结果到了临产时，却生不下来，拉到医院一检查，妇产科医生说是叫什么胎盘前置，也就是说胎儿的胎盘正好堵塞阴道出口，要是早发现早治疗调整，是能够转移的，可是现在不行了，这种现象就要剖腹生产，可是剖腹生产得五千多元，小强他们只有不到三千元，还差一千多元呢。小强给人家好说歹说，要求先欠着，他会尽快想办法归还。但是妇产科也做不了主，让找院长，院长一时找不到，跑了好多科室，这个说在那个科室，那个又说在这个科室，有人还说上街了。没有院长同意签字，还是没有人做主收院。眼看杨高儿疼痛得有气无力，再若耽误，就有危险。好胜的小强不得不给人家下跪，要求尽快手术，解救小杨母子。可是妇产科主任说医院有严格的管理制度，没有院长签字批准，谁也不能私自做主，私自做主要是出了问题，谁做主谁承担，医院已经处理过类似好几件医疗事故。

小强狠狠地说："咱上了多少老娘子的肚子，可在这种情况下，万般无奈，还得跪倒在她们的脚下。"

我想，为了心爱的人和孩子，跪了也就跪了，跪了也值得。然而，小强的跪却白下了。她们以所谓的制度为由，表情还是冷若冰霜，并没有为这个帅气的情种膝下的"黄金"所动。她们要的是货真价实的现金，而不是虚无飘渺的"膝下黄金"。伟人毛泽东所倡导的"救死扶伤，实行革命的人道主义"在这里被彻底藐视。

就这样，耽误得时间过久，肚里的孩子窒息而死，杨高儿也因折腾得心力衰竭痛苦地闭上了眼睛。

杨高儿母子死后，小强发疯了似的大吵大闹，旁观的人也纷纷指责医院，引起了社会公愤，当地卫生部门才出面解决了这次所谓医疗事故，安葬了杨高儿连同她肚子里未出生的孩子。给小强打发了两千元的费用了事。本来是要多给一些赔偿金的，可是因为小强他们没有领结婚证，难以确定合法夫妻身份，小强也不敢告知杨高儿家人，医院就胡乱搪塞，随便处理了。小强呢，一个人感觉势力单薄，也只能忍着悲痛离开了那个令他痛心疾首的城市。他不敢回家。他无法面对家人，更无法面对杨高儿的家人。至今一年多时间过去了，两家人还都不知道这件事。

说到伤心时，小强哭了。

我听了也陪着流泪。原本那么纯洁漂亮的女孩子，却是那样悲惨的遭遇。这悲剧究竟是谁造成的？是她本人吗？是李小强吗？是尹水清吗？还是那家打着"救死扶伤"招牌的医院？！

第二天，我们五个新加盟的成员便去两家美容院做纹身。昌子是我们这个小组的头儿，经商量，我们都确定了纹身的内容图案。昌子是在两只胳膊上做了两条蛇，他说蛇最毒，也善于保护自己。蛇张着大口吐着信子，尾巴盘旋着，很厉害的样子。利益在小腿上纹了两只小鹿，他说鹿跑得快，搞"战利品"时不会被抓住。大龙在两个肩膀上纹了两个古人，一个是包拯，一个是岳飞——他敬重这两个人。因为纹身技术不咋的，看不出他们是谁，只有包拯额上的月牙表明了他的身份。在岳飞的头像旁边，还纹了"精忠报国"四个字。正林也在两个肩膀上纹了各一只貔貅，说是貔貅是传说中的猛兽，能避邪的，还能聚财。我呢，觉得不能重复各位大哥的图案，就在前胸纹上了"我

要飞翔"四个草体大字，又在双肩上各纹了一句话，一边是"海
阔由鱼跃"，另一边是"天高任鸟飞"，还在两个手背上纹了
各一只蝙蝠。蝙蝠代表什么呢？记得游览五当庙的时候，壁画
上有一幅"五蝠捧寿"的图形，是五只蝙蝠捧着一个大大的"寿"
字，我就纹了它。一是为了祷求福寿，二是想独辟蹊径，不重
复别人的。自然，我们都纹上了锒头。

十三　"铁锄头"砸得四邻不安

按照"铁锄头队"的宗旨（其实是李小强一个人说了算），"以惩治坏人为己任，以抓到钱为目的"。大家以各自现在的工作为掩护，化整为零，见机行事。其实，我们嘴上说得跟实际行动大不一样，实际上是能偷就偷，能抢就抢，能骗就骗，能讹就讹。小强曾给我暗示过，说是只要不打死人就行。我们十八个人分为三个小组，我们原来的五个人又增加了一个傅军，六个人为一组，昌子是组长，其他的十二个人分为两个小组。我们的目标照例是在货车和火车上，白天睡觉，晚上出动，基本上是每次不空手回来。

因为钱来得还算是容易，我们腰包鼓了，除了给家里邮寄一些外，也想着法儿享受。青春骚动的大小伙，就聚众在一起喝酒，喝完酒酒精刺激了神经，就进到歌舞厅或者夜总会，尽情释放青春能量。做一次只有二三十块钱，大家乐得做。这样做久了，就不满足于一般地玩，而是玩花样。我想起小强一晚七次的壮举，就想与他比试比试。在分得了"战利品"后，就相邀他进入一家"金翅鸟"的歌厅。相邀了两位服务女生，一同展示雄风。竞赛结果，二十七岁的小强大败在我这个不到二十岁的"小将"手下。他只做了一次就躺下喝酒抽烟，精疲力竭的样子。而我做了四次，还是意犹未尽。当我提出他信中写道的"七次"时，他摇头叹息，说："那都是什么时候的事了！那时候什么都不懂，只是在人家的调教下完任务就是了。就是在天祝工地时，一晚上也跟那两个女人做四五次哩，哪像现在啊？负担重哩。"他还坦言，杨高儿一走，他已经对这类事情心灰意冷。快都成为"性冷淡"了。

看到他这样，我就有些心疼他。原来看他在信中把杨高儿称为他的"菜"，我就对他有看法，认为他只是玩玩人家而已。现在看来，他们还是有真情实感的。

为了做到狡兔三窟，小强要求频繁更换住地，打一枪换一个地方。昌子和利益吸收了傅军，三个人另租了房子，有一天，郑通找到他们的住处，告知了一件事，说是最近铁路上反响强烈，电视上打出通告，悬赏破获盗窃案子，让我们不要再出去，收敛收敛，等风头过去了再干。我们就又早出晚归地跑黄包车，装得人模狗样的拉人运货。

吃喝、享受惯了，收获"战利品"牙缝里钻上血了，就如同吃惯了羊的狼好久没有羊肉吃那样渴求，在火车和货车上不能搞"战利品"了，腰包也就羞涩了。昌子提议我们"就地取材"。于是，我们想喝酒了就去某个超市，挑选了好烟好酒和好吃的东西，然后亮出纹身，并声言我们最近没钱了，等有钱了再归还他们，就一走了之。主人意识到了我们是一帮流氓之徒后，也只好自认倒霉。这样的事情已经成了家常便饭。这种事情做得多了，过一段时间也没有人追究，胆子也就越来越大，发展到了抢劫。

在我们经常经过的一间出租屋里，住宿着一家三口安徽人，一对夫妇三十多岁的样子，在一家公司做工，一个男孩子在附

近上小学。打听到他们发工资了，昌子就说想"借"点钱花。于是在晚上十点多钟，就带领我们五个人去了他们的出租房。约谋着他们睡了，就踏开了房门，拥入进去。拉亮了灯，主人夫妇一看我们都戴着面具，就吓瘫了。女人和小孩子连哭带喊。我们就亮出了纹身，利益和傅军拿起砖头，做出要砸到他们头上的样子，昌子就喝令不许他们哭喊。让他们把钱拿出来就行了。结果，那个男的就抖抖索索从衣袋里掏出一叠钱，看起来厚厚的一沓，其实都是面额小的票子，我们嫌钱太少了，就又搜身，结果只搜到了几角毛票，再没有钱了，就拿了那些钱离开。临走时，大龙晃着木棒，傅军掂着砖头威胁说："要是报警，小心狗命！"

出了门，一掂数钱，才八十六元。比起扒火车、卸货车搞"战利品"，就少得可怜。

事后，大家就有些后怕，也很沮丧。不敢回住地，就在一座大桥墩上硬坐了一夜。

三月份的天气，乍暖还寒。夜里蹲在桥墩的孔里，回味着抢人的一幕，我的心情糟透了。想起那女人还有孩子的哭叫声，想起那个男人的哀求声，我在心里一遍一遍地诘问：这算是什么行为？这是男人干的吗？"铁锄头队"的宗旨是"劫富济贫"，是打击欺诈和腐败行为，这算是什么呢？

第二天回到了我们居住的永兴车行，人们都在正常忙碌着，并没有注意到我们昨晚干了什么。一连几天，也没有警察之类的什么人来找我们。过了几天，我们的心又蠢蠢欲动了。

其实，不知为什么，我总希望有人过问这事情，有人出面制止这事情。可是没有，一点风声也没有。也许是那对夫妇失的钱财太少了，又看到了我们的气势汹汹，所以就没有报警，也没有对其他人说知此事。这样就在客观上助长了我们心中的毒瘤增长。

最大的一次行动是小强策划的。

有一天夜里，郑通大哥来叫我，说是强哥要我跟上他去一趟。我说怎么不叫其他人。郑哥说："强哥就指定了咱们两个人，一再安顿不要让其他人知道。"

我随郑哥到了那家"夜来香"的夜总会，小强和另外一个人赵小虎坐在一个包厢喝酒。赵小虎排位老九，长得虎背熊腰，他留着小平头，左耳戴着耳环，下巴也留着一撮小胡子，很有特点。他见到郑通带我来了，就斟了酒递到我们手中，酒是五粮液。看到这么好的酒，我猜测着他请我单独来的用意，就试探地问道："强哥，今晚如此盛情，有什么喜事？"

小强说："今晚要做一件大事，这件人事举足轻重。如果成功了，我们就发大财了，我也就满足了心愿；如果失败了，也许事情会败露，坐牢甚至被枪毙。兄弟你如果愿意冒险，就跟哥去，如果你不愿意，咱哥俩就此告别。"又说："对了，如果哥回不来，还有些东西就麻烦你带回去……"

他说得很是轻松，全然没有"壮士一去不回还"的悲壮情绪。

也许是我年龄小，正是感情用事的时候，就说："看强哥说的。咱俩谁是谁？强哥要做什么大事，兄弟义无反顾……"我努力搜寻着合适的词儿，稍加思索，说出"两肋插刀""赴汤蹈火""粉身碎骨"和"在所不惜"几个词语。

小强就在我的肩膀上拍了一巴掌，说了一声"好兄弟"，又伸手握住了我的手，捏得咯吧吧响。接着说："要的就是你这句话。来，干杯。"

我们就把酒杯碰到了一起。

喝了酒。小强缓和了口气说："其实，这个点踩了好长时间，情况掌握得比较清楚，不会有什么大的闪失。你们三个人都是我的好兄弟，我是先把丑话说在前头。如果反悔，大哥我可不客气。"

接着就如此这般地分了工。这次我没有望风，而是跟着小强攀援翻墙入室，郑通望风。

酒喝到了凌晨三点，我们四个人就起身了。我们骑着两辆黄包车，两个人一辆，我与小强骑一辆，我蹬，他坐。

来到市中心医院的家属区，我们按照要求戴上了帆布手套，又戴上了面具。那里修建着两栋住宅楼房，高高的，挡住了与医院直接视线，住宅楼后面又是两排两层小楼，修着高高的院墙隔了小院子。据说是医院头儿的住宅，也有卫生部门领导在这里住宿。小强带我们来到中间一排最中间，指着院墙做了一个翻墙的手势。就让郑通蹲在地下搭了人梯，小虎就踩上了他的背，我又踩上了小虎的背，最后小强踩着我，一窜身就上墙，然后把我拉上了墙，我又扔下绳索，我和小强把小虎拉了上来，然后又拽着绳索麻利地一个个跳下墙去，郑通就在门外望风。当我们用螺丝刀撬开窗户进入房内打着手电筒搜寻主人的时候，这对中年夫妇才分开了搂抱的身子。这时候，我和小虎的匕首就晃到了他们眼前。并厉声呵斥："不许动！""不许出声！"

说着我们三个人麻利地用带来的麻袋套住了他们的头，又用绳子绑了他们。

这时小强便"啪"的一声开了灯。说了声："请局长不要害怕，暂时委屈一下。我们不要你的命，我们只借点钱花。"

说得很是轻松，好像不是来打劫的，而是亲戚朋友真的来借钱的。随即他又关了灯，屋子里立即漆黑一片。

也许是为了稳定情绪，也许是为了表现出良好的作案素质。小强点燃了一支烟，吸了一口，说："高局长，不用胆怯。我们真的是来借点钱，有急用的，要是不急用，我们也不会这样来的。"

那个姓高的女人就是高局长。此时她吓得浑身发抖，哆嗦着竟说不出一句话来。那个男的是她的丈夫。

小强见床上的人没有反应，就又说："高局长，你不认识我，我可认识你啊。我知道你是不缺钱的。少说也上这个数了吧？"

他伸出了一个手指头，表示一千万元。又说："光这次更新医疗设备，你就收受了多少回扣？你清楚，别人也明白……"

那个高局长这时才哆嗦着说："我没有，我我我确确实实没没有有……"

这时小强不干了，厉声喝道："姓高的，你放明白点。我把话说清楚，我们费了这么大的劲来，是不会空手回去的。你看着办。"

高局长的男人发话了："好汉息怒，好汉息怒，你们要多少？你把我放开，我给你拿吧？"

小强说："哼，想得美。不过暂时还不能放开。快说吧，钱在哪儿，我们自己来拿，拿到钱我们保证放开你们，绝对不食言的。"

小虎插言说："要是拿到钱不放过你们，我给你们当孙子。"

高局长就说钱在衣服架子上的手提包里。

小强取过来掏出一看，是薄薄的一小叠，不是很多，就厉声说："我们保证不伤害你们，只是向你们借点钱，你们竟然这样不识抬举，要弄我们。别怪我们不客气了。"

他做了一个手势，小虎用刀子顶着他们，我和小强就打着

手电筒翻找，结果在他们的床头柜里找到了保险柜的钥匙，小虎用刀子逼着问了密码，小强就打开了保险柜。柜子里有几大捆钱，还有几个存折。十捆钱是十万元。存折上的数字可惊人哩，一个是五十六万元，一个是七百多万元。

拿到这些，小强问道："钱不少哩。这些钱有多少是你们的合法所得？"

这时，那个高局长便不吭声了，只是一个劲儿地哭泣。

那个男人说："好汉需要多少？要么你们把那个五十多万元的存折拿去吧？"

小强说："我们要现钱，不要存折。"

男人就说："那十万元你们拿去吧？"

小强说："十万元太少，还不够我们费的事哩。"又说："十万元也行，还得弥补弥补……"

男人说："你想如何弥补？我们听你的。"

小强就咬着牙骂道："我想操你妈！"

那男人听了愣住了，小强说着喝令小虎扒拉高局长裹着的被子，又喝令我开了灯。看到灯光下高局长一堆白花花的细肉，小强近乎疯狂了，就脱了裤子扑了上去。

看到这一幕，我脑子里一阵慌乱，像似在做梦。心中只有一个意念：强哥怎么会这样？他是怎么了？他怎么会这样？

我明显地看到那个男人戴的麻袋在剧烈抖动，是他在浑身发抖，像筛糠一样。

小虎也好像不明白他的举动，只是焦急地看着我。

小强好像很是兴奋，上去压倒了她，进入后就用力抽插。一边抽动，一边咬着牙说："操死你这骚货；操死你这骚货！"

他完事之后，又喝令小虎也上。小虎吓得哆嗦起来，他无奈地接近高局长，无论如何，裆下就是硬不起来。小强又喝令我来，我哪有这心情和胆量啊？也是不起兴。

小强骂了声"没出息的东西"，就示意我们带了那十万元和包里的几千元零钱走人。

临出门，小虎喝令："不许报警，小心狗命。"

然后"啪"的一声关了灯离开了。

出大门是开了大门走出去的，没有费事。

郑通在外边等急了，见了我们拉着就跑。跑到我们的黄包车上，他埋怨说："你们怎么这么久？我以为你们被抓住了呢。"

小强说："我们是一举两得。走吧。"

想到了我们前一段时间抢了人家的八十六元钱，不敢回去过夜，在大桥墩上蹲了一夜的情景，就小心地说："强哥，今晚我们不回去了吧，开宾馆吧？"

小强却说："这会儿开宾馆你想没事找事啊？人家不怀疑啊？走吧，回住地吧，没有事的，放心。"

我一看表，是凌晨六点差一刻。时间是 1996 年 4 月 15 日。

上述近乎聊斋式的情节，实在离奇，有点荒唐。在那种情况下抢劫了钱财，又强奸了女主人，一般情况下是不可能的。读者可能会想到是讲述者或者创作者为了吸引读者眼球而杜撰的。坦言相告，想象的添枝加叶的成分不能说没有，但是基本事实却是真实的，抢劫之后的强奸也是存在的。正是这看似离奇的情节，才有力地诠释了策划者李小强的心态和处事方式。

我没有回到永兴车行，而是跟着小强到了他们的住处。与小强睡到一起时，他才说出了他内心的想法。

他之所以选择了抢劫一个卫生局长，显然不单单是为了抢

钱。而是一种报复心理作祟。他心爱的人和可怜的孩子死在了医院的冷漠下，他心中的积怨实在难以排除，他认为这都是卫生局领导失职的结果，他要报复。成功地报复，报复成功了。

报复之所以成功，是蓄谋已久的。他本来是要报复那个医院院长，可是他是个男的，又不好得手，就探明了这个倒霉的女局长的情况。他从多方掌握了她收受巨额贿赂的事实，抢劫她不仅心安理得，而且想到她不会报警。

强奸了她，也是一举三得。一是满足了他的报复心理；二是满足了他对老女人有冲动的性心理；三是强奸了她，她只能打掉牙往肚子里咽，张不开口报警——她肯定不想让社会传得沸沸扬扬的。

关于后一种情况，也许有人不相信。入室抢劫如火如荼，心虚如鼠，一般情况下，窃贼只图钱财，不想别的，抢了钱财赶紧离开都显得慌里慌张，谁还会有那么好的心理素质，消消停停做那种事？

这正是当事者与众不同的特别心理。如上所说，李小强这次精心策划、踩点，不仅仅是为钱所困，而是还有其他目的。那就是报复。在那种情况下，大多数人是不会勃起的，可是他却饶有兴趣地一边"猛抽猛插"，一边嘴里骂着"操死你这老骚货"，比他在歌厅与小姐做爱"力不从心"的情况冲动多了，这是因为少年时在几位老女人的勾引下过早进行性事所形成的扭曲心理作怪，看到那个女局长浑身嫩肉和雪白的屁股，引发了他的冲动。不是吗？我和赵小虎就是无冲动，勃不起来。

还有一点，既然费劲翻墙入室，也找到了大量存款，为什么只拿去了十万元和一些零头钱？这也不合一般逻辑。

李小强就是李小强，他不同于别人。他的主要目的是报复，抢劫是顺手牵羊。他肯定分析了情况,高局长家有大量存款,只拿一小部分,是小菜一碟,她不会感到心疼的。报了警就会暴露她的巨额财产,而这巨额财产是哪里来的,她能说明来源吗?如果带走了存折,还得拷问密码,在银行取钱时便会暴露无遗。而只拿了少量钱,加上其他保险措施,是能够拿得放心的。果然,这事情一直没有发作。

第二天,小强给我分得了一万元。我觉得多得不得了。也许是我从来没有一下子得到过这么多的钱,也许我考虑问题太幼稚,想到了杨高儿,想到了小强家中的一双父母和两个残疾哥哥,就把一半钱退给了小强,让他邮寄回家。也许是这些钱决定着我今后的命运,冥冥之中有人示意:不要太贪婪了!

十四　人生，在昏黄的路灯下扭曲变形

　　这件事情对我震动太大了，晚上常常做恶梦。我就回家了。

　　在家待了大半年，就到了年关，二哥、二嫂和三哥也都回家了。这个年还算是过得热闹。过完年，点了元宵节的明心灯，我们兄弟几个又要外出打工，父亲就不让我再出去。他把一切心思和精力全部用在村子里的事情上。洋芋要实行芽栽，玉米要覆盖地膜，麦子要兑换优良品种，这在当时偏僻农村的人难以接受的情况下，是得一家一户上门做动员工作的。最头疼是计划生育，上面每年下达的节育（戴环、结扎）指标完不成，当干部的人便要挨家挨户讲政策，动员完成。实在有生育五六胎的还得采取一些非常措施，强制节育。这样就顾不上自家的事情。本来是要三哥留下来的，因为他一直挣不来钱，每次回家不是说工资还没有发，就是说工钱被骗了。或者说他遇急事花费了。当父亲要他留下来时，三哥却说他有一笔工钱还没有讨要回来，如果不去，工钱就找不到人讨要了，他就走了。这样，只能是我留下来照顾家中。

　　农村贫困家庭的环境氛围与城市截然不同。活儿零散、繁杂不说，饭食总是老生常谈，不是莜面饼子洋芋菜，就是白面浆水面，活儿忙时就煮一锅洋芋，锅里带几个蒸馍或者糜面砣砣，凑合几天。一年四季难得有肉吃，有酒喝。

进城务工，虽然有时也挨饿受气，但隔三差五总会有肉吃，有酒喝的，还会享受歌舞厅里的快活浪漫。尤其是近几年来，一搞"战利品"就是几百元、上千元的收入，吃喝由着自己。还能与脾味相投的朋友谈天说地。已经把心闯荡野了的我，随时都想着瞅机会外出。

白天倒也容易度过，晚上一个人的时候，就感到十分空虚。想到小强他们，我心中便生发一种想表现的冲动。我拿过铅笔，写下了一段心情日记：

经过一天的劳动，现在终于可以安静下来了。

拾起这笨拙的笔，记录人生。选择了一种生活，就要终身矢志不渝，为了达到某种境界，就需要忍受太多的寂寞与痛苦。多舛的命运撞击，以至贫穷的折磨，都时时困扰着我年轻的心。漫漫长夜，不知何时是黎明？有时候我觉得：生活往往让人不可捉摸，一些人的生与死都不轻松。也许没有人注意到我落魄的行踪，但我一直在寻找——寻找着能够安慰我心灵的那一块圣地，那一种意境。

我很想找一个圣明的人为我指点迷津，揭穿生命的奥秘。然而，我的身边全是一些和我一样带着伤痕在暗夜中徘徊的灵魂……

常言道"树欲静而风不止"，一点不假。想外出的意念虽然不时在我心头萦绕，但没有充分的理由，还是不好离家。大龙和小强的来信，促使我再次离家出走。

大龙和正林过年没有回家，他们来信说在过年期间，是最能捞钱的时间，发了工资和奖金的人们，年关前便突击花钱购物，过年后又带着礼物走亲访友，这时来往坐车的客人就特别多，这个时候也是社会秩序最混乱的时候。运气好时，还会浑

水摸鱼，搞"战利品"也容易得手。从他们两家人的口中，也得知了他们邮寄了不少钱。

小强的来信其实是为我"宽心"的。我是他最小的兄弟，也是他的崇拜者，出于这个原因，他一向对我比较关心。他可能意识到那次事情后，对我神经有刺激，发现了我神情不带劲，受到了惊吓，就写信了。

小彭兄弟：

你好？家人都好吧？几个月没有你的音讯了，还真想念你。

按照咱们哥们的关系，你不会一走了之的，你会回来的。你之所以迟迟不来的原因，我想肯定是那次事情造成的。（或者家里有什么事吧）你年龄小，没有经过大事情，受到惊吓了是吧？其实，你用不着担心，哥都给你分析过许多原因了。要是他们报警了，我们肯定不会到现在这样逍遥法外的。你看吧，没有事吧？大半年过去了，我们仍然相安无事。你放心，这事他们只能打掉牙往肚里咽，我们四个人不说，谁也不会知道的。要说犯罪的话，我们四个人是共同犯罪，是一个绳子上拴的蚂蚱，要活都活，要死一同死，我想我们谁也不会是傻瓜。

我今天写信要说的，主要是为你宽心，给你吃定心丸。不要因为这事影响了情绪和身心健康。顺便告诉你，我也打算不干了。经过了那次事情，我的心愿也实现了，从某种意义上说，也可以安慰小杨母子的在天之灵了，钱也有了。我打算挪一个地方，做点小生意，我还希望你来加盟帮忙哩。

我最近遇到了一个人，这个主意还是她出的，是她的话提醒了我。你猜这个人是谁？

小强接着说，他遇到的是本村的李大嫂，就是那个让他"顶账还债"的秦大姐。她的丈夫，也是小强的庄间堂哥李大哥，他原本就在这个城市里。他是偶然在一个饭馆吃时遇到她的，他们夫妇也来吃饭。

呵呵，这又是一处"无巧不成书""千里有缘来相会"的境遇。

他说她猛然见到了他，在惊讶片刻之后，便是热情招呼。其实她的丈夫李大哥比她还热情。在如此遥远的千里之外，能遇到一个村子里的老乡，那是太不容易的事。何况他们原本是一个李姓哩。李大哥无论如何也想不到快能给他们当儿子的小强兄弟会与他的妻子有什么瓜葛。更不会想到会有轰轰烈烈地"抵债还账"的荒唐事。他们不但给他开了饭钱，还硬是把他请到了他们家里作客。

至于他与她再度相会后还有什么事情，对中年女人有冲动的小强会不会与她再续"抵债还账"之事，小强没有说。

看来，他遇到了她，也不是一件坏事。最起码在她的影响下，他的思想有所转变。

原本在家不安分的我，看到这个消息，就想与小强一起做点生意。也是少年无知和好奇心在作怪，想看看那位与小强有过一晚七次活动的大嫂。就借口到兴隆赶集，坐上了开往银川的班车，进而转车到了我们在这里奋斗了好多年的熟悉的城市。

我还是重操旧业，进了永兴车行，这次租了一辆夏利小车。一天是五十元租金。

遇到了大龙、正林和昌子、利益他们，感觉他们身上有了很大变化。穿着打扮阔气了，不再是随便的衣服和鞋子，而是价值不低的高档物，有西服，有皮夹克，还有羊毛衫，脚上不是皮鞋，就是旅游鞋。抽的烟也不是原来的一盒子八角钱的"金驼"和一块钱的"龙泉"，而多是五块钱的"石林""白沙"，还有十块钱的"红塔山""一支笔"。偶尔还会掏出"中华"

和"阿诗玛"。说话也时髦起来，"他妈的"便常常挂在嘴上，动不动就发出"操""靠"或者"晕"口头语。昌子和大龙也换租了夏利小车。

我离开满打满算才大半年，他们就有如此大的变化，这让人不得不想起他们是如何连续行动搞"战利品"的。

小强他们呢？已经搬迁到了一个新地方，接近市郊了，离那位秦大姐家不远。是大龙他们领我找到的。不过现在他不是与兄弟同住宿在一起，而是一个人居住。他看上去神态平静，说话时会时不时咧嘴一笑，好像从来没有做过值得懊悔的事情似的。他的头发已经长了上来，有寸把长，胡子也刮了。这样的打扮还是秦大姐建议的，她说他经常出入她家，原来光头那样的打扮别人会笑话并怀疑的。他这样一打扮装束，显得老成规矩多了。

他也写了好多首诗歌。我拿过他递过来笔记本，翻开一看，果然写了密密麻麻的好多页。不知是他心情激动出手快，还是别的原因，他的字儿很潦草，歪歪斜斜的，不如给我信上写得好看。有一首《冬夜》这样写道：

冬夜，我像游魂，

在城市的一隅徜徉，

思绪乱飞，在新年的灯红酒绿中杯盏交觥，

在雪夜的霓虹灯里，寂寞起舞；

寒风吹走了憧憬，

魔爪一节节疯长；

电杆下的影子，在昏黄的路灯下扭曲变形，

今夜，我注定是一个失眠的人；

我承认世事无定，

也不相信会有天平，

怪只怪自己生不逢时。

我明白，这是他的心情写照，读着使人有一种淡淡的忧伤。他的诗又一次勾起了我写诗的意念。就说："强哥，你教我写诗吧？"

他说："我也是一知半解，怎么能教别人？"又说："诗歌这东西，完全是写心境。用一种特别的意境来表达感情。当然了，写作要有一定的文学积淀，还要有丰富的生活阅历。唉，反正我也说不清楚，你还是多看别人写的东西，慢慢消化感悟吧？读得多了，写得多了，就会有进步的。"

我们聊了一个下午，当我表示晚上不回车行与他同宿时，他说："晚上还有人来，不方便。"

他说着诡秘地一笑。我问是不是新的嫂子？

他摇了摇头说："不是，是秦大姐。"

正是春节前后的疯狂行动刺激得大家的神经更加麻木了，忘记了"螳螂捕蝉，黄雀在后"的古训，结果在一次比较大的联合行动时，被逮了个正着。我们一组和三组，由赵小虎和昌子带领，去扒拉火车，第二组由郑通带领，他们又分为两小组，在红果子打劫货车。

我们的两个组也是分开的，不然十几人在一起豁愣大阵的，目标太大，商量好的是分别扒窃两趟火车，因为这条铁道我们太熟悉了，大概几点有什么车经过，我们都掌握得差不离儿。昌子就带了我们五个人先扒拉一辆煤车，小虎他们随后扒拉一辆货车。煤车以前我们也扒拉过，目的主要不是偷煤炭，而是煤车上也带有其他货物。要是煤车上实在没有带什么货物，那

些大块煤炭也还凑合。煤炭运送虽然比较麻烦，但销路很广，一麻包煤炭也可以卖几十块钱，总不能空手上一趟火车么？

后来，大家嫌麻烦，搞钱又不多，就很少扒拉煤车了。

不过。这一趟煤车是运往深圳的，车上往往带着一两车皮其他货物，多是皮革和羊绒制品，这些东西值钱哩。

经过了好多次扒拉火车，我们的胆子大了，行动也敏捷迅速了，上车和接货的地点也掌握得合理了。扒拉火车的人在"上游"蹲守，接货的人在"下游"等候。火车开来了，"上游"的昌子、大龙和傅军就顺势扒上了火车，他们上车后就寻找"战利品"，确定目标后，看到了下游接货的我们，就开始卸货。我和利益、正林三个人麻利地搬运着从火车上扔下来的"战利品"。这次是三大件东西，沉甸甸的，因为天黑，看不清包装上印着什么货名。不一会儿，他们三个人也就下火车来了。昌子很是兴奋，他说这是皮夹克，每件是二十套，一共是六十套，一件按一百元处理，最少也收入六千元，平均每人可得一千元。这次我们是开着三辆出租小车来的，自然比黄包车快速多了。当我们带着收获"战利品"的喜悦心情离开铁路，驶向市区时，发现前面设置了路障。当我们意识到有情况，试图调车逃跑时，发现后面有几辆警车开来。我们束手就擒，被拉进了附近的江城子派出所。我们被铐在楼道里的暖气片上。过了一会儿，一阵人声嘈杂，又有人被抓了，才知道是小虎他们。第二天，又得知郑通他们也被抓了。我们"铁鎯头队"的十八名成员，除了老大李小强之外，全部被抓。

十五　牢狱之苦

连日的审讯使我发怵。

我与傅军年龄最小，都是十九岁，小傅还比我小三个月。也许他们认为能从我们身上得到突破口，就集中审讯我俩。其他人也被提审，但是我们俩好像一天审讯几次哩。有时候是单独审讯，有时候是一同审讯。他们有时候是一个人审问，有时候是几个人一同审问。有人审讯时语重心长、苦口婆心，有人则是大发雷霆，不断训斥，还有人是拳脚相加，甚至皮带和警棍并用。

数天来，审讯我的干警有七、八个人。好多情况我都如实交代了。比如说，如何拉客时多要人家钱，如何拉到偏僻处讹诈人家，如何扒拉火车，如何偷盗货车，如何销赃，都说了好几遍。但有三件事我却没有吐露。一件是在灵河工地上与王姐的事，一件是晚上入室打劫那对安徽夫妻的事，还有就是跟随小强打劫高局长的事。

也许是他们从其他人口中得到了某种情况——其他人的口供与我的口供不相一致的原因，后来对我的审讯就不是那么客气了。有一个身体消瘦的中年人，他戴着一副近视眼镜，眼镜背后是一对泛着绿光的三角眼睛。他审讯我时一开始总是面带着微笑。当他按照程序询问了我的家世和基本情况后，就再次

深究还没有交代的新问题。我还是重复了说过的那些情况。干警的笑容就没有了，他使出了警棍，我还没有回味过来，就听到"啪啪啪"的响声，火花闪烁着刺眼的光，进而我麻木了，抽搐了，那个难受劲儿说痛不单纯是痛，说麻不单纯是麻，说酸也不是单纯的酸……接着又是噼里啪啦几个耳光，打得我两眼冒火，鼻子里的血液就流了出来。他一边打，一边斜着三角眼睛又微笑着问："怎么样，怎么样？"又说："要是不好受，就痛痛快快交代了吧？"

后来我们暗中都把他叫"笑面虎"。

我挨了打，心中便有些纷乱。说了还是那些交代过的事情。于是，警棍再次"光临"到身上。我便一头栽倒，什么也不知道了。

过了不知道多少时间，觉得口中有凉凉的感觉。就醒了过来，原来有人在为我灌水。一看是一位相貌威严的干警，脸上留着一圈胡碴，他大约四十岁的样子。他口中小声念叨着："这娃长得这么清秀，也跟上坏人干这勾当。"又对我说："娃娃，事情做下了就要如实交代，交代了，保证以后再不干了，就放你出去。"

这时我觉得肚子空得难受，已经好几天没有怎么正经吃饭了，今天早上只是吃了点稀饭和一个小花卷，原本一直处于饥饿状态的我，现在饿得难受。听着他带着怜悯的话语，我点了点头。

可是那些关键的问题我还是没有说。

不知道是抓的人多，没有地方安置睡觉，还是他们原本就没有打算让我们睡觉，而是在有意折磨我们，晚上我们有一些人还是被铐到楼道的暖气片上过夜。这暖气片可不是板床，也不同于任何一件东西，蹲不下，站不直，稍微往地下一蹲或者往起一站立，手铐就勒得手腕生疼，就只能胳膊支着身子半站半躺。这样的姿势只能维持一会儿。一连几天几夜了，实在困乏得不行，就睡着了。结果又被手铐勒得疼醒了。看着有着同样遭遇的"同行"，竟然觉得好笑。心里说：放着好好的日子不过，却要受这洋罪？真是应了咎由自取这句话。我自然想到了自家的小高房，在那里，我没有忧虑，没有恐惧，也没有饥饿，想怎么睡就怎么睡。在天祝筑路工地上，挥着旗子指挥车辆的惬意，在灵河王姐家的被窝里的浪漫，与小强一起在歌厅里展开"比赛"获胜的开心，躺在小强怀里吟诗的温馨，等等吧？如今都被这冰凉的铁家伙代替了。想到小强，我突然害怕起来，他逃脱了没有？他要是被抓住，那可不得了。那么，警方知道他吧？我们十七个兄弟都"落网"了，他如今怎么样呢？那晚我们在一起喝酒，又   同纹身，那就等丁盟过誓：生死相依、不离不弃；有福同享，有难同当；好汉做事好汉当，绝对不能出卖朋友……如果大家真的履行承诺，他会侥幸逃脱的。不过，从一些现象看，叛徒汉奸总会有的，也许有人会供出他。这次事情也值得思考，平时大家都是小分散行动，这样的集中行动就有过一两次，而且根本没有这次规模大，这次是所有的人基本都出动了，而且还进行了严密分工。结果让人家来了个"一网打尽"。这其中是不是有人暗中告密呢？那么谁会是汉奸呢？我压着手指头盘算了一番，最终压到两个人身上，一个是郑通，一个是赵小虎——要是他们"叛变"了，那我和小强可就死定了！进而又想：反正事情已经做下了，死就死吧？我可绝对不做出卖朋友的事。这样一想，心里也就坦然了，也不怎么胆怯了。他们打我，我就大声哭喊，饿了，我就大声嚷嚷着要吃的。这样，他们反而不理我了。

绿地文学丛书

还是那个模样很凶的干警对我好。别看他相貌威严得凶神恶煞一般，可是内心却善良，感觉到他很有涵养，大家都称他为老王。老王审讯时总是循循善诱，讲政策，讲道理，讲人情。在我叫喊饿的时候，他还会给我塞上一个馒头。

在他的真情感召下，我没有把握住，说出了与王姐的事。他惊讶得睁大了眼睛，进而摇了摇头。

这一新情况，他们肯定要作为新发现问题汇总在一起，所以好多干警便知道了这事情，那个三角眼睛的"笑面虎"在审讯时笑眯眯地挖苦我："小东西，艳福不浅！"他好像对此事很感兴趣，审问得细而又细，连任何一个动作都不放过，甚至连我的生殖器的大小软硬和女方的感受也要问个根根茎茎。

也许是他们觉得再审问不出什么有价值的问题了，也许是看到我和傅军两个年龄小的被折磨得有些憔悴，过了几天，那个相貌威严的老王通知我，让我们两个人搞清洁，主要是收拾楼道卫生，擦玻璃，拖地板，也收拾院子里的垃圾。这样就自由多了，饭食也能多吃一些了。

那个三角眼睛的"笑面虎"见到我，还是笑眯眯地斜着眼睛看我，时不时丢下一句话："小子艳福不浅"。我不知道这是在赞赏我，还是讽刺挖苦我？抑或是他也想有那样的艳遇？

又过了几天，想想也差不多快半个月了，那个相貌威严的老王叔叔把我喊到办公室，说是可以放我走了，不过，是要交一些罚款的，得三千元。

我是刚从家中跑出来的，身上没有多带钱，只有几百元钱。大龙、正林几个人也同样被抓，没有人借钱给我。我也想到了小强，但我不能惊扰他。就给二哥写了信，委托那位干警邮寄出去。

二哥还在灵河工地上，他的钱很快就打来了。交了钱，我们就被释放了。不过罚款的数额却不一样的，昌子、利益、大龙、正林等八九个人被罚了五千元，赵小虎、郑通、虎勇最多，每个人是六千元，傅军是四千元，我最少，是三千元。依据是，我多时是跟上人家的，不是主要行动者，而是放风、销赃，春节期间又不在这里。

还好，总算是有惊无险。

过了好多天，我都不敢去找小强，就去了秦大姐（其实应该叫她秦姨）家，她见到我一脸的疑惑，冷冷抛出了一句"我不知道这个人"，就关了门再也不理我了。我想起了人常说的"婊子无情"的话，感觉她这个"婊子"还是有点情意的——她还在有意识地为小强保密。

这次事情后，小强这个头儿不见了，"铁锨头队"也就"树倒猢狲散"了。有人回家了，有人去别处了，有人还留在这个城市。有一次我碰到了赵小虎，问起了有关事情，他说他也不知道小强的下落，再没有联系，郑通回河南了，虎勇上新疆了。当我试探着问起是不是透露过"抢卫生局长的事"，他的脸色立即阴沉了，哼了一声说："哼，你小子脑子有病啊？那是个什么事啊？是要掉脑袋的。"又说："如果说了那件事，不仅咱们死定了，那个局长也活不了的。这是小强哥和郑哥安顿了多少遍的，无论如何也不能说的。"

抢劫、强奸别人的人犯事了，受害者怎么会"活不了"呢？事情其实很明确。要是说出这事，那个局长的内幕不是就大白天下了？她那么多的钱财是哪里来的？再说了，一个大大的局长，数千人的头儿，年龄也有五十多岁了，她遭受了一个比儿

子还小的流氓强奸，她如何面对社会和子女？于公于私讲，她都再不能当那个权力很大的局长了。当不成局长还是小事，她的性命能保住吗？就算是因为贪污受贿罪法院给她判了重刑，留她一条活路，"赔了夫人又折兵"的她还有脸面再活在这个世界上吗？还有，她和丈夫也感受到了我们的厉害，要是我们被抓了，要是判不了死刑，出狱后她是没有好果子吃的——人家与我们无冤无仇，我们害人不能害到底吧？是有关医院的麻木致使小强的妻儿惨死，那也不是这个姓高的局长所为吧？牵怒人家不应该吧？

小虎对小强抢了钱又强奸人的事很有看法。他说："强哥那么帅气的人，怎么会那样呢？要是我，老女人给我多少钱我都不干。当时人心里紧张得直想飞，心跳得糊里糊涂的，他还有心思干那事？真不可思议。"

我担心郑通会不会说出那件事情？小虎说："你放心，郑哥比谁都精，他不会做傻事的。他是老二，第一个枪毙强哥，第二个就轮到他了。"

我听了就吃了"定心丸"。这次被罚款释放，其实就是那件大事情没有暴露。

经过了这件事，痛定思痛，我想了很多很多。我想，再不能跟上别人胡整了，要切切实实做点事，老老实实挣钱。我归还了车行的夏利车，又租用了一辆人力车。开始了努力回归原状的旅行。

利益和正林回家了，原有的人马，只剩下昌子、大龙、傅军、赵小虎和我。不过又结识了甘肃定西的朱新云。这时没有什么头儿，都是各干各的，倒是我成了联络大家的人。这种联络不是组织大家做坏事，而是时时处处提醒大家，吸取教训，讲诚信，讲公德，凭自己的苦力挣钱。这样，兢兢业业地干了几个月，还算是顺利。在这过程中，也在几家相对固定的饭馆吃饭，时间久了，就都混熟了。十一国庆节期间，有个四川朋友唐阿中新开的饭馆启灶营业，我就相约了几个熟人朋友前往祝贺。昌子、大龙、小虎、傅军和新云都去了，我们每个人出五十块钱，定制了一块很大的玻璃匾额，图案是八匹神态各异、毛色不同的马。下面写着"马到成功"几个字，旁边是一个报时钟。我们几个人就在鞭炮声中把匾额悬挂到客厅。阿中为了让我们玩得开心，也是为了腾出一楼接待其他重要客人，就把我们几个人安排到了二楼雅座中。还没有到开饭的时候，阿中就让服务牛给我们提了两件啤酒，并扔下了一副扑克和一副麻将，让我们边喝酒边玩，等候客人来得差不多了再上菜。

好久没有这样在一起玩了，大家都放得开，昌子、小虎和我三个人砸"金花"赌喝酒，谁输了就喝一瓶啤酒。其他的三个人玩麻将。人不够，就临时又叫了一个人，他是阿中的朋友。

我们在楼上玩得不亦乐乎，没想到楼下却有人跟阿中争吵。我们以为是饭店老板跟食客之间的一般争吵，争吵得也不厉害，我们也就没有理会。

这就应了古书上的一句话：合当有事！

当我们意识到有人来找麻烦时，已经有人推门进了雅间。只听得一声喝令："不许动。"接着就有人喊着："都把钱和东西放在桌子上，背过脸站下。"

大家都不知道究竟是怎么了？大都站起来把脸转过对墙而立。只有我和小虎还愣着。我的第一反应是：莫非又遇到"黑社会了"？

小虎说："兄弟们不要误会，有什么事请指教。"

来人是四个，其中的一个高壮胖子吼道："少废话，把钱放下，把脸转过去！"

只见小虎给我使了一个眼色，就提起手边的圆凳子，"喀嚓"的一声砸到了那位胖子的身上，那人的脸上顿时鲜血直流。这一来，朱新云也抢起了凳子，大龙和昌子几个都拿起啤酒瓶子，乱打起来。对方也捞着凳子回击。

我一看要闯祸了，就大声喊："别打了，别打了，有话好好说，有话好好说……"

我刚要开门出去到楼下找阿中，结果被外面冲进来的三个人挡住了，为首的一个喝道："不许动，一个也不要放走！"

我一看，麻烦了，是派出所那个三角眼睛的"笑面虎"，后面跟着两个人面目也很熟悉。原来他们是派出所的人？！

"笑面虎"看到他们的人被打了，而且还在挨打，就喝令一声："谁再动手我就开枪了！"

说着"砰"的一声把子弹射向天花板。

这一下，在场的人都愣住了。

阿中连忙上来夺下了小虎和新云手中的凳子，喝令其他人住手。

阿中连急带气，说话都结巴了："你你你们们这这这是是是胡胡闹……"

他又回头对那个"笑面虎"拱手作揖，结结巴巴地说道："所所所长长，误误会会了，都都是是是我我的不不不好好好……"

小虎、大龙、昌子几个一看是派出所的人，立马傻眼了。小虎连忙拿了桌子上的餐巾纸给那个脸上流血的干警擦拭，被推开了，接着就有人"喀嚓"一声给他戴上了手铐。

我们几个人连同临时叫来那个打麻将的人，还有唐阿中，一共八个人全部被抓进了局子里。

"袭击公安干警"——这还了得？！

我们照例被分别铐在暖气片和铁凳子上。干警们便开始轮番审讯。这审讯，他们不用语言，不问你交代问题，而是以拳脚或者皮带、警棍代替语言。一个晚上，"噼里啪啦"之声不绝于耳，与这声音相配套的是兄弟们的惨叫声。

我自然也没能幸免。

那个相貌很威严的老王来到我身边，摇头叹息着说："你这娃娃，好不懂事啊。看你年龄小，放你出去，你怎么又不规矩了呢？"

看到他，我心中涌上一股委屈，只说了一句"王叔叔，这事不怪我……"就哽咽得说不下去了。

那个"笑面虎"走过来斜着眼睛，笑了笑，拨拉了一下我的裆下，说："哼，别看他球大的个人，一晚上能干五六次呢。"又说："这回进来，就多呆些日子吧？"

这时我也有些生气了，就说："我没有打人，我是冤枉的；我没有打人。你们放了我，你们放了我。"

这一说，招来的又是一阵拳脚，"笑面虎"一脚踢在我的裤裆里，只觉得一阵钻心地疼痛，我就大叫一声："哎哟，痛死我了！"

十六 逆反心理使我们重蹈覆辙

通过一连几天的审讯，我才知道了那次事情的经过。

针对国庆节前后的秩序混乱状况，全国部署了"严打"活动。这个城市也不例外，干警们就分片负责，检查宾馆、饭店、车站等人员集中场所。江城子派出所的干警巡逻检查了一个上午，大家感觉到饿了，就顺便来到了阿中新开业的饭馆吃饭。他们之所以来到这里吃饭，一是顺便，二是新开业的饭馆干净，价格也相对便宜。他们一共也是七个人，进了饭馆要饭时，老板阿中说是饭馆开业，要接待前来恭贺的重要客人，座位紧张，要他们等一下，饭菜可能要迟一些。

这些干警肚子确实饿了，要尽快吃饭。还有，他们一直是别家饭馆的座上宾，到了哪家饭馆，都显得趾高气扬、大大咧咧，饭馆都是毕恭毕敬，优先全力满足他们，哪像这家饭馆？分明是把他们没有瞧到眼里。"笑面虎"在笑过之后，就质问唐阿中："你说要接待重要客人，难道我们不重要？重要客人的钱是钱，难道说我们的钱不是钱？不行，我们进了你这门，就要吃饭，吃了饭还有重要公务。"

要是他们穿着警服或者能看到腰里的手枪、警棍和手铐等武器，阿中肯定也会笑脸相迎，低头哈腰地招呼，可是偏偏阿中不认识他们，忙乱了一上午的他也没有发现来者有什么特别标记，也就把他们当成普通客人。当他听了"笑面虎"的话，就说："大哥请理解，我们今天开业，实在顾不过来招呼闲散客人，只好委屈先生们了。如果先生们公务繁忙等不及，请到别处用餐吧？"

"什么？""笑面虎"便不干了，他说："让我们去别处吃饭？哪有这样的饭馆？对食客下逐客令。实话对你说吧，我们也不是什么普通闲散客人，我们吃了饭还有重要公务。我们今天就是要吃你们饭馆的饭。"

说着他们就坐在饭桌前打火抽烟。"笑面虎"一边对阿中微笑着，一边在心里盘算着如何给这个不识时务的饭馆老板来点厉害。正在这时，我们楼上的"赢了""糊（和）了"的声音传进了他们的耳朵。"笑面虎"一听，心中就有了主意，打发几位青年干警上楼"查赌"。我们这边呢？事先也没有发现一点动静，要是我们不论是谁，只要听到楼下的吵嚷声，下去看一下，认出了他们，也不至于发生本不该发生的事情。

他们的态度也有些过于生硬，不问青红皂白就让我们"不许动"，还要把钱和东西掏出来放下，让人感到很是恐惧。事情来得突然，小虎便认为可能又是"黑社会"来敲诈，他奉行了"先下手为强"的原则，这样就三下五除二地打了起来。

严打期间，动手袭警，顶风作案。性质无疑是很严重的。

那么，这事情怪谁呢？

我们好像没有错。朋友的饭馆开业，是喜事一桩，作为朋友前来祝贺是人之常情啊？无论当官的干警备的，还是平民百姓，亲戚朋友有了大小喜事，也都会相互走动祝贺的，图个人气旺啊！

怪警方吗？似乎也觉得他们有他们的道理，他们在执行任

务。严打嘛，就得有个严打的样子和气派，他们辛辛苦苦不分白天黑夜不停地巡逻、检查，也是为了搞好社会治安，有了他们的有效劳动，广大人民群众才会安居乐业，他们应当受到人们尊重。人家辛苦一上午，忙得口干舌燥、饥肠辘辘的，进入你家饭馆，不但不能及时安慰肚子，还说人家是"闲散客人"，不要说是一向唯我独尊的公安干警，就是一般食客，谁听了也会生气的，最起码是有想法的。按说，警察在开业之日前来就餐，对饭馆来说也是好事，用我们那里的话说，就是"请不到的遇到"。一些饭馆和营业的店铺，都在想方设法拉客，尤其拉警察、工商、税务和政府官员这些人。可是阿中偏偏是"有眼不识金镶玉"。按说四川人是很精明的，他为何就没有精明起来？也许是连日来跑贷款、办理相关证件、搞装修、招聘工作人员忙得晕头转向，精明被疲惫掩盖了，冲淡了？

警方给我们的罪名是"聚众赌博"。那么，我们真的赌博了吗？

赌博以前确实有过，而且曾经一度还赌得很大很邪乎的。可是那时候赌博怎么就没有人管呢？这次昌子和小虎也觉得砸"金花"、打麻将不来点刺激的没意思，提出小打小闹地来点意思就行了，图个热闹。可是他们这个意念被我坚决制止了。这倒不是我的思想转变有多彻底，进步有多快，而主要是考虑到在朋友开业之日，在这公众场合玩那东西，对朋友影响不好，将来影响朋友的生意。而打牌打麻将，吆五喝六地喝酒来增添热闹气氛，这是阿中乐意的。

当时昌子一连输了三把，喝了三瓶子啤酒，又输了，就赖皮着不喝，说是他空肚子喝不下许多酒，就说他出十块钱，免喝酒，我就坚决不同意。我说："要出钱就出一百块，十块不行。"其实，我提出他出这么多钱是来制止他赖酒不喝的行为，而不是真的提倡以钱代酒。

派出所干警的证据是，说当时我们桌子上放着钱的。这也是一个不小的误会。当时大家一起玩乐喝酒，带的烟抽完了，小虎就让傅军在隔壁烟酒店里买了一盒"金丝猴"，小虎给了他十块钱，找回来了三块钱，就顺手放在桌子上了。结果这一放，却成了赌博的有力"证据"。

在苦思冥想中，我也想起一个法律词儿：以事实为根据，以法律为准绳。可挨了打的干警们还能把握这个"准绳"吗？

要是他们当时不是气势汹汹地破门而入，而是有理有据地调查我们，并表明他们的身份，事情完全不会是这个样子。我们八个"被捕"的人当中，就有五位是与他们打过交道的，那些日子里，他们的拳脚、皮鞭和警棍的力度我们还是记忆犹新，甚至不寒而栗的。不过，用"不打不相识"来解释，我们大都与他们取得了谅解，认为他们与我们无冤无仇，他们这样做，也是出于社会安全考虑，他们对于我们的态度，是"恨铁不成钢"，他们不从我们身上找到突破口，就没法向上级和社会交代。我们不好好配合交代问题，任务在身的他们也发急，换了我们当警察，也会发急的，或者比他们更急。为此，我们有些人之间还建立了比较好的关系，比如我对那个相貌威严的王叔叔就很有好感。曾经有过等我将来转变好了，混出个人样了，给他上门拜年，如果他不介意，我还想认他为"干爹"。正林也跟那个姓张的干警相处不错。放我们出来时，所长语重心长地给我们讲了话，他与许多干警一道，把我们送出了看守所。

可是，那天他们怎么就那么凶猛呢？

这事怪我吗？

我们的"铁鎯头队"解散后，剩下的"残渣余孽"实际上由我协调。我是从内心想以自己的良知和懂得的道理来引导他们，走正路，办正事，走出梦魇般的阴影，立足于社会。在我有限的能力作用下，半年了，我们再没有犯事儿，这也算是一个不小的进步吧？这次事情，我不但没有任何过错，还做了力所能及的劝解工作，我不但制止了即将发生的赌博，也出面制止打斗。我也算是做到了我应该做的事。

说来道去，还是怪阿中。他怎么就一点儿没有发现来人的身份呢？

这样的情况，我不但不应该被捆绑在一起挨打受气，而且还应该表扬我，甚至奖励我。

可是，我的打一顿也没有少挨。

我也觉察到了，对我过不去的主要是那个"笑面虎"。他总是亲自审讯我，敲打我。这次的毒打又找准了一个位置，那就是我的命根。他不但用手掐，用脚踢，还用警棍刺击。也许软绵绵的它电击不过瘾，他就用手拨拉，拨拉勃起后，他就用警棍刺击。反正我的双手被铐着，动不得的，人家想怎么整就怎么整。警棍一刺激，我就浑身抽在一起，从下身一直抽到脖子，像是筋骨被抽了一样难受。每次刺激，我便想到：真是生不如死。你干脆把我整死算了，免得受这洋罪。

他好像对我跟王姐的事很在心，折腾我时，总要提到我与她一晚上五六次的事情。一边打、掐、用警棍点击，一边笑眯眯地说："叫你厉害，叫你厉害。"

人们都称他为"所长"，其实他不是什么正经所长，而是负责刑侦的副所长，排名在其他两位副所长之后的第四把手。他姓尤。

晚上戴着手铐睡在铁板凳上，下身肿膨得像个紫茄子，裤子或者什么东西稍一刺激，就一阵钻心地疼。这时我不得不胡思乱想：他为什么对我和王姐的事那么恨之入骨？难道说她是他的什么亲人？如果她是他的亲戚亲属，他也不应该把问题单单看在我身上啊？常言说"母狗不摆尾，伢狗不上墙"。她不勾引我，我一个愣头少年晓得什么？再说，我把童男身子给了她一个老寡妇，使她得到了很大满足和快感，是她强奸了我啊？他如果作为她的亲戚，应该感谢我啊，怎么能以报复的心理对我大打出手呢？再说了，那种事与这次所谓的"袭警"事件究竟有什么内在联系呢？

身体的阵痛和饥饿，使我的心一阵阵绷紧，一阵阵疼痛，一阵阵流泪。一种报复心理就在心中蔓延。

关了半个月，审讯了无数次，除了赵小虎之外，我们七个人还是被释放了。罚款当然是少不了的，我们六个人每个人不分主次都是五千元。阿中作为聚众赌博的场地提供者和袭警的幕后策划者，被罚款两万元。他这个业可开得不吉利啊！

赵小虎因为直接打伤了人而被刑事拘捕，说是案子要进一步审理，可能会判刑的。

两次被罚款八千元，几年来辛辛苦苦挣的血汗钱就这样买了拳脚、皮带和警棍加身。我想不通，尤其对这次"袭警"事件想不通。不，我要捞回来——千方百计捞回来。如何捞呢？我便再次混入社会。

我们几个还是像原来一样，能偷就偷，能抢就抢，能骗就骗，什么能得手就逮什么，反正是以弥补在派出所的罚款为目的，弥补多少是多少，弥补一点是一点。为了不再引起警方的注意，

我们商量好了，不再冒险搞大动作，而是小打小闹。经过几次反复折腾，我们也懂得了"大法不犯，小法不断；气死公安，难死法院"的道理。超市里的烟酒，鞋摊上的布鞋、球鞋、皮鞋，甚至瓜果摊上的瓜果，我们都不嫌少。行人的衣袋更是我们每天都伸手探寻的"鸟窝"。单位的办公室其实最容易得手。我们装得一本正经，借口找人或者推销东西，进入有些单位，只要是房门半开着，就大胆进去，桌子上有什么值钱的东西，揣进怀里就赶快离开，钢笔、手表，还有衣服中、手提包里的钱，都拿过。临走时，连单位门房里也不放过，如果没有人，就顺手牵羊，逢什么拿什么。别看单位门房子窝窝囊囊的，其实里面多有好东西的。有些人在街上买了东西，一时带不走，便会寄放在这里的。看门的人多是老头儿，反应不是很灵敏，我们去两三个人，一边假装找人问事，一边观察动静，见机行事。

一次在洗煤厂与看门老头搭理时，发现他在楼房下面搭了一个窝棚，里面养了几只鸡，我们晚上便来到这里，我与老头抽烟闲聊，昌子、大龙、傅军三个人便去抓鸡，约摸着他们得手了，我就很礼貌地与老头告别，临出门时还给他发了一支烟。不知那老头发现他的鸡没有了会是怎么跳着双脚咒骂偷鸡贼哩。那四只鸡——一只公鸡，三只母鸡，平均每只十块钱，卖给了一家餐厅，我们四个人每人分得十元钱，想起来真是好笑。

十七　书中自有黄金屋

也许是我的混混生涯注定要由此改变。我在偷了许许多多的物品之后，竟然也偷起书来。比起偷窃别的东西，其实偷书的不算贼。我们之所以一直没有偷书，是因为不喜欢读书，对书有一种本能的反感。因此每当从书店、书摊经过，总是不屑一顾。在偷窃了许多东西后，发现什么东西都能成为钱，我想书也不例外。有一天路过一个书摊，见是一位半老的外地人摆摊售书。书摊不大，在一方旧塑料纸上，摆放着各种书籍，光临书摊的人不多，半天才来一位，蹲下翻看一会儿书就离开了，有好多人都是只看不买，好多书都被人翻看揉搓卷了边。我跟傅军停下黄包车，就蹲在一旁观看。其实，我们的本意不在看书，而是跑了大半天，没有搞到什么"战利品"，就蹲在书摊上一边休息，一边看看有什么可以"顺手牵羊"的东西。我们拿起这本看看，又拿起那本掂掂，一是翻看装帧包装，顺便观看插图，二是察看定价——其实最主要的是观看定价。包装精美的、定价高的，拿去卖给别人价钱肯定就好。我挑选了三本书，又看到一本印刷精致的书，厚厚的，书名是《平凡的世界》，作者是一个叫路遥的人，就又把它揣进了怀里。傅军也拿了一本《西游记》缩定本。拿了书，我挥了一下手，示意离开。那个老汉向我们张了张口，意在要钱，可是当他看到我们亮出纹身的胳

绿地文学丛书

脯和胸脯时，就低下了头，任凭我们吹着口哨扬长而去。

我和傅军快要走到车行了，却遇到了朱新云，他问道："这段时间成绩咋样？快捞回来了吧？"

他说的话我们自然明白。指的是以非法手段获取钱财，以此来弥补罚款。

我说："我们是在捡芝麻哩，小打小闹，哪能这么快就捞回来呢？你是摘西瓜的，收获不小吧？"

新云就回头前后左右看了一圈，诡秘地做了一个扔掷的手势，说："西瓜倒没有摘到，气倒是出了，哼！"

我问他做什么了？他就说出了让人瞠目结舌的事情。

没想到，就在我们偷鸡摸狗的时候，新云却干着惊心动魄的事。我虽然没有亲临现场，但听了他一说，真让人有些后怕。事情是这样的，自从他跟上我们去了阿中的饭馆，被糊里糊涂卷入"袭警"案件后，不仅挨了打，还被罚了款。那五千元可是让他心疼啊！他在自认倒霉的同时，也产生了逆反心理，他埋怨公安机关办事也没有章程，处理问题不分青红皂白，糜子麻子一起数，他太冤枉了。就想着要报复报复那个打他最狠的干警"笑面虎"，当我们在大街小巷和机关单位"顺手牵羊"的时候，他也用心察访，察访"笑面虎"的家居位置。他这一行动事先没有透露半点消息，要是透露了，我会力劝他的，因为那样做风险太大，要是被抓住了，那可不光是罚几个款的事，而会判刑坐牢的。

经过一番煞费苦心，他终于摸索到了"笑面虎"老尤的家。那是修建在一个小区的一幢二层小楼房，楼房连着一个小院子。院子里还种着果树，果树的枝叶也伸出了墙头。当他打听到老尤晚上外出执行任务不在家时，就怀揣了一块砖头，悄悄来到了院墙之下。看看天黑如锅，只有老尤家二层楼上透出一些光亮，他就把握好时机，把那块砖头狠狠扔向二层楼房，只听得"喀嚓"一声，传来了玻璃的破碎声，他就跑了，消失在夜幕中了。

我和傅军听了，都吓得吐了吐舌头。我说："朱哥，你把娄子捅大了。我们又不得安宁了。这事再不能干了。"

傅军连忙说："朱哥，你还不快到别处去，还等着被抓啊？"

新云被我们说怕了，脸色就不是那么爽朗。就说："我这就走。哎，你们可不能透露这事啊？"

我回到了车行，回味着朱新云说的事，由朱新云联想到了李小强，感觉心中有些后怕，由后怕感到空虚，这就想起了几年来前前后后所做的事。

我能静下心来读书，与想起李小强有关。尽管我对他有些过分的做法不理解，也有看法，甚至反感，但总体上还是看重他的，尤其喜欢他写的诗。与其说是喜欢他写的诗，倒不如说是喜欢他的诗人气质。他长得帅帅的，肚子里的学问总是比我们都多，对于每一件事情，他总是比别人多一份见解，有时还会用辩证法解释一些事情。我在翻看那本偷来的《平凡的世界》时，发现书中也有几处诗歌样的东西，说是"信天游"，其实也是一种诗歌。对诗歌偏爱的我就读了。

正月里冻冰呀立春消，

二月里鱼儿水上漂，

水呀水上漂来想起我的哥！

想起我的哥哥，

想起我的哥哥，

想起我的哥哥呀你等一等我……

我一看好兴奋啊。这哪里是什么信天游？这分明是我们那里唱的小曲儿，曲名叫做《正月里冻冰》，我们耍社火都唱了许多年了。我想，这写作者真会来事，觉得什么词儿有用了，就修改几个字移到他的作品来，冠以当地内容，呵呵。

没想到，在著名作家的作品中，竟有我们那里的歌词儿。在异地他乡，在当时那种心情下，看到自己所熟悉的东西，顿时一股亲切感涌上心头。正是由于这种感觉，才吸引我要把这本书读下去。又随便往后翻了翻，又一首信天游再次映入眼帘：

说下个日子你不来，

城畔上跑烂我的十眼鞋。

墙头上骑马呀还嫌低，

面对面坐下还想你。

山丹丹花儿背洼洼里开，

有什么心事慢慢讲来……

好书，好书，我就坐下来从头读起来。

只有初一文化程度的我，书中有些话语我理解不透，甚至有些字都不认识，但我还是根据自己的理解，顺着意思读了起来。贫家子弟孙少平在学校吃黑面馍的情节吸引了我。他穿得破旧，每次吃饭总是最后的一个人之一（还有个地主成分的女生郝红梅）。他之所以最后一个吃饭，是因为他订的饭总是最次的"三等饭"，上等饭是白面馍，菜里也有肉，二等饭是玉米面馍，菜里有零星的肉丁，即使没有肉丁，菜也有油水，稠稠的。而他的"三等饭"却是黑黑的高粱面馍，菜也是象征性的开水煮白菜的清汤。这样长年累月吃这样的饭菜，他自然不能与吃"一等饭"和"二等饭"的同学一起共餐。他自卑啊！家里的情况更糟糕，一家人挤着住宿两间土窑洞，少平多大了，还没有地方睡觉，只得与好伙伴金波搭铺。就这样的境遇，还是大姐兰花和大哥少安辍学劳动换来的，读来让人心酸。他每天怀着辘辘饥肠，坚持读书学习，以良好的成绩赢得了信任和地位，他当上了班级劳动干事，进而演讲获得成功，代表公社参加县里的演讲比赛，又代表县上参加地区的演讲比赛。"穷人的孩子早当家"。少平的哥哥少安也凭自己的努力当上了生产队长，博得了当公办教师的初中同学田润叶的好感。有一段描写少安劳动时心情的文字，让我回味无穷。书中是这样写的：

……不管他怎样劳累，一旦进入了这个小小天地，浑身的劲就来了。有时简直不是在劳动，而是在倾注一种热情。是的，这里的每一种收获，都将全部属于自己。只要能切实地收获，劳动者就会在土地上产生一种艺术创作般的激情。

由孙少平、孙少安哥俩的境况，我自然联想到了自己。同是贫家子弟，他们为何能锲而不舍地摄取知识，追求光明，而自己怎么就办不到呢？比起他们来，我起码饭能吃饱吧？虽然吃的不是很好，但不至于饿着肚子上课吧？也起码没有穿掉棉花、打补丁的衣服吧？鞋子也没有用麻绳绑着穿着吧？住宿的地方虽然小，简陋，但不至于长期在别人家借宿吧？

自己呢？不求进步也就罢了，可是干了多少害人的事啊？在拉黄包车时死气百赖地讹诈人，甚至抢劫人，这是一个有为青年干的吗？常言说，偷人不得富，待客不得穷。自己偷、抢富了吗？没有。到头来还是穷光蛋一个。想起那对安徽夫妇和那对抖抖索索的局长夫妇，还有那个书摊老头和那个养了四只

鸡的看门老头，心中便涌上一股难以名状的情绪：他们要是自己的家人，自己的家人也遭遇了抢劫和盗窃，将心比心，那又是一种什么感觉呢？

每每想到这里，我就感到自责、羞愧，夹杂着恼恨。恨谁呢？恨父母，是他们养了我的男儿身，却没有给我形成男子汉的气候；他们的目光和心态决定了他们对于我的放任大于管教——可是，他们是有意的吗？他们也不希望自己的儿子成为社会混混，更不愿意成为阶下囚啊？恨大龙、小强和昌子他们吧？是他们引诱的结果吧？可是，那他们又是谁引诱的呢？恨那些骗子和黑包工头吧？确实恨他们，正是他们的欺骗和冷酷，让我们领受了很多很多，从中吸取了反面教训。恨那些不按照政策办事、不负责任的公安、工商等政府机关工作人员吧？也确实恨他们，要是他们严格按照《党章》和法律法规办事，而不是随心所欲，我们的下一步肯定不会是这个样子。可是，他们容易吗？打个颠倒，要是自己处于他们的位置，做事能比他们好吗？现在恨别人有用吗？社会群体是庞大的，社会形态是复杂的，人的思想也是复杂的。要想让每一个都心满意足，那是不可能的。世界上受害、上当、受骗、受冤枉甚至遭遇陷害、谋杀的人比比皆是，他们是不是也像我们一样选择了消极报复，变本加厉地破罐子破摔呢？其实相当一部分人理智地选择了正确对待，因而这些人的前途是大好的，最起码是平顺的，而不是大起大落的，更不像一些人那样进入了死胡同。想来想去，还是怪自己，也只能怪自己。

"一个人一生中总得有个觉悟的时候，而这个觉悟时候的早晚，将决定一个人一生的命运。"

这是作者在书中的一段经典论述。这句话对我震撼很大，我就反复吟诵，反复咀嚼。我之所以对这句话感兴趣，是因为我觉得我应该觉悟了。我才将近十九岁，亡羊补牢，为时未晚。

我把自己关在屋子里，埋头读起书来。我忘记了吃饭，也懒得睡觉。我被书中的情节打动了，看到感同身受处，便情不自禁地流泪了。

孙少安收到润叶的求爱信感动得哭了，也难为得哭了。我也陪着少安哥哭泣。面对少安对润叶的爱情采取"自知之明"的回避态度，我对这位年轻的"泥腿子"村干部更加敬重了。我若是当时的他，肯定做出了不雅之举。他当年已经二十三岁了，在城里恋人润叶的单身宿舍住宿了一个晚上也没有想入非非，而是时时担心自己劳动过的脏身子会沾染了她清洁的被褥。在河湾里单独在一起时因为敬重加矜持加严谨再加道德操守的兼而有之的思想，才与她保持了应有的距离，而不像自己，才十七岁不到，就经不住诱惑，让自己干净的身子沾染了腥臊。

少平呢，由于家境与环境的影响，他不得不进了矿山，投身于"身在井下三百米，胸怀世界三十亿"（那时全世界人口是30亿）的产业工人大军中去。他家境虽然贫困，但他有知识，人长得帅且又为人诚实，赢得了干部女儿田晓霞的爱情。就在他和她频繁的接触中，也谨守道德底线，没有做出越雷池一步的事情。他们执著地相爱着，憧憬着美好的未来。也许命运捉弄人，当了记者的晓霞在抗洪第一线采访时因救人而献出了年轻面美丽的生命，少平得知噩耗，几近崩溃。

看到这里，我泪流满面——为少平和晓霞的命运，也为痛惜这对苦命的有情人未能成为眷属。我甚至有点痛恨作者：为什么要安排这样的结局？这种结局太残忍了啊！？

顺着次序读下去，我又为少平的精神所感动。一起的同事

在矿难中去了。留下一个孩子，孤儿寡母如何生存，善良的少平便默默地担当起了义务照顾任务。一位有文化的帅小伙精心照顾年轻的寡妇及其子女，期间发生的故事太多太多，面对一些人的不理解甚至误会，年轻的少平要承受多么大的精神压力啊？可善良的本性战胜了杂念，他的行动感动了周围的人，也感动了社会。

十八　寻找返璞归真的路

　　我这种废寝忘食、全神贯注的读书行为，自然引起了身边人的注意，昌子骂我"像女人一样，泪水真多"。还算了解我的大龙以为我神经受到了刺激，出了什么毛病，就关切地开导我，让我想开些。还征求我的意见，要是实在心慌了，就送我回家。比我小几个月的傅军在灶上吃饭后，总是要给我带一份饭菜来，劝我吃饭，不要伤了身体。他们几个人也夺过我的书，随便翻看了一下，希望从中找出我之所以如此痴迷的原因，但是他们还是失望地撂下书本，不理解地摇头叹息。

　　痛定思痛，我再也不能无动于衷了。我做出了一个决定，我得找那些被偷被抢的人，归还他们的东西，并为他们道歉。被我小偷小摸过的人不好找了，也记不清有多少人了。那几宗比较大的印象深的事情，我得有所表示表示。这个决定做出后，我又为难了。别的几件事情倒也不难办，就是那件在小强策动下抢劫那个女局长的事却有些棘手。这件事情要是披露了，我们坐牢事小，小强可不是一般的罪名。他可能要吃"花生米"的。还有那个女局长今后如何面对社会？思来想去，一晚上没有睡踏实，最后我还是决定只身去道歉，不说出其他三个人。虽然我没有能力退还那十多万元，但我会给他们下跪的，以真诚来表示自己的忏悔，从另一种角度说，最起码让自己不要煎

熬，能睡得着觉，也能潜心读书吧？也许我当时的想法太幼稚了，没有过多地考虑其他方面。不过，我脑子里也产生过意念：如果他们喊人把我抓起来交给警方怎么办？抓了就抓了吧？我不妨再来个"三进宫"，正好在那里洗心革面、脱胎换骨。进而又想起小强的分析，也许他们为了名誉和前程真的不会报警。

怀着一肚子矛盾，我找到了那家高墙大院，当我忐忑不安地努力敲开大铁门之后，却是一个胖胖的中年人站在我的面前。当我询问"高局长在不在时"，那个人却说他是新来的住户，是从别人手中买来的房子，他也听说这房子是什么高局长住宿过的，但他并不认识那个高局长。我问他晓不晓得高局长一家搬迁哪里去了，他摇摇头说："不知道。"从他脸上的表情来看，他好像真的不知道。这个"不知道"省了许多事，也留下了挥之不去的缺憾。

寻找那对安徽夫妇时，我叫上了傅军陪我一起去的，我要把抢劫他们的八十六块钱退还给他们。可是，寻找的结果也是未果，租房已经易了别人。那对安徽夫妇不知去向。洗煤厂那个看门老头很容易就找到了，也许是他年龄大了的缘故，当我们来到他的门房时，他并没有认出我们。当我把六十块钱（鸡的价值是六十元钱，我们以四十元贱卖了）双手捧到他面前时，他发愣了，不相信似的看了我们片刻，然后脸色变得难看起来，骂道："龟儿子把我的鸡偷走了，可把我害苦了，早上连个叫鸣声也听不到了，也没得荷包蛋吃了。"

我连忙给他点燃了一支烟，道歉说："我们真是混帐透顶了，请老爷爷原谅我们吧？"

那个老头叹息说："事情已经这样了，不原谅又能把你们怎么样？既然你们能来道歉、来还钱，说明你们还有良知，还晓得自己做错了事情，这可是不多见的。以后可不能再干偷鸡摸狗的事了。"

我们连连应诺着，退出了那间阴暗的门房子。

我们去了书摊，当我们出现在那个四川老头面前时，他警惕的眼睛看了我们好一阵，再也没有说什么。

我问道："老伯伯，您还记得我吧？"

老头连看都没有看我，低声说："不记得了。"

从他的神情看，他是记得我们的。此时此刻，也许他心里暗自叫苦：这两个不速之客来了，又得损失几本书了！

我说："老伯伯，我拿过您的书，上次没有带钱，今天来还钱。"说着，我掏出了一把小票子，数了八十二元给他。说这是《平凡的世界》《成功秘诀》和《夫妻房术要略》几本书的钱，傅军也掏出了二十二块钱给他，说是《西游记》的书钱。

老头睁大了眼睛，不认识似的看了看我，又看了看傅军。说："你们真的来还钱啊？"

我点了点头说："真的，伯伯。"

见他有些不相信的样子，我就说了我们来还钱的想法："我们当初拿您的书，其实并没有想到给钱的。是您的书启发了我，感动了我，教育了我，鞭策了我。"我努力地寻找着最能表达我心情的词语，"书上写的几个人他们那么穷，从来没有拿过别人的东西，人家是穷而有志，同样是穷人家的孩子，人家能立足于社会，受到人们的尊重，实现了社会价值，我们为什么就不能呢？"又说："书上还说了，'一个人一生中总得有个觉悟的时候，而这个觉悟时候的早晚，将决定一个人一生的命运。'我们今天来还书钱，也算是我们觉悟了。这是您的书带给我们的好处。老伯伯，请相信我们吧！"

那老伯没有接钱，也没有顺着我的话题交谈，而是询问起我们的家世来了。

我说到了家乡地域的偏僻，自然条件的恶劣，文化的落后，家中兄弟姊妹多，生活贫困的状况，当然也涉及到我孤僻的性格和曾经异想天开的憧憬。

小傅的家庭情况更糟糕。父母离异后，跟随父亲生活的他，常常受到继母的虐待，他小小年纪不得不逃离家门，闯荡社会。他才十九岁不到，可是离家出走、混迹社会已经十年了。

我们也说了被骗，工钱被克扣的情形，说到伤心处，我们都情不自禁地哭了。

听了我们的身世，老头沉思了片刻说："小子，我同你们的境遇大体相同，我是过来人，我被骗被偷的情况并不比你们少，但是我只能自认倒霉。我不能以同样的行为也去偷去抢啊？那样会降低自身的人格。如果社会上都是这样，你偷了我抢了我，我再反过来偷人骗人抢人，这个社会岂不是乱套了？吃亏人，常常在啊，我们还是把握好自己吧！"

又说"我姓姚，家在四川川西山区。我也是从小出门的。今天我们算是由书认识，由书结缘。我卖了十多年的书，第一次遇到了你们这样的人。这正是古人说的'书中自有黄金屋'啊。既然这书对你们有这么大的作用，我老汉算是见识了。你们上次拿去的书，我分文不收，就送给你们吧！"又说："你们看看还有哪些书自己喜欢，如果喜欢，对你们有启发教育作用，我这书算是没有白卖。你们看上哪本尽管拿吧！"

姚老为我们推荐了《弟子规》《道德经》《了凡四训》《钢铁是怎样炼成的》等几本书。

长期混迹社会，整天满脑子"捞钱""享受""报复"，满目盯睄"猎物"的我，此时此刻，郁闷而焦渴的心里犹如饮了甘泉一样，感觉到了一种通畅，觉得眼前这老头太可爱了。

上次的书钱是我们硬塞给他的，这次的书钱，姚老说什么也不收，说是以书交友。我请他为《弟子规》签了名，并题写了赠言。他想了想，拿起笔，颤抖着写下了：

但愿彭飞从这本书中找到返璞归真的路。

他给傅军题写的话语是：

知识的雨露会净化你的心灵。

他的名字叫姚本顺，时间是 1998 年 3 月 12 日。

现在有书读了，可是读书的环境氛围却不清静。

永兴车行又来了几位新近租车的，加上原有的几个，住宿显得有些拥挤，我的读书往往被他们干扰，昌子看我读书认真，还流泪，总是骂我"假惺惺的"，有时他干脆夺过我正在读的书，不是扔向一边，就是藏起来，害得我因惦记书中的下文情节而焦急，不得不给他买包烟换回来。跟他们计较吧？都是哥们兄弟，低头不见抬头见，说轻了不管用，说重了会伤感情；不计较吧？他们对我的骚扰是随时随地随心所欲的，轻则讽刺挖苦，重则藏书，挠腋窝，进而脱我的裤子。这书还怎么读？

我决定离开这里。

去哪里呢？既然我要彻底脱胎换骨，重新做人，就得动真格的。我选择了铁合金厂轧钢，这活儿累，最能锻炼人的耐力。有一天他们都出外拉客的时候，我收拾了行李，毅然决然离开了我"栖宿"多年的永兴车行。当我走出大门回望那一排水泥平板房子的时候，心中突然涌上了一阵酸流：别了，永兴车行。别了，哥们。别了，那些搞"战利品"的日子！

十九　我担任了班长

　　轧钢比起蹬黄包车来，不仅活儿单调，而且劳动强度大。但我选择了这一行，就义无反顾了。

　　这个厂子的工人组成很杂，他们来自天南海北，工人以工种分为班组，分别作业。为了便于读书，不受他人影响，我不想睡大通铺。我瞅准了锅炉房，就给烧锅炉的焦师傅好说歹说，与他搭了铺。焦师傅是陕西宝鸡人，五十多岁，他看我态度诚恳，便同意我在他那里住宿。

　　我每天的工作任务，便是把出炉的粗块硅铁，经过再加工，打煅成五公分和十公分见方的小块，这些小块再运输到金属镁厂加工精细物品。砸一桶是一百斤，工价五角钱。我一开始每天可以砸六十桶，就是六千斤，可得三十块钱。累是累点，可是比起《平凡的世界》中孙少平从山下往山上背石料磨烂脊背的活儿要好得多，他那样下苦力，一天才挣一块五角钱，而我呢，收入是他的几十倍。慢慢地，我掌握了要领，每天能够砸到八十桶了，可挣四十块工钱。

　　我参加的这个班叫"精整班"。这活儿还有个不方便操作的工序，就是装袋子集装比较麻烦。那些个沉重的硅铁块，要装袋子铝封，一个人根本不行，最少得两个人。我就在装袋子时候叫上焦师傅帮忙，完了给他买盒烟或者给点钱。焦师傅忙了，我就与甘肃平凉的刘刚搭档，渐渐地，我们成了好朋友。

一天八小时的活儿干完了，两只胳膊发酸发困，吃过晚饭，虽然感觉很是劳累，但一进入我与焦师傅的小天地，拿起书本时，疲惫便被书中的情节冲走，我就如饥似渴地读起来。在这里，我不仅再一次读了《平凡的世界》，也读了姚老伯给的《了凡四训》《弟子规》《道德经》，还读了《隋唐演义》《杨家将》，余秋雨的《借我一生》，《池莉文集》等，还有好多武侠小说和一些历史书籍。为了读懂书，得到准确地理解，我买了一本《新华字典》，查阅不认识的字和不理解的词。我不仅读了许多书，提升了文化品位，也净化了心灵。这里其实是我的大学，我的人生轨迹从此一步一步走出歧途，回归我的精神家园。

"养成阅读的习惯等于为自己筑建了一个避难所，他（它）几乎可以避免生命中所有的灾难。"

这是我当时写在日记本上的一句话。若干年以后，我把它写进了我的博客，并作为 QQ 空间的心情写照。

我开始写读后感了，也学着写诗。《读了凡四训有感》这样写道：

如果说《平凡的世界》唤醒了我的良知，让我反思醒悟，让我深深地悔恨，《了凡四训》却让我彻底放下了内心的包袱，撞击了我的心灵。书中的"立命之学""改过之法""积善之方""谦德之效"让我懂得了"断恶修善、灾消福来""种瓜得瓜、种豆得豆"的基本道理，从而重新给自己的人生定位，坦然的去面对生活的苦乐与烦愁。同时，让我认识到，一个人你可以不相信鬼神，可以不相信报应，但必须要有自己追求的目标和敬畏的对象，哪怕只是敬畏自己的感觉和灵魂。

明朝学者袁了凡，

"四训"掀起心中澜；

立命之学启懵懂，

改过之法坦慎言；

积善之方须牢记，

谦得之效诚为先；

仁义礼信时检点，

知足常乐始为仙。

还有一首诗是：

人生风雨几轮回，

无志枉为彭阿飞；

我将豪情重抖擞，

扭转乾坤日月新！

《弟子规》上说："勿自暴，勿自弃；圣与贤，可训致。"我的理解为：人非圣贤，孰能无过。关键是如何对待自己的过去。

这人啊，一旦为自己确定了目标，就觉得心中有了新的内容，生活也有意义了，我又回复了活泼的天性，做起活儿来也哼哼唧唧地唱歌或者说笑话。

转眼间又到了岁末，其他人都放假回家了，厂子里安静，正好潜心读书，我就没有回家。这时我集中精力读《钢铁是怎样炼成的》《说岳全传》《水浒传》《杨家将》等几部书。保尔的执著和坚强，杨家将和岳飞的忠勇，梁山好汉的侠义，都给我留下了深刻的印象。保尔·柯察金关于生命的名言使我产生了许多联想。是的，"人最宝贵的就是生命，生命对于每个人来说只有一次。人的一生应该这样度过：回首往事，他不会因为虚度年华而悔恨，也不会因为碌碌无为而羞愧；临终之际，他能够说：'我的整个生命和全部精力，都献给了世界上最壮丽的事业——为解放全人类而斗争。'"

我年龄还小，文化程度也不高，思想境界还没有达到一定的高度，能力也有限，"为解放全人类而斗争"，对于我来说还做不到，也不现实。但我完全可以从身边的人和事做起，让身边的人放心、信任。虽然这个厂子里的人还不知道我当混混的过去，但我不能因此而侥幸。我知道，如果不时时盘点自己的行为，过去那种搞"战利品"的事情，如果遇到相关的气候（比如说有人引诱，或者遇到什么诱因），很可能反复，死灰复燃。这也是我读书努力寻找刺激点、教化点和震撼力的原因。

"勇敢，相信自己的力量，并在任何情况下也不怕困难"。

这是保尔最主要的精神特质，这个特质教育鞭策了全世界无数的有为青年，此时此刻，也正在撞击着我脆弱的心扉。与之相联系，岳母的"精忠报国"四个字刺在岳飞身上，也似乎刺在我的身上乃至心上。不管我今后的人生历程如何，这会儿的感动却是刻骨铭心的。

我写了一首《浪子吟》，表达了此时的心情：

匆匆岁月如流，

惺眼几度春秋；

他日别离故乡，

独步天涯走；

"浮云游子恋"，

细雨浪子情"。

飘蓬本无踪，

何时得所求？

自己身处打工场地，没有什么轰轰烈烈的事情去做，我便由默默无闻的生活小事做起。在读书之余，我就清洁卫生，每

天把我和焦师傅的住所收拾干净，提好开水，再把锅炉房中的炉灰清理好，然后打扫院子。给自己洗衣服时，也带着给焦师傅洗他的衣服。焦师傅心烦了，我就吹笛子让他听，还扯着公鸭子嗓子唱花儿，唱秦腔让他听。这样，在焦师傅时不时地宣传表扬下，加上我的努力，厂子里的人都对我有了好感。有一次焦师傅当着厂长李四虎的面夸奖我是"当今的活雷锋"，懊悔得我流泪了。尊敬的善良人啊，我哪里配得上那个光辉的称呼？我与雷锋精神背道而驰的行为才收敛了多久？

转眼间春节过了，开工了，正月十五元宵节厂子里要搞职工联欢活动，工会给我安排的是笛子独奏，由刘刚拉二胡伴奏。但是我并不满足于这个节目，而是准备着拿手绝活——吸碗。这个绝活儿焦师傅也知道，但我还没有在公众面前亮相。厂子里年轻人多，别看他们平时土头土脑的，可是有了这种氛围，登上了这种大雅之堂，可就显得人才济济，多数人能歌善舞。有独唱歌曲的，有跳舞的，有唱秦腔、京剧的，还有说相声、打拳的。我事先给主持人说好的，笛子独奏结束了再顺便给我带一个小节目，主持人问我是什么节目，我说暂时保密，一亮相保证一鸣惊人。主持人很配合我，我的笛子独奏结束了，他就"喂喂"了几声，以便引起注意，然后大声宣布："阿飞是一个多才多艺的帅小伙，他不仅会唱花儿会唱秦腔和眉户，会吹笛子，还有更绝的活儿，今天他要奉献给大家，请大家以热烈的掌声给他助兴、加油！"

我放下笛子，从焦师傅手中接过了吃饭碗，几把解开衣服扣子，刷地亮出了光光的肚皮，还在大家没有回味过来的时候，我已经运足了气，"啪啪"两下把那只花边瓷碗吸在了肚子上，再鼓了鼓劲，双手在空中来了一个'云手'，接着一个"白鹤亮翅"，碗在肚皮上贴得紧紧的。这时只听得全场爆发出热烈的掌声。主持人上前摸了摸我肚皮上的碗，它还是纹丝不动。我正要收场，只听得旁边有人大喝一声："先等等。"

我一看是厂长李四虎。他快步走近我，说："是真是假，让我领教领教。"说着便动手掰我肚子上的碗。因为我知道是掰不下来的，就双手叉腰，两腿直直地站立，一副傲然自得的样子。李厂长说了一声："这家伙是真功夫。"就鼓起掌来。联欢会上再次掌声雷动。掌声过后，李厂长掏出了一叠十元票子，在空中抖了抖，说："这节目独树一帜，来劲，奖励一百元。"

我不好意思地从李厂长手中接过那些钱，深深地向厂长和主持人鞠了一躬，又转身向台下使劲鼓掌的观众鞠了 躬。

从此，我成了厂里备受关注的人物。

第二天，李厂长派人来叫我，他很客气地给我递了烟，然后问了我的大概情况，就让我顶替山西的陈方担任精整班班长。

其实，我也想当个小头目，不是"但官比民强"，想谋什么特权，而是想更好地实现自己人生价值，经受一下锻炼。但当这"权力"来临时，却觉得有些突然，就说："我年龄小，文化程度低，怕难以胜任？"

李厂长摆了摆手说："哎，你行呢。大家对你评价不错哩。"又说："先当小班长，以后还想请你承担大任哩。"

他的这句话对我很有吸引力。我就说："以后还请厂长多加栽培。"

回到锅炉房，我给焦师傅说了这事后，焦师傅说："你这一表演，厂长以为你有真功夫，想请你当保镖哩。别看这厂子不大，但人员来自五湖四海，复杂哩。厂长也需要一些人当靠

山啊。"

这当了一个小小的班长还真有讲究。首先"打铁先要本身硬"，不仅技术活儿要硬，说话做事要硬，凡事要走在前头。这样说话就有份量，就会被头儿瞧得起。只要头儿瞧得起，就有的是活儿干，活儿多不说，轻活儿，能挣钱的活儿总会轮到的。这种情况看似自私，其实把事情想大了，想多了，也是一种责任。一个班长为全班人谋福利，如果当了一个单位的头儿就为这个单位职工着想；如果当了一县、一省市之长，当然要为全县、全省市人民谋福祉，当了一个国家的领导呢？那是不言而喻的事情。回到现实吧，我既然现在是一班之长，我就要想方设法为自己的兄弟们谋好处，本班的事情做好了，也是为全厂子做贡献。我不仅争取到了砸硅铁的活儿，装货、卸货大都派给我们班。头儿的理由是，我们这个班人齐磕（团结），做活儿又快又好，活儿派出去放心、省心——因为我这个班长当得"硬承"。这样，我们班的人任务多，拿到的工钱也就多，有一月竟高出其他班组三百多元哩。大家得到的钱多，信心也就高，对我这个班长也就服服帖帖，还有些崇拜。请我吃饭的，喝酒的，给我买烟的，都有。我的班很快由一开始的十九人增加到了三十人，这使我年轻的心得到了极大的满足。

我这人最反感搞特权的人，所以也在时时检点自己的行为。人家请吃饭，不去不行，会伤了人家的情面，但是这次他请了我，过几天我也找个由头请人家；给我买的烟，我只抽取其中的一支，整盒的我会退还给他的。整条子我更是不收的。

使我的影响进一步扩大的，是一件突发事件。

为了便于工业用水，厂子旁边开辟了一个很大的水池，积水足有七八米深。深水池旁边又开辟了一个比较浅的水池，供大家洗衣服或洗澡。五月的午后，天气已经闷热，劳累一天的我，下班后便约了刘刚、齐天等几个好友去池里洗澡。刚洗完澡正在穿衣，突然听得有人喊叫，说是有人落水了。寻声望去，水池的另一边一阵慌乱，有小孩子在水中挣扎，几个工人都因为不懂水性而惊慌失措。我的第一反应：救人！就撂下没有穿上的衣服，连忙跑过去跃入水中，救上来了已经沉下水的小男孩。我根据别人的提醒，倒提着孩子，让他吐了水，然后把他抱到厂里的卫生所。经过及时救治，孩子无大碍，家长赶来把他抱回去了。结果孩子是厂子里会计关荣的独生子亮亮。

我庆幸自己在灵河时学会了游泳。也许我一生注定是喜欢孩子的，孩子遇到我，也算是他的幸运。

第二天，关会计夫妇特意找到我，连声致谢，并把五百元钱往我手里塞，说是表示表示心意。这钱我自然没有要。他们夫妇过意不去，就请我吃饭。我见实在推脱不过去，就提议说："救人一命胜造七级浮屠。遇上这事，谁也不会无动于衷的。我抢救孩子是应该的。"又说："要说感谢的话，还有几位同志，就一起表示个意思吧？"

在我的提议下，关会计招呼了我们全班在家的二十多人，每人一碗烩牛肉，花了三百多块。

不久，彭飞的名字便在厂里的广播中播出，在黑板报上出现。

二十　用媳妇换皮鞋

　　我离开铁合金厂，有三个原因。其实也算两个原因，一个是家里的，另一个是铁合金厂的。家里又有两个原因。

　　我在外面胡混，两次被抓进号子，被罚了八千元的款，这是早就传到家乡的信息，我与王姐的事，二哥二嫂也说给了母亲，家人其实都知道，彭飞在家人和邻居人的心目中，成了名副其实的"阿飞"。现在正当年华，正是极易冲动惹事的年龄，家人自然放心不下，他们生怕我继续发展下去不可收拾而被绳之以法。再者，大哥大嫂他们搬迁到了吊庄移民区闽宁镇，三哥成家后，也与三嫂外出打工了，家里就显得人走院空，农活没有人做，一双父母也需要人照顾。这样父亲就一遍遍地写信叫我回去，说是给我说了对象，要回去相亲、成亲。

　　对于家人的来信或者电报，我根本不当一回事，多时不回信，收到的信太多了，就勉强回复一封，说明我一切都好，也改邪归正了，再不让家人操心了。为了证实我的行为，我还请大龙给我父母写了信，他过年回家时，我也给家中带了信和年货。

　　要是三哥三嫂在家不外出，要是父母身体像以往那样好，也许不会一再二再而三地叫我回去。反过来说，要是这边厂子一如既往地看重我，信任我，我会继续干下去的。厂长对我态度的改变，让我感觉到了他的狭隘，觉得与他这样的人共事，终究不会有好结果的。常言道：硬为好汉子拉马提镫，不为孬汉子出力鼓劲。我年轻的力气和读书的智慧不能白白奉献给他这样自私狭隘的人。

　　事情是这样的，随着与李四虎进一步的接触，发现他是个极其唯利是图的人。唯利是图可以说是人的本性，人人都难过这一关，然而，总得有个度吧？总不能不顾眉眼吧？他这个人有个夸夸其谈的毛病，理论水平不高，却总爱引经据典，而引经据典时往往搞错对象，张冠李戴，"关公战秦琼"的笑话比比皆是，还不允许别人纠正。他说太阳是个黑的，你跟上说"真个是黑的"，他就高兴，就信任你，给好处，反则，他就不看重你。不看重还是小事，他会变着法儿报复你，给你难堪。有一次开会念文件，他就念错了好多字词，把"红彤彤"念成"红丹丹"，把"千里迢迢"念成"千里召召"，甚至把"衷心感谢"念成"哀心感谢"。下面就有人议论，讥笑他，我出于维护他形象的好心，就写了个纸条塞给了他，帮他纠正，并提醒他今后若是开会学习传达文件，事先让我给他念念，不要再出笑话。从他当时看了把纸条揉成一团扔进纸篓子的情况看，他心里是不高兴的。这些面子上的事情虽然也能反映出一个人的素质和胸怀，但还不能完全说明他的内心世界。关键问题是他对于职工的态度，让我不能接受。他总是变着法儿让我们加班加点，还不加工钱。这还不说，每到月底开资时，他总是以各种理由克扣工人工钱，有时候竟然到了"鸡蛋里挑骨头"的地步。这样，我自然要据理力争，替工人说话。然而，他对我的工钱却没有克扣一分，而且有时还把克扣工人的工钱加给我，这让我更不能接受。我的原则是照章办事，谁违犯了那一条，应该如何处罚，

都得有章可循，而不是依头儿的好恶随心所欲处罚。我还有个原则是，与兄弟们同甘共苦，一荣俱荣，一损俱损，不能只顾自己，搞特殊化。这样，我在班里甚至全厂里的威信越来越高，而他的影响却越来越差。人家毕竟是一厂之长，是法人代表，哪能还不如一个打工仔？这样他心里就搁不住了。再从一些小事情看，他有时候也像我们以前那样做事。与别的厂家打交道，总是斤斤计较，与人家争分夺厘，常常争得面红耳赤，更有甚者，他竟然让我带上几个手脚麻利的兄弟，夜里到郊外去偷摘人家老乡的瓜果。这事我自然不会答应，我们是工人阶级，就按李小强的解释，我们虽然不能与正式职工相提并论，但也是介于工人与农民之间的新型阶层，怎么能胡作非为？我就给他讲道理：工农联盟不能破坏，人家一年辛辛苦苦劳作，务点瓜果也不容易，不能坑害农民兄弟。我当时也是直来直去，如果找点借口不去，也许情况要比直言好一些，可是我当时是心里怎么想就怎么说，并没有考虑对方的接受能力。结果，我们因此就争吵起来，他就公开下了逐客令，说："你能，你本事大了，我管不了你，你走吧，另攀高枝吧？"他把"枝"读成了"技"。

我说："李厂长，我所做的一切，都是为了这个厂子，是为了您好。我离开了这里，打工的地方很多，可您这样下去是要失意于民的。请您三思而行吧？"

他挥了挥手，做了一个决绝的动作。

我还能再呆下去吗？

再说，家中也三番五次地催促，我也是离开的时候了。

要说一下子离开这里，还真有些依依不舍。不是舍不得这个厂子和李四虎，而是舍不得两年多来一起共事的兄弟们，也舍不得离开焦师傅，还有那个我救生的小男孩亮亮。

在这里，我又读了许多书，毕竟完成了思想上转变，也切实做了一些值得回味的事情。

决定要离开了，那天晚上，由刘刚出面，大家凑资，在荣宝斋一起吃了饭，工友聚在一起，说长道短。有人要找李四虎算账，被我劝阻了。好多人都说，我前脚走，后脚他们也就跟上走了，让他们厂子人走厂空。

第二天，刘刚、齐天和焦师傅三个人一直把我送到汽车站，是刘刚为我买票的。临上车，兄弟们搂抱在一起，眼泪就纵横在几个男子汉的脸上。

回家以后，家里真的是在张罗着给我相亲，女方是三嫂娘家堂妹，名叫金静波，她前些年还在三嫂没有过门的时候跟随三嫂来过我家，我是认识的。家人的本意是，早点给我找个年龄比我大的厉害的女孩子成家，让女方管住我，收复我的野性。谁知，我对这个女孩子似乎没有亲切感，原因其实很微妙。平心而论，她长相还是很不错的，有高中文化程度，思想也开朗。我对她没有感觉的原因似乎正在这里。我本人只有初一文化程度，找一个比我义化程度高，又比我年龄大的老婆，思想又是那么开朗，想起以前谈过的那个女孩子永红，我就心里感觉不爽。在这方面，我也受过刺激。虽然刺激不大，但给我的心里罩上了阴影。前年回家时，我曾经与初中同学永红表明过心迹，基本上确定了恋爱关系，她被福建高威电子公司招聘为工人后，我还为她送了行的，虽然钱不多，但也不少，给她一千元哩。她到了那里，一开始我们书信不断，语言总是缠缠绵绵的。可是后来她的信一封少似一封，基本上是我写三封信，她才回复一封，后来她干脆就不回信了。再后来，就听到了她与别人结

婚的消息。我是个有个性的人，听了自然很气愤，觉得自己的感情被骗了，心想，往后再找对象，一定要考察清楚，再不能被人忽悠了。这也许是我对静波不热心的原因之一吧？再说了，我才二十二岁，还不算大龄青年，我得用心物色我的另一半。我不相信"女大三，抱金砖"的说法，年龄还是相仿者好。我想找一个老实巴交的贤妻良母型的人。

然而，静波不同于别的女孩子，她算是亲戚。这门亲事其实两家大人都沟通得差不多了，只等待我的一句话，要是我直接说不同意，那不仅仅让女方没有面子，双方家长脸上也不好看，特别是难以面对三哥三嫂。可是，要我答应，实在觉得有种说不出来的感觉。婚姻这事不能随便，讲缘分，我觉得我们似乎缺少缘分。思来想去，我突然想到了读书时一个颇费思考的成语"李代桃僵"，有"以牛易羊"的意思，如果这事做好了，不仅不得罪任何人，不使大家难堪，而且还是几全其美的事情。我赶快找到了在家的正林，说出我的想法：我要给他做媒人，为他说一个美貌佳人当媳妇。正林其实年龄大了，都二十六了，因为也入过号子，社会上有点不好的影响，家人请人为他说了好几个对象，都黄了。我这一说，正中他的下怀，他就痛快答应了。他的家人也自然高兴。然而却有些怀疑，他们怀疑我的话是否可靠，也怀疑我的能力。为了让静波也钟情正林，我让正林立即投入对静波的追求之中，让他紧追不舍，我再从她娘家入手，促成此事。为了证实我的话的可靠性和办事能力，我请他们全家人放心。随后，我一鼓作气，带了礼物跑到三嫂娘家油库沟，来了一个先发制人，给静波的父母（按照三嫂的辈分，我把静波父母称呼姨父和姨娘）说是有人提亲，要订静波为对象。在农村，女孩子一过二十岁，就要及时找婆家，免得"女大不中留"。在一般情况下，像静波这样读完高中又没有考上大学的女孩子，农村青年对她们的看法，也像我一样思想的人不在少数，大都想找个能下地劳动、上锅台做饭，又孝敬老人的本分姑娘，认为念过书的女孩子在上述方面还是欠缺一些。嫁给城里人吧？一是家居偏僻，无人介绍，二是农村人对城里人也心存疑惑，认为农村女孩子嫁到城里受欺负。这样高不成，低不就，就耽误得年龄大了（静波比我还大三岁，都二十五了），这也许就是她有意嫁给我的原因吧？

静波的父母也为女儿的终身大事而苦恼。以前虽然也听说有人介绍我当女婿的事，但在两位老人心目中，还是觉得我嫩了些。听说有人主动找女儿为对象，听了我对男方的介绍，又看了我带去的正林的照片，自然乐意。就商定了送彩礼喝酒订婚的日子，这门亲事就这样三锤两棒子说成了。一个月后，正林正式迎娶静波进门，合卺成礼。迎娶喝喜酒的那天，双方家长要谢媒（其实礼物是男方准备的），正林就给我买了一双比较高档的皮鞋，作为跑路礼物。结果有人就传出戏言，说是彭飞把自己的媳妇让给了别人，换了一双皮鞋穿。

千万别小看这句戏言，它对我影响很大。至少表达了两个意思，一是我本人很傻，不懂规矩，把本来属于自己的媳妇却让给了别人。二是我这人轻重不分，贪小利而忘大事。这两个意思集中表达了一个字："傻"。其实，我这几年在外面已经锻炼得十分精明，这件事我这样处置，正是我的精明之处，一般经验老到的说客也未必做得如此完美，既解除了自己的困扰，又成全了朋友，还不得罪亲戚和家人。大家皆大欢喜。

我这样对待静波，还有一个情结，除了永红的事让我产生"一朝被蛇咬，十年怕井绳"的困惑之外，就是心中一直装着

云屏和托菲娅的影子。就在我跟王姐发生关系时，被关进号子里受审时，在与永红谈对象时，在读到《平凡的世界》里润叶追求少安时，少平与晓霞依恋时，都会想到她们。她和她除了与我年龄上有差距外，其他方面感觉还是很不错的。

　　静波的事这样处置了，可是家人还是不甘心，还是托人到处给我物色对象。我呢，照样以各种理由推脱。有时候心烦时，真想去到草原上寻找那两位蒙古族姑娘。要不是适时发生的一件事，我真会一走了之的。

二十一 《弟子规》中有"回家的路"

我心烦时，便把自己关在那间简陋的小高房子中读书，也学着写作。

家里的其他人都外出了，两个妹妹，媛媛读高中，欢欢上初中，家中只有父母亲两位老人，再加上二哥的孩子小宝。连同我一共四口人。比起往日人口众多的热闹现象，在外面人多嘴杂的空间生活习惯了的我，孤独感总是排遣不去。每当进入这间小房子，便会想起伯父来，在这个小小的空间，无儿无女的他，与我朝夕相处了十多个春秋，他把所有的爱，全部倾注到了我的身上。虽然二哥被指定为他的过继儿子，但他最关爱的却是我。我心中有了委曲，总愿意对他说，我淘气了父母亲打我骂我时，总会得到伯父的庇护，别人给了他零花钱或者糖果，他总是舍不得花，舍不得吃，全部给了我。如今，他走了多年，没有留下值得表示纪念的东西，唯有那份无私的爱，却时时萦绕在我的心头，想起他，觉得很是伤悲，我就拿起笔来想为他写点文字，以此表达我的心意。

　　亲爱的伯父，

　　您走了，带着太多的遗憾，

　　……

　　怀着对您的思念，

我来到您的坟前，
体会您的微风轻吻我的脸面。
……

亲爱的伯父，
您走了，
把躯体还给了大地，
把空间留给了生者；
只有坟头这几束枯草，
试图理解您。
侄儿已经长大，
让我拭去您那腮旁的泪，
让我安慰您那孤独的心；
就让这一张张纸钱
送去家乡的消息……

写下了这首小诗，觉得仍然意犹未尽，就试图着再写一篇小说，暂时命了一个《有人生万物》的题目，以伯父为生活原型，书写德林老汉的生活片断。也许是我这时太孤独了，也许是我太需要得到一种关切，关于伯父的这一诗一文写得还算投入。

也算是一种默契吧？正在我对写作产生浓厚兴趣时，有一天，一个人突然来到了我的小房间。天哪，他竟然是名声大振的作家文翰。我困窘得不知所措，爬在炕头写作的我，连忙爬起来让座。可是哪里坐呢？小房子里除了一铺"忙上炕"和一张小桌子、一只小凳子外，再什么也没有，我们的大作家往哪里坐？

文翰似乎看出了我的窘态，笑了笑说："爬着看书写字的习惯可不好啊"。就顺势坐在地下的小凳子上。他看到我手中拿着本子和铅笔，就随口说："小飞写什么呢？"

我连忙下了炕，把本子和铅笔背在身后，笑着说："没写什么，闹着乱画呢？"

他以为我在画画，就说："好啊，画画写写是好习惯，将来当个大画家啊。"

我连连摆手说："哪里哪里？是随便乱画涂鸦的。"接着问道："文翰叔是什么时候回来的？"

他说："上午刚回来，'五一'节放假了，回家看看老人。"又说："听说你回来有一段时间了？在外面混得还好吧？"

我不知道如何回答他的话，就顺势点了点头，说："还凑合。"

他从随身带的一个黄色帆布挎包里取出几本书和几本稿纸，说："听说你喜欢读书，顺便给你带了几本，《弟子规》很好的，你闲散时看看吧？"

这书原先姚老也送给我了，因为集中读其他书，《弟子规》只是顺便翻了翻，并没有细读，没想到我们本村的大作家也特意推荐这本书。由他推荐这本书，我的脑子里马上窜上一个意念：他是来帮助教化我的。他还签名赠送了他的作品集《真空集》和他们办的杂志《六盘山》。他的良苦用心真是难能可贵啊！

近几年我在外面闯荡，在家乡这边，将我传得神乎其神，我不再是一个原本纯洁善良的少年，而是一个穿着奇装异服，理着奇形怪状发型、无恶不作的恶魔。这种情况自然传到了作家文翰的耳中。

小时候常常会在村里遇到当时当教师的文翰叔，那时候只觉得他很可亲，总是微笑着跟我们小孩子逗趣，他的黄色帆布挎包里总是随身带着笔记本或者铅笔，还有糖果，有时会发给我们村的孩子们的。我们当时年龄还小，并不知道他有多大的

文学天赋。后来他调到外地工作了，时不时会在有关报刊上看到他的文章。近年来，他的文学作品越来越多，越写越好，名气越来越大，全县人都知道，家乡人自然也视为自豪。他家住我家隔壁，现在在地区文联工作，担任《六盘山》杂志编辑，回家的次数越来越少了，只有逢年过节或者来县上开会路过才来。我虽然很是羡慕他，可是一直不敢接近他，只能远远地看着他走进家门，又走出村子。这次是他主动来家，与我近距离接触，真让我感到受宠若惊。

他穿着随便的黑色休闲外套，脚穿方口黑条绒布鞋，头发不长不短，跟人说话时总是面露笑容。看他没有一点城里大作家的派势，我的拘束感很快就消失了。也试探着询问一些有关文学创作方面的事情，他都很谦和地一一作答。末了，我把我涂鸦的笔记本递给了他，请他指导，他接过翻着看了看，对于我新近写的关于伯父的一首小诗和一篇短文，他看得很是仔细，说是写得不错，只是提出了几处病句和几个别字。他让我按照投稿规格誊写在方格稿纸上，一个方格写一个字，标点符号也占一个方格。他在我的笔记本上写下了他的通讯地址，让我把誊写好的诗歌和散文邮寄给他。

母亲也得知一向忙得不多回家的文翰竟然来家坐了，还给我带了许多读物，便张罗着做饭，可是他说什么也不让做，说是同在一个村子，家在一步邻近处，家里已经做好了饭，在等待他呢。再说，他一向吃素，吃饭既简便，却又十分讲究。别人做的饭不一定合他的口味。

送走了文翰叔，我生怕那些大作家赠送的读物和稿纸丢失或被别人拿去，就连忙返回小房子。我连忙爱不释手地拿起这本翻翻，又拿起那本看看，竟然发现他在几本书中都题写了赠言。在《弟子规》扉页写道：

愿你从这本书中找到回家的路！

落款是他很艺术化的签名，钢笔字儿写得漂亮极了。

时间是 1999 年 5 月 5 日。

在《真空集》扉页题写着：

请彭飞贤侄惠存、指正。

天哪，他竟然称我为"贤侄"，还让我指正？我欣赏都来不及哩，哪会指正？哪里有资格指正？我这个侄子的名声可不贤啊！

文翰叔的题词跟姚本顺老伯的题字基本上是一个意思，他们一个是买书人，一个是写书人，都要我认真读书，做到学有所长，学有所用。

我如饥似渴地读完了他送给我的杂志中所有作品和《真空集》，最后认真阅读《弟子规》了。在"泛爱众"一节，有这样的话：

凡是人，皆须爱；天同覆，地同载；

行高者，名自高；人所重，非貌高；

才大者，望自大；人所服，非言大；

己有能，勿自私；人所能，勿轻訾；

勿谄富，勿骄贫，勿厌故，勿喜新；

……

凡取与，贵分晓；与宜多，取宜少；

将加人，先问己；己不欲，即速已。

……

我虽然文化程度不高，有些词语不甚理解，但望文生义，还是能懂得七二八分的。在上述"三字经"中，就表现了"仁

爱""谦虚""公正无私",不能"喜新厌旧"和要"给予人
的多,取于人的少"等意思。有些观点与毛泽东的"谦虚谨慎,
戒骄戒躁"和"全心全意为人民服务"相一致。"己不欲,即
速已",就是自己不想做的事,千万不要强于别人。与孔子的
"己所不欲,勿施于人"是一个意思;"与宜多,取宜少"就
如同鲁迅先生说的精句:"我吃的是草,挤出来的是牛奶,血。"

查着字典用心咀嚼,觉得其中的道理很深,受益匪浅。我
把它带在身边,在劳动间隙或者吃饭前后读上一段,渐渐地,
有些精句我都能背下来了。应该说,它对于我今后的思想转变,
洗心革面有着极其重要的影响。

在这间隙,我在稿纸上誊写了《写给伯父》和《有人生万
物》,还有我的几首小诗和两篇散文,邮寄给了文翰叔。

二十二　直接跑到山上找媳妇

关于我"用媳妇换皮鞋"的事传得很邪乎，在我们那个村庄乃至全乡镇都当成笑话传播，我的父母亲便十分生气，父亲都气病了，一向心情比较开朗的他，整天躺在炕上，不吃不喝。母亲见了我就又哭又骂，闹得我实在难以招架。

孝悌是《弟子规》里很重要的内容，父母因为我的事被折腾得寝食不安，我做儿子的如何心安理得？我就对他们表态，请他们不要生气，我一定尽快找一个贤惠的媳妇，娶进门伺候两位老人。

"凡出言，信为先"。我是个说话算数的人，既然把话说了，就得努力实现。

找谁呢？永红已经结婚生孩子了，云屏和托菲娅（特别是托菲娅），虽然觉得心中有她们，但要她或她来到我们麦子湾的穷山僻壤来伺俸两位老人，那是不可能的。从目前的形势看，这个家还得我来支撑，这个祖先收拾开辟的摊子还得我彭飞来守，她或她是不会帮我守这个摊子的。既然如此，那就现实一些，就地找个吧？

我首先从治家开始，找人担保，在信用社贷款三千元，加上打工挣的四千多元钱，买了一台三轮农用车，一边拉运货物，一边收购洋芋和其他农副产品，与此同时，用心物色自己要找

的另一半。有一天，我交售完了一车洋芋，返回家里时，突然听见对面山上传来唱花儿声，声调脆脆的：

　　荞麦三棱豆儿圆，

　　麦穗儿，没有个秕的；

　　阿哥的模样儿真好看，

　　尘世上，没有个顶住你的。

　　……

这是谁家的女孩子呢？

正好我的车上坐着一位也交售完洋芋的亲戚，他说她是对面小岔沟老王家的女孩子，小名叫秀秀。她唱得好哩。

我问她有多大年龄了？亲戚说："她差不多二十了。"又说："要不是她家里穷，她若是念了书，到了大城市读书，也不会在山上放羊。可惜了她的一个好模样、好嗓子。"

说者无意，我听着却有心。就进一步询问了她的家庭情况。

原来，那个唱花儿的秀秀姑娘是我这位亲戚曾经找过的儿媳妇，他托人找她为他儿子拴狗做媳妇，结果她的家人以年龄还小，找对象还早为由，没有答应亲事。

我听了，就随口说："不知道他愿不愿意跟我当媳妇？"

那位亲戚说："其实是她嫌我家拴狗年龄大哩，你跟她年龄正好般配。"又说："婚姻这事讲缘分，姻缘如线牵，如果缘分到了，糊里糊涂就成了，你试试吧？"

我说："要试今天就试，免得夜长梦多。"说着我加大油门，向那边山下开去。

不料那位亲戚竟连连叫停。说是要去我一个人去，他去了不方便。还叮咛让我千万不要说出他给我提供情况的事。

我心中发急，结果忘记了让他回避，觉得他说的有道理，就停了车，让他下去了。

我把车开到她放羊的山对面停下，就扯着嗓子也合着她唱的花儿唱了起来：

荞麦三棱豆儿圆，

庄稼汉，最爱个洋芋蛋蛋；

尕妹妹模样儿真好看，

活像个盛开的牡丹！

我唱罢点了一支烟，边吸边等待对方的回应，结果对方好像压根儿没有听到或者听到认为与自己无甚关系一样，没有了声息。我等得有些不耐烦了，就直接冲着她唱了起来：

对面山上的小亲亲，

花衣裳穿了个紧承；

我有心送你一身新涤纶，

你要是愿意就应声！

对方还是没有应声。我就再唱：

对面山上的小亲亲，

你是我的心上人人；

你要是愿意就应声，

我与你，恩恩爱爱结同心！

这一唱，对面传来了她的歌声：

三尺鞭子一尺的竿，

麻叶儿拴了个捎鞭；

放羊的人儿有事干，

没工夫听你的驴叫唤！

啊？她唱的什么？什么"驴叫唤"？她分明在骂我哩，这还了得？我非要亲自会一会她，当面看看狼是个麻的还是黑

的？我就上了三轮车，发动起来开了过去。

她也许不会想到会有人这么叫真？当我出现在她面前的时候，她竟有些胆怯，脸色也变成灰黄色了。

这是一张圆圆的娃娃脸，虽然成年累月在山上放牧，但阳光和山风并没有使她的肤色成为粗糙的具有山区特点的"红二团"（两个红脸蛋），而是有着电视画面中"瓷娃娃"般的可爱。不知她哪来的校服，红白相间的校服一穿，加上两个羊角小辫子，活脱脱一个中学生模样。

她这样一副模样，怎么会骂出那样粗野的话来呢？我狠劲地瞪着她看，她羞涩地低下了头，用手揉搓着她的衣襟。

我厉声问道："你为什么要骂人？你说你说，谁是驴叫唤？"

她还是没有吱声，仍然低头揉搓衣襟。

我是个急性子，见不得别人对自己无动于衷、不理不睬，就上前抓住她的双手，使劲揉捏起来。

她被这突如其来的举动吓呆了，竟然发起抖来，越抖越厉害。她力图抽回去她的手，可是被我紧紧攥着。她一急，竟然眼泪溢出了眼眶，泪珠大颗大颗地滴在我和她的手上，更多的滴在我的手上，感觉到热乎乎的。

我的本意并不是教训她，给她厉害看，而是想找她为对象。这时看到她这样子，心里就充满了同情感，也夹杂着爱意。就说："秀秀你不要害怕，我是真心喜欢你的……"

也许她听到我叫出她的名字感到诧异，也许是一个男人的粗野夹杂着温柔的举动触动了她一向封闭的神经，她抬起了头，定定地看着我发呆。她张了张口，想说什么，但是没有说出口。

我一边抚摸着她的手和胳膊，一边说："秀秀，你不要害怕，我不是恶狼，不吃人的；也不是老叫驴，你放心。我是真心诚意爱你的，当我媳妇吧？"

我说了这话，分明感觉到她的手臂很重地颤抖了一下。她还是不知所措地看我，一脸的茫然。

见她这样，我便拉着她就势坐在地埂上，自我介绍说："我叫彭飞，家就是对面的麦子湾。我爸就是那个彭支书，跟你爸是好朋友。你嫁给我，我会真心待你的。"

她听了脸上泛起了红晕，还是没有说话。

我又问道："你知道我是谁吧？"

她点了点头，算是回答。她的这一点头，似乎给我传达了某种信号，我便进一步向她进攻，说："答应我吧？我需要你。如果你知道我的过去的话，请放心，我早已改过自新了。你看，我自食其力，已经购买了蹦蹦车，今后过日子有保障。"

"不是，我不是嫌你……我是，我是……"她终于开口说话了。我心里一阵高兴，就顺着说："你怎么了？是怕家人不同意，还是……"

她点了点头。

我说："你先表个态，就说你自己愿意不愿意？你家人的事有我哩。我请媒人上门提亲。"

她终于再一次点头了。

得到她的允许，我高兴极了，顾不了许多，忘情地捧过她的脸蛋，狠狠地吻了一下。

这一亲吻，我的心便进入了她的内心世界。

从此以后，我便有意与她接近，只要去一趟镇上或者县城总要给她买点擦脸油或者香皂、丝袜、头巾等女孩子喜欢的东西，有时也买面包、糖果、巧克力等小吃。觉得这事基本上说定了后，就想带她见我父母，让他们二老看看未来的儿媳妇，

这样也好显示我说话办事的能力,让他们看看,我彭飞不是"用媳妇换皮鞋"的小混账,而是一个说话办事很有心计和章法的人。

在农村,还没有过门的儿媳妇一般是不先到婆家去的。我给她出主意,就说是看望有病的老支书的,她同意了。我替她买好了见面礼——黑白糖各一斤,一瓶二锅头酒,一双羊毛袜,一条羊毛带子,还有一斤糖果和四双鞋垫。酒和糖果是我买的,羊毛袜、羊毛带是她自己在山上用羊毛挑的,鞋垫是她自己刺绣的。黑白糖和酒,还有那条羊毛带子是给父亲的,羊毛袜子是给母亲的,糖果是给小侄子的。四双鞋垫是给我、母亲和上学的两个妹妹的。

那天是个星期天,她把羊群交给在家的弟弟,就带着礼物随我来家了。当她带着腼腆把礼物一份份交给我们家里人后,母亲的脸上笑开了花。她拉着秀秀的手,端详了又端详,夸奖了又夸奖:"这闺女真是俊啊。我家晨儿不知道是哪辈子修的福分啊?"

那天,母亲烙了油旋饼,打了荷包蛋招待了秀秀。

第二天,父亲的病也好了,他又乐滋滋的在村子里转悠了。

二十三 "轰轰烈烈"与"恩恩爱爱" 的困惑

别看我以前也跟永红谈过对象，与云屏和托菲娅也有过那么一段经历（跟王姐那纯粹是逢场作戏），可是这个秀秀我感觉很是喜欢。那个憨态可掬的娃娃脸，那个老实巴交的举动，真让我动心。有了她，"用媳妇换皮鞋"的笑话似乎也没有市场了，家人和亲戚朋友似乎也意识到了什么。我在忙碌活计和读书之余，也会给她写几句诗歌。有一首《梦中尽是星》这样写道：

不必彷徨无须伤情，
当我们相逢在爱河时，
我已经看到了失落的流星；
无须留恋不必自责，
天空那朵漂浮的云，
用她洁白的绢丝拭去我满腹的忧伤，
用她炽热的激情点燃我内心的烛光；
当我驾着梦驶向你时，
你的心儿早已向我靠拢；
我痴心铺就的爱情之路，

却在一条山间的地埂上延伸；

我漂泊无助的灵魂，

却在一曲山歌中立定；

我追逐着流星，

你编织着春梦，

星流进入梦境，

梦中尽是星星；

今夜我无眠，

你的梦肯定灿烂！

就在我沉浸在爱情、创业与读书的喜悦之中时，好事又来了。我收到了一张汇款单，上面是 18.00 元。这张汇款单子比起以前收到的任何一次汇款款项都少，然而它却比以前任何一项汇款都让我激动。那是一张稿费单子——第一次的稿费，简短的附言中写道：

二期诗歌《写给伯父》稿费。

下面还有一行小字，字体与上面的大不一样，写道：

小说《有人生万物》决定留用，拟发下期头条，钟主编很欣赏你，今后多写多投。

后面的字儿是文翰的，我认得的。这次不但发表了我的一首小诗，那篇小说也决定留用，而且还是头条。真令人高兴异常，一首小诗一篇小文，竟然能得到主编的赞赏，第一篇小说就上头条，真让我受宠若惊。原以为发表文章很难很难，没想到一发表就是两篇。我知道这不是我的能耐，而也是"有人生万物"的结果，要不是文翰着力推荐，不会这么快就见刊，更不会得到主编赏识的。这更激发我的读书写作欲望。

这次在收到稿费单的同时，还收到了两封信。一封是云屏的，另一封信是托菲娅的。它们都是正林上街时从将台邮局带回来的。

云屏的信写得很长，回忆了我们在一起玩耍时的快乐，对我的开朗和吃苦耐劳以及助人为乐给予了很好地评价，也说出了对我的思念。末了的一句话很是耐人寻味，她说：

我不求我们夫唱妇随白头偕老，但愿有一次轰轰烈烈……

托菲娅的信则是直接表明心迹：

阿飞，你是知道的，我姥爷姥姥就我妈一个独生女儿，我父母也就我一个独生女儿，我们两代人都需要一个男人来支撑家业。而这个男人我选中了你，你年轻有魅（魄）力，为人热情，又会开车，很讨我们家人喜欢。我们的家业也不少，你是知道的，有车子有房了，有超市。这些都是我父母料理，可是父母也不年轻了，他们终究会老的。就现在来说，我爸爸每天开车进货，还要伺候两位老人，他也五十多岁的人了，长年累月劳累也是很辛苦的。他一旦生病，我和我妈就难以运转。我的意思是，你来开车，帮我料理超市，我们俩恩恩爱爱地过日子……

读了这两封信，不动心是不可能的。

在我那小小的高房空间，当我一个人睡下看书读到有关性爱情节时，青春萌动的我，自然而然会想入非非的。不仅会想起王姐的热烈奔放，也会想起与小强一起在夜总会里比赛的疯狂和惬意，当然想得最多的还是云屏和托菲娅。想起她们的热烈与痴情，也想到了那次与云屏在车内的举动——那次如果不是托菲娅适时赶来，我们会怎么样呢？这些青春期的身体骚动，逐渐被我决心洗心革面后潜心读书以"改邪归正"的意念而遏制，努力不去想那些事。可是人性之天理，还是时不时撩拨着

我年轻的心。放着胆子上山直接去找秀秀，其实也是这种青春冲动的结果。秀秀进入我的视野，其实也进入了我的心扉，这对于我来说缓解了青春骚动的情绪，拴住了我的心。可是，这两封来自草原的信又给我趋于安静的心波投入了一块石头，使我心潮的涟漪波动起来。如果说云屏的"轰轰烈烈"我已经开始排斥的话，那么，托菲娅的家业与"恩恩爱爱"还是颇有吸引力的。可是，我已经接纳了秀秀，父母家人也接纳了她，村人邻居都知道了我与秀秀的浪漫式求爱故事，我怎么能放弃她再去草原呢？

托菲娅的信中说她还邮寄了我们在草原和小溪边上照的相，信中怎么没有呢？是她疏忽了、忘记了，还是另外用挂号信邮寄的？

正在我带着疑虑，思想举棋不定的时候，答案却从另外的渠道破解了。

那天我给德全叔的小卖部送完了货，返回村子时已经黄昏了，路过秀秀常放牧的那段山梁时，秀秀已经在那里等候了。羊儿已经不安分地冲冲撞撞，它们吃饱了，想回到圈里歇息了，秀秀在左拦右挡，显得很是不耐烦。看来她是有意等候我的。我停了车，笑着问她："怎么还不赶羊回去？太阳都落山了。"

她脸上的表情很复杂，说不上是疑惑，还是愤怒，抑或是伤心、惋惜。她劈头就问："你啥时候走？"

"走哪里？"我搞不懂她问话的意思，觉得很诧异。

她"哼"了一声，说："哼，走哪里你自己清楚啊！还假装不知道，哄我做什么？"

她见我一脸的茫然，就补充说："去内蒙古啊，有人都写信叫你了，要跟你轰轰烈烈，还要恩恩爱爱哩……"

天哪，这分明是云屏和托菲娅信中的话，她怎么知道？信是我刚接到了，我没有说给她，她也没有看信，就是看了信，不识字的她也不会知道信的内容的啊？她是怎么知道的？

我是个有勇气承认错误并改正错误的人，就说："是有人写信叫我了，可是我既然有了你，就不会去找她们了。你不要乱猜。"又问道："你是怎么知道这事的？"

她仍然涨着脸，说："若要人不知，除非己莫为。我啥都知道了，你不要再骗我了。"

我说："我没有骗你，那都是过去的事。她们来信叫是叫我了，你看我家里这个样子，能走开吗？再说，既然有了你王秀秀，我还能脚踩两只船？放心，我是不会去的。"

她听了又"哼"一声，说："还不承认？你们都亲热成那个样子了，还让我放心？你可真会耍两面派？"

我说："我是真心爱你的，请你相信我。你看，我还给你写了诗哩？"

我说着从包里取出笔记本，一边翻开，一边念了起来：

我痴心铺就的爱情之路，

却在一条山间的地埂上延伸；

我漂泊无助的灵魂，

却在一曲山歌中立定；

我追逐着流星……

她没有接，说："你是耍笑人哩。你知道我没有上过学，不识字，偏要刺激我？你还是看看这个吧？"她说着从衣袋里取出两张彩色照片递了过来。

我接过一看，正是我和托菲娅照的那两张相，一张在水溪边，一张在草原上，前者我和托菲娅并排坐在小溪边的石头上，

后者我和她站在一丛山丹丹花旁边，我用双手轻轻地扶着她的双肩。这两祯相都是阿建用托菲娅的机子拍照的。

这两张照片怎么会在她手上？

我说："我说过，有这事，那都是过去的事，是小孩子闹着玩的，你不要在意。"

秀秀一听，更加生气了，说："闹着玩的？那你跟我也是闹着玩啊？你就这样三天跟这个闹着玩，两天跟那个闹着玩，你还是人吗？"她边说边哭了起来。

我连忙扶住她的双肩，亲吻着她脸上的泪水说："不是，秀秀，你听我说，那真是过去的事，那时候我才十几岁，屁事也不懂。再说，人家是少数民族，不会跟我到咱山沟来的。你不是知道信的内容吗？她们是想跟我'轰轰烈烈''恩恩爱爱'，可只是她们想的，那得最终要由我来决定啊？现在有了你，我不会再去理她们了。"

秀秀听了抬起头，说："你说的话是真的？真的不去理她们了？"

我又捧起她的脸，轻轻吻了一下，说："真的，你看着我的行动吧？"又说："请你把那照片撕掉吧？"

她说："我才不撕哩，要撕你自己撕吧？"她把照片还给了我。

我接过照片，毫不犹豫地撕成了碎片。

之后，我说："秀秀，我就爱你一个人，你要是不相信，我马上筹备彩礼，咱们把亲事订下来吧？"

秀秀说："订不订那是一种形式，关键是要心诚。如果你心不诚，就是订下来也会推翻的。"

我说："不对，订与不订是不一样的。订婚是要举行仪式的，就等于盟誓。我正在读《弟子规》哩，那书上说，'凡出言，信为先；诈与妄，奚可焉。'若是言而无信，那还算是人吗？你知道，我是个说话算数的人，订下来的事，我是无论如何也不反悔的。这样，也好让你们家人放心。"

秀秀点了点头。脸色开始多云转晴。

照片是正林媳妇金静波给秀秀的，说明那两封信她都拆看了。这个我用一双"皮鞋换给他人的媳妇"不知出于哪种心态？是怀恨，还是忌妒？

想必是她还很在意我们曾经的那一段往事，还在记恨我用她"换皮鞋"的事？如果是这样，我就不需要再理她了，装做不知道吧？这是最好的处理办法。

二十四　订　婚

内蒙古是不能再去打工了。可是订婚的彩礼如何筹集？我便拼命地跑车拉货，收购农副产品。这样在短期内还是凑不齐万把元的彩礼。贷款吧？买三轮车已经贷款了，再贷就得想办法找人。

也许是秀秀等得不耐烦了，她在担心我说谎骗她，总是每天把羊赶到我必须经过的地方放牧。每次老远看到她，我便有一种内疚的感觉，这种内疚夹杂着羞愧——一个男子汉，怎么能说话不算数？

也许秀秀会想到我仍在脚踏两只船，就穷追不舍。那天她拦住我，说："你说订婚哩，日子定了吧？"

我说："日子好定，可是……"

"可是什么？"秀秀的脸色就红涨起来，说："可是心里总是想着跟别人'轰轰烈烈'，还要'恩恩爱爱'是不是？"

我苦笑了一下，说："不是，你别乱猜。我彭飞从来说一不二的，请你放心。尽快就订……彩礼齐备了就订。"

善良的秀秀其实已经意识到了我的困窘了，就说："我是怕夜长梦多啊……只要你心里有我，迟订早订也能行。"又问道："你准备带多少彩礼？"

我伸出了一个手指头，说："最起码得有这个数字，一万元。

还得买些零碎礼物吧？"

秀秀听了就不以为然，说："带那么多钱做啥？花上几百元买些订婚用的礼物就行了。"

我一听笑了，说："几百元的礼物？我拿不出手的。"又说："你不要着急，我正在联系贷款，款贷上了，就定日子。"

秀秀一听就不高兴了，说："贷款是要背利息的。背了利息还不是咱们的累？何必呢？"

我说："不贷款不行啊，除了订婚送彩礼，还要买一辆摩托车哩。"

她说："彩礼就免了。摩托车倒是需要一辆。"

我说："如果你家只有你一个人，彩礼当然不要紧，我把你接到我家就行了，可是这彩礼是咱们乡村的一个习俗，是要面对家人和邻居的。"又说："摩托车买上早晚出入方便。"

秀秀听了眨巴了一下眼睛，说："你不是说已经贷款买了这三轮车，再贷款能贷上吗？"

我说："是不好再贷了。我正在找人帮忙哩。"

她说："以我的名义可以贷款吗？"

我说："当然可以。可是不能麻烦你啊。"

秀秀听了就挖了一眼我，嗔怪地说："看看看，一家人还说两家话？麻烦什么呢？就以我的名义贷款吧？你看着办去。"

听了她的话，我心中一阵激动。原来也想过以她的名义贷款，但总是觉得我大大一条男子汉，怎么能求助一个弱女子？再说，她家人若是知道了，岂不没有颜面？这次见她如此开通，觉得真是小看了她。如伟人毛泽东所说，男同志能办到的事，女同志照样能办到。我心中一激动，就情不自禁地捧住她的娃娃脸亲吻起来，久久地不愿放开。

款是我带她到乡镇信用社贷的，是两万元。我带她游览了红军长征纪念碑和陈列室。随后我带她搭班车上了县城，为她购买了一身她喜欢的衣服和一双皮鞋，她也为我买了一双旅游鞋和一块手表。我们共同又挑选买了一辆铃木摩托车。当我把她带回家时，夜幕已经降临了。

我们订婚的日子定在中秋节。这是一个花好月圆的日子，是不用请人合计的。不过媒人是要请的。别人说媳妇都是物色差不多了请媒人出面说合，而我是自己直接找的，一直没有请媒人。可到了正式订婚时，就不能没有媒人，不然会是名不正言不顺。我给邻居郭大叔说了，他欣然答应。在这种情况下，媒人当然只是个名分，实质性的事情我们男女双方早就敲定了。

中午时分，我请了郭大叔，带上我父亲和侄儿小宝，一共四个人，骑了两辆摩托车（我带着侄儿小宝，郭大叔带着父亲），来到了秀秀家。她们家也做好了准备，八仙桌上摆上了红纸签写的代表祖先灵位的"三代"，表示他们王家也请来了已故的先人，见证这后辈的婚姻大事。"三代"前面摆着献饭，献饭是四只小碗里装着炒鸡蛋和腊肉片，中间顶着一个圆圆的肉丸子，一圈儿点缀了几个红枣，花花绿绿的，很好看。香炉里点燃的香已经在屋子里弥漫，发出了淡淡馨香。我们进了房门之后，父亲便又点燃了三炷香，示意我们三个人拱手作揖后，小心翼翼地插入香炉，然后他点燃了三张黄表，示意我们跪下，黄表化为灰烬后，就端起酒杯奠了酒，又端起茶杯奠了茶。然后磕头作揖。这些程序结束了，郭大叔就把带来的礼物一件一件摆上供桌。礼物除了给秀秀的一套化妆品之外，还有两套衣服，一套天蓝色羽绒服和黑色秋裤，一套咖啡色西装，还有一双皮鞋，一双运动鞋和两双丝袜、两方头巾。给女方父母的则是两丈料子布。干果是四色情封，一封红枣，一封核桃，一封点心，一包水果糖，还有两瓶子酒和四盒香烟。酒是每瓶二十块钱的"金六福"，香烟是"红塔山"。那十个母亲精心蒸的白面馒头，上面点缀着红色梅花，显示出了喜庆色调。最显眼的当然是那一匝子百元大票子——一万元。摆了满满一供桌。一应程序摆设完了，便是女方设宴招待。炕上坐满了秀秀家的亲房党家，有她的伯父，还有她的姑父和姨父。加上她父亲，正好也是四个人。我们八个人便坐了一桌。女眷则在厨房中忙碌，还有庄间的两位后生忙出忙进地端水端饭伺候。

　　先上来了八只菜碟子，一碟猪肝，一碟鸡块，一碟腊肉，一碟咸鸡蛋，一碟花生米，一碟菠菜，一碟胡萝卜丝，　碟葵花籽，显得花色齐全。酒是精装金糜子酒。郭大叔让我打开带来的"金六福"酒，先给供桌前奠一杯，然后再敬女方亲人。今天是我特意表现的一天，所以我得毕恭毕敬。好在，我参加过二哥和三哥的订婚仪式，一应规矩都知道，所以我并不拘束。我站在地下，小心翼翼地祭奠了王家的先祖，然后给炕上在座的每个人敬酒。我学着当年二哥和三哥订婚的样子，双手执酒壶，一遍一遍地给他们酒杯中添酒，为左边坐的人添酒是以右手为主，为右边人添酒时以左手为主，显得很有章法和教养。酒过三巡，媒人郭大叔就主持为男女双方挎"锁锁"。其实，这不是真的锁子，而是一种象征，是用红线拴住对方。这时，郭大叔便招呼来了秀秀，父亲就下了炕，把早已准备好的用红头绳拴的两个红包挂在秀秀的脖子上，秀秀的父亲也把两只红包挂在我的脖子上。红包里包着百元票子各一张，双方都是这

个数字。这样算是把对方拴住了。

这个程序进行完毕后，我便端了酒壶到厨房里为秀秀的母亲和其他人敬酒。

敬酒之后，席就端上来了。是十全席，就是十个菜，四荤六素。席吃完了，临走时还有一顿长寿面。预示我们的婚姻地久天长。

订了婚，就算是正式成为亲戚。

晚上回到家中，看到枕头边放着的云屏和托菲娅的两封信，觉得有些于心不忍。尤其对撕掉托菲娅的照片感到自己不近人情。虽然不能成为夫妻恩恩爱爱、白头偕老，但也可是成为朋友相互来往啊？难道说男女之间非要成为那种关系而别无选择？她们收不到我的信，得不到我的回应，会是如何伤心啊？不，这不是我彭飞的性格和做人方式。我得给她和她写信，说明情况，也算是一个感情了断，又是一种新型感情的延伸。于是，我取了文翰叔给我的稿纸，写起信来。

先给托菲娅写。

娅娅姐：

你好？又是一个夜幕降临了，不知道你在做什么？

说真的，我的心中特别难受。这是因为我没能接受你的爱而痛苦，而内疚。我不是不愿意接纳你，而是世情如此，我不能也不敢接受你。今天，我正式订婚了，女方是我们邻村的一个牧羊姑娘。我之所以选择了她，是因为我是从现实考虑的。因为我不能抛开年迈的父母和这个先辈苦心经营的家而来到并不属于我的草原。在我们贫困的西海固农村，我不能给你提供像草原上那样丰富的物质享受，只能将你拖入感情的十字路口。

还有更重要的一点，我不能背叛你善良的心和纯洁的感情，你只看到了我开朗清纯的表面现象，而不知道我鲜为人知的另一面，实话告诉你吧，我的好姐姐，我已经不是你想象的纯洁男孩子，而一个过早做了男人的失身者，我的身体不干净，灵魂也不干净。与其让你痛苦一生，不如让你心痛一时。懂吧？我这样做，也是为了你好。但愿你找到比我更好的另一半做我的姐夫。忘记我吧？我的娅娅姐姐，我不值得你相爱。如果你能原谅我的过去，那么我们就做朋友，做亲戚，我拜认你为姐姐；如果你不原谅我的过去，那就在这里道一声珍重的歉意：对不起，我的娅娅姐姐。无论如何，我都要感谢的。你对我的情和爱，我都会镌刻在心里的。

给云屏的信与这封信大同小异。我同样称她为姐姐，同样祝愿她找到可心可意的姐夫。

我对她和她表示，待我旅行结婚时，一定带着新娘秀秀专程拜访她们。请她们接受我这个兄弟和弟妹。

二十五　乐于助人

　　信发出去了。这边的婚也订了，我像祥林嫂捐了门槛一样如释重负。

　　现在得面对现实了。两万多元的贷款要归还本息，还有二哥和三哥结婚时借的两万多元得给人家归还，三个哥哥成家后分别各奔东西，家中的几十亩土地得耕种，一双年迈的父母得照顾，上学的妹妹和侄儿得供给，一对耕牛和几只羊要精心喂养。生活的重担压在了我一个人身上，我不得不披星戴月地拼命劳作。好在，父亲的病有所好转，他也不再担任村干部了，可以帮我料理家务和庄稼。秀秀和她的家人也会在耕种、收割、打碾等关键农时来家帮忙，七八只羊也交给秀秀代着放牧。

　　这读书的好处真多，不仅可以净化心灵，借鉴经验，也可以从中获取各方面的信息和科技知识。我发现我们这里尽管十年九旱，但初秋却不缺雨水，种植秋粮、蔬菜和洋芋容易获得丰收。而且秋杂粮如荞麦、糜子、谷子、玉米、洋芋价钱也好。我便由此着手，寻找致富的路子。

　　一年的庄稼两年务。这个冬天，我便四处兑换优良作物品种，购买化肥、地膜，积攒农家肥，为来年的产业大调整做准备。

　　春节期间，文翰叔回家看望老人，他又带来了新的信息。

我投去的散文《生活就像一条河》《二嫂》几篇散文和诗歌《浪子吟》分别在《六盘山》和有关报纸上发表。这又使我喜出望外。更欣喜的是，文翰叔得知我思想转变的情况后，十分高兴，他鼓励我再接再厉，潜心创作，走好今后的路。为了鼓励我，他亲自为我书写了两副对联，内容分别是：

几百年人家无非积善

第一等好事莫如读书

守身如执玉

积德胜遗金

看到他亲笔写的对联，我爱不释手，不忍心贴在门框两侧，而是将十一副当做中堂贴在我居住的小房桌子顶端，另一副贴在我睡觉的炕头。它成了我的座右铭。

这年春节，我没有像往年那样找人喝酒，也没有参与打牌、玩麻将等带有赌博性质的游戏，而是白天跑县城或者固原，了解市场行情、采购农资，晚上闭门读书、写作。一个正月，我就写下了几十篇读书笔记，也创作了十多篇（首）文学作品。《又是除夕》《相思是一种痛》《夜班车》《年是一个圆》《大爱无言》《老屋的孤独》《因文字结缘》《父亲》《雪儿》《随笔》《遥远的风景》等就是这期间创作的。觉得有几首诗歌还凑合，一首是《回望往事》，另一首是《不要问为什么》。《回望往事》这样写道：

我紧攥苦难的手

击碎正月的雪

打马走向高坡，回望

生命中多难的昨天

在寒夜里蹒跚

几度风雨

几经磨合

现在的我已经走出寒夜

和寒夜里所有的寂寞

勒马高坡，远眺地平线

未知的路朦胧而开阔

我义无反顾

策马扬鞭

挥挥手

与往事告别

　　当了家庭掌柜的我，工作是忙碌的，也是充实的。好在，我的观念新，对外界的信息把握准确，贷款购买了三轮车和摩托车，虽然背了债务，但行动起来方便多了。往地里送肥、拉运庄稼、拉货，有三轮车，来往于村子与乡镇、县城之间，有摩托车。这在一向封闭的山村庄稼人眼里，还是很显赫的。我的交通工具不仅仅为自家办事，其实多时也为乡亲们提供方便，村里谁家修盖房子，拉运木料、砖头、水泥，我就代劳；谁家交售农副产品，我也会及时帮助运送。平时行进在路上，见到有人带着东西，我便连人带物一起送到目的地。是专门叫我的，就收取一些运输费用或者汽油钱，如果是路遇的，则分文不收，义务办事。这样，我在群众中逐渐有了口碑。

　　一天凌晨，大约四点钟的样子，劳累过度的我睡得正香，突然被一阵敲门声惊醒。来人是沟那边居住的回民腊秀花，她见我开了大门，就边哭边急切地说："我家孩儿肚子疼痛了一夜，怕是不行了，请你用摩托车带我们到医院看看吧？"

我二话没说，就发动起摩托车，到她家里接孩子。男孩子大约五岁的样子，这时已经有气无力地小声呻吟，脸色蜡黄，嘴唇干裂。孩子的奶奶已经哭成了泪人儿。腊秀花长期与丈夫马立民关系处得不好，她丈夫离家出走了半年多，家中只有她的老婆婆和孩子尔里，上有老，下有小，我不能见死不救。我让腊秀花把孩子用被子裹了，捆绑在我的身上，然后带她母子出了村子，来到了乡镇卫生院。这时候天还没有大亮，乡镇卫生院还没有上班，值班大夫随便检查了一下，说怀疑是肠梗阻，不能延误，得赶紧到县医院做手术。我又带着他们到了六十里以外的县城。经过一阵忙碌，检查出来真的是肠梗阻。医生骂我们为啥不早送来，差点耽误了孩了。由于及时手术，孩了总算有惊无险，保住小小的生命。在孩子住院期间，我抽空每天探望，哄孩子玩，又打电话叫回来了孩子的父亲马立民。尔里康复出院时，我又开着三轮车把他们一家三口接回了村子。这期间，与马立民熟悉的我，跟他拉家常，疏通他们夫妻的关系，不仅救了孩子，也拉和了他们夫妻的关系。他们很是感激我，拿出四百元酬谢我。我分文没有收取。不过，我对他们夫妻提出了要求：以后要相互尊重，沟通感情，不能再闹矛盾，好好过日子，照顾好孩子和老人。如果再闹矛盾，我可不会客气的。两口子连连应诺，连声道谢。从那以后，他们夫妻果真恩爱相处，再没有闹矛盾。

就是在这次接送尔里母子住院治疗期间，我又经历了一件事情。

有一天我出去为小尔里买玩具，刚进入医院门厅，就听

见了哭泣声。有好几个人围着看情况，医院保安往开驱赶围观者，也把那个哭泣的妇女往外赶。我挤进人群一看，那妇女大约五十多岁，头发已经花白。从穿着来看，也是农村人。

听了情况，才知道她上当受骗了，带来给儿子看病的一千元被骗子抢走了。

事情是这样的，刚从乡下坐班车来到县医院的她，进了人来人往的医院大厅，有些眼花缭乱，她原本是来过这里的，可是她竟然迷路了，想不起她儿子在哪个科室，就坐在靠墙的链椅上歇息。一边歇息，一边观察，看是否有认识的人，以便带她去儿子的病房。正在这时，她的面前突然"啪"的一声掉下一叠钱，红红的一厚匝。她看到这么多钱，一下子惊呆了，有些不知所措，就盯着那一捆钱出神。这时就有一个小伙子走了过来，连忙拾起那些"钱"，并鬼头鬼脑四下张望了一阵，然后压低声音对她说，这么多钱，他一个人捡到不吉利，得给见面的人分一些，就拉她到了一个拐角，说是这些钱全给她，让她把她带的钱多少给他一些就行了。一提到钱，她本能地摸了摸衣袋。她还在犹豫，那个小伙子已经伸手摸进了她的衣袋，抓到了钱。他说："你别不识好歹啊，这么多钱你在哪里找啊？再不要磨蹭了，小心有人看见。"他边说边挣开了她的手，然后拿了她的那一千元，一个箭步逃之夭夭。

她回过神来一看手中的那一厚匝"钱"，除了上面的一张是真钱外，其余的全是市场上印制的冥票。那一千元可是她向亲戚借的给儿子的救命钱啊？被骗子抢走了，拿啥给儿子交住院费用啊？她便伤心得大声哭泣起来。

我一听，一股怒火从心头升起。我找到医院保安，当即拨打了110报了案。可是报案就能及时追回被抢的那些钱吗？我当即掏出了给尔里交剩下的六百元给了那老婆婆。让她先给儿子交住院费，不够的部分让医院垫支，谁让他们的安全措施这样差呢？钱是在他们医院大厅里被抢的，他们医院自然有责任赔偿。我带着她找到了她儿子，又与他们一起找到了医院院长，提出了赔偿要求。一开始医院执得很硬，百般抵赖，当我叫来了原先认识的在县城工作的几个哥们，又通过他们三番五次打电话叫来了 110 巡警，我们一同给院长晓以了法律依据后，医院再无话可说，只好赔偿了那被抢的一千元。

老婆婆拉着我的手千恩万谢。他儿子归还了我垫支的那六百元钱外，又拿出三百元要表示心意，我自然是不能收取的。

老婆婆叫张曼曼，她儿子叫王志刚。

王志刚与我同龄，是拉架子车时摔伤的。从此我们成了好朋友。

这是 2001 年 3 月 16 日的事。

二十六　别有意趣的婚礼

　　承包的四十四亩土地，我计划种植了五亩麦子外，其余的全种植了秋杂粮和洋芋、蔬菜：二十亩洋芋，四亩地膜玉米，四亩胡麻，五亩荞麦，五亩糜子和一亩蔬菜。由于准备充分，肥料足，雨水合节，结果一下子获得了丰收。进入八九月间，一上山梁，就会看到长势喜人的庄稼。乡上还组织全乡镇的三级干部前来观摩，我的过去和现在都成为观摩团的话题，我的名声一下子传开了。

　　收获的季节是喜悦的，我除了请亲戚朋友帮忙收获外，还花钱雇了人。交售了五万多斤洋芋，六千斤玉米，三千斤荞麦和三千斤糜子，加上销售蔬菜和拉运货物挣的钱，还榨了一大缸清油。四万元的贷款和利息一下子全部还清了，也翻修了房子，觉得肩上的担子一下子轻松多了。然而，收获的不仅仅是庄稼和钱财，同时还有精神和德行。

　　进入冬季，父母亲便张罗着给我娶亲。我的婚礼日期也定在腊月八。选择这个日期，主要是农村大忙季节结束，可以从容举办婚宴，酒席能够做得更好，亲戚邻居可以消消停停欢乐、享受。这个时候采购的肉食能够存放几天不坏，不像夏秋那样容易变质。再者，腊月八本来就是个吉利节日，不用再请阴阳合计日子。二哥是腊月八结的婚，他们第二年就得了儿子，现在九年时间过去了，他们已经有了两个男孩子了。母亲说是腊月八吉祥，也就定在这个日子。

父母亲看到我有出息了，再没有欠账了，心中自然高兴，父亲的病也好了，精神了许多。我是最小的儿子，父母自然心想把婚礼办得像样一些。好客的父亲也想着借我的婚礼好好热闹热闹，与乡亲们好好聚聚。他前些年当村干部时，因为搞计划生育和催缴公粮，也得罪过一些人，想借此机会拉好关系。

三个哥哥三个嫂嫂都带着几个侄儿侄女回家来了。经过筹划，杀了一头大肥猪，宰了五只羊、十只鸡，我还请结识的朋友王志刚在他们党家岔水堰打了几十斤鱼，又称了些牛肉、豆腐和调料。这在农村算是很丰盛的了。考虑到回民多，就请了回民厨师，照例在大场里砌了清真锅灶。

经商量，这次婚礼要把该请的人都请到，情礼依照村上惯例，无论一家来几个人，只收五元钱。村上邻居，则是一个不剩，大人娃娃都要请来，大宴三天。还要请社火，支牌场、棋局和麻将场子。

在前一天，就有亲戚朋友来凑热闹。欢声笑语已经充满了院落。

连日来的忙碌，我流了许多汗水，觉得浑身不自在，我就想着要洗洗澡，把一个干净的身子交给我心爱的人。家里没有洗澡条件，跑到山下的将台洗浴又不方便，我就来到邻村回民朋友马立民家，请他媳妇腊秀花烧了热水，在他家学着回民洗"乌苏里"。

"乌苏里"就是回民的大净，一向讲究清洁的回民，在房事、遗精和妇女经期过后，或者在出远门或履行宗教仪式前都

要进行这种近乎神圣的卫生程序——与其说是卫生习惯，其实也是一种宗教礼俗。他们除了礼拜时在当坊清真寺里进行这种礼俗之外，平时在家里也备有沐浴设备。这种沐浴设备很简单，在自家的房门背后的地下用砖头砌一个小小水池，水池顶端的房屋上挂一个吊罐，罐子底部钻一个流水小孔，小孔用木塞子塞住，洗浴时抽掉木塞子，热水便从头顶流经全身。水池留有流水孔隙，洗过的脏水可通过孔隙流入厕所。这样便符合伊斯兰教义所规范的洗浴水不能循环利用的礼俗。

按说，这样的洗浴设备是不能让外族人涉足的。可是我却是一个例外。是我带小尔里上县城看病，实际上救了他的小命，如今尔里都上学了。我与马立民两口子的关系也越来越亲近了。再者，我从小与一些回民朋友一起玩耍，一起上学，一起放羊，有时候也在他们家睡觉，自然也跟他学会了洗"乌苏里"的一些程序。

我来到立民家，说明了来意，他就叫媳妇烧了热水，让我洗浴。

按照伊斯兰教义，做"乌苏里"时要先进行小净"阿不德斯"，心中要致意，颂主名，赞圣，然后再放水冲洗，按照先后次序沐浴。先后次序我倒知道一二，赞圣经我也会几句，可是我毕竟不是穆斯林，这样一知半解的礼俗是会造成不恭敬的，所以还是没有动这个意念，只是按照立民教给我的先后次序开始沐浴。我抽掉了吊罐上的木塞，一股热水便浇淋下来，流到了我的头上和两耳。再洗颈项，随后是右肩及腋窝臂膀，依次是左肩及左腋窝臂膀，再后转身洗浴前心，接着再转身洗浴后背，之后又转身洗浴小肚、脐下及下体。

洗到了下身那个东西，我自然想起了往事。它不再是干净的，而是肮脏的，我要把它清洗干净，以便交给我心爱的亲人。想到这些，我心中突然一阵内疚，有种犯罪的感觉，在这种场合，我只能平心静气地完成沐浴，不能胡思乱想的。就努力使自己专心起来。随后又洗浴右股，转换再洗浴左股。最后洗浴右足和左足，洗浴完成了，我用带来的新毛巾揩干全身，穿戴好衣服后，就向立民和秀花夫妇告别，立民说："晨儿兄弟，我替你念'嘟哇'举意吧？"。

娶亲的这天早上，我穿着崭新的西装和乌黑发亮的皮鞋，打着红色领带，胸前什字交叉挂着舅舅家的彩红，感觉自己真的成了新郎官了。

娶亲的程序也安排得很是体面，我事先在县城租了一辆小车和一辆面包车，再加上我和王志刚的两辆三轮车，一共四辆车子，这在我们当时的农村，还是头一次见这样的娶亲阵势。这天，我这个新郎官是不需要亲自出马的，全由街坊庄亲操办。我的三轮车是由大龙开着的。四辆车挂着彩红，在一阵鞭炮声中突突突地出发了，这边我们安排节目演出。社火班子是邀请邻村火家集的。他们一个戏班二十来人，带来了折子戏《柜中缘》《小放牛》《隔门贤》等几出喜庆小戏，还可以应客人要求点演有关唱段。点唱一段子，给演员挂一条红。

父母亲照样被邻村的几个村干部打了花脸，戴了戏帽，穿了戏装，拉着他们端了酒壶，给客人们敬酒。三个哥哥害怕人家折腾，早已躲得无踪无影，一对父母就由着客人折腾。也许是久病的父亲实在难以招架了，也许是他心中高兴了，竟然提出自己上台唱一段戏，以此来表示谢意，唱完戏请大家解脱他，不要再被拉着到处游走。结果他被拥入戏台，在胡琴伴奏下，

唱了一段《打镇台》：

> 皮鞭打惊得人心中发火，
>
> 七品官在公堂无法奈何。
>
> ……

他刚唱了两句，有人就反对，说是今天娶儿媳妇，要唱喜庆的，不能唱带哭腔的段子。父亲也觉得有道理，就又唱起了《乾坤带》中唐王的唱段：

> 有为王打坐在长安地面，
>
> 盼的是天心顺国泰民安。
>
> ……

可是这一唱，有人还是挑刺儿，说他画的是丑角脸，唱的却是唐王皇帝，这不符合人物身份。要求另唱一段丑角戏，父亲想了想就说："唉，我今天是够出丑的了，还要咋么丑呢？那我就唱《游龟山》的卢世宽吧？"说着就清了清嗓子唱起来：

> 行步儿来在了龟山脚下，
>
> 一河两岸好生涯；
>
> 盐占当铺本钱大，
>
> 街面市井货物杂；
>
> 古董行当有字画，
>
> 画上画的女娃娃；
>
> 摇摇摆摆笑哈哈，哈哈哈……

这一唱，赢得了一阵喝彩。他就摇头晃脑地唱完了这一段，连忙出了场子。

折腾了一个中午，下午六点时分，娶亲的车子进村了。于是吹鼓手的唢呐、锣鼓响起，鞭炮声大作。四辆车子缓缓地依次开进了村子，在我家门前停了下来，小车和面包车接的是送亲的人，一共是八个人，两辆三轮车则拉着陪嫁品，有电视机、洗衣机、大衣柜，还有被褥、暖壶、洗脸盆等日用品，拉了满满两车子。

我首先捧着一束鲜花迎了上去，打开车门，把鲜花双手送到秀秀手中，这时就由我的表弟大宝抱了秀秀从车上出来，一路小跑步进了收拾一新的新房。我们这里的讲究是，迎娶的新娘，必须得由一位同辈分的亲戚或邻居来接她，这位亲友必须是属相与新娘相合者，结了婚已经生了男孩的人最好。接的方式是抱着她，不让她的双足着地，一直把她抱到新房中。大宝各方面条件许可，他就当此大任。

我迎了其他送亲的人进了大院子，这时就有总管安排他们入席。女方送亲的人是八个人，我们这边男方也要安排八个辈分、身份差不多的人来相陪。这边早就安排好了我的舅家人和庄间德高望重的人相陪。大家谦让着入了席口，这才发现送亲来的秀秀的兄弟虎子不在。大家正在寻找，这时马立民就来找我，他把我拉了到了僻静处，小心翼翼地说："你小舅子虎子怎么还在车上不下来？我们叫他，他也不说话，只是把头扭向一边。只怕是慢待了人家？"

经他一说，我才恍然大悟：糟了，忘记了给人家下马洋和压箱钱。

送亲的人里面，得有这么一位尚未成年的后生跟随，到了新郎门首，新郎得给人家发下马洋和压箱钱。意思是，人家把新娘给你送来了，你得表示点辛苦费，其实是小费。这种乡俗延续了好多年，下马洋和压箱钱多少不定，就依男方举心而宜。起初是十块、二十块的，后来增加到五十块。也有双方事先约定的，定多少就是多少。听说近年来城里人已经涨到一千元了。

绿地文学丛书

我们事先也有约定，下马洋和压箱钱各是二百元，共是四百元。这些钱本来我是准备好了的，还用红纸包了红包，结果只顾了接新娘，安排送亲人坐席，就忘记了这个重要程序。我一听吐了吐舌头，就连忙跑到大门外，给仍在车上坐的虎子塞上了红包，并小声道歉说："虎子，姐夫失礼了，赶快下来坐席，就差你一个了。"

虎子这才准备下车，我伸出双手就抱了他下车。

这边接待亲戚入席，新房那边已经是热闹非凡。一帮愣头后生和婆娘便挤进了新房，开始耍新媳妇了。闹新房耍新娘最主要的是逗新娘子发笑或哭泣，有些不安分的后生便乘机摸新娘的手或者奶子。无论如何折腾，新娘子也不能发火。秀秀是个胆小人，她事先给我说过，要我保护她，不要让有些后生动粗。听到新房那边一阵接一阵的嬉闹声，我就有些怜香惜玉的感觉。可是在众目睽睽之下，要我出面干预大家的行动，那是招人唾骂，自讨没趣。大宝就提醒我，让我给大家敬烟，以便转移大家的视线。这真是个好办法，既不得罪人，也可以缓解秀秀的困境。可是，这一散烟，反而助长了这些人的兴致，他们拿着我散的烟，挤到秀秀跟前，让她打火点燃。秀秀无奈，就用三嫂递给她的火机打火点烟，刚打着火，就被好事者吹灭，又点燃，又被吹灭，引起一阵大笑。这样总是点不着。秀秀便不再点烟了，而是闷坐着不说话。

三嫂当伴娘，她一看不行，就说新媳妇一天了还没有吃饭，她让大宝端了一碗烩菜，拿了一个花卷。这样才把一房子的人支走。

到了点灯时分，洞房里便点燃了清油捻子的双灯花，连同事先安装好的霓虹灯一起，把新房照得意境朦朦胧胧，让人感到温馨而典雅。这时候便要暖床。这暖床其实是婚俗的一种程序。就是在男女双方结合前最后一道礼俗。主持者需要德行高，子嗣兴旺的人担任。母亲就选择了当媒人的郭大叔。郭大叔把秀秀由娘家带来的枕头拉开，掏出了里面装的核桃、红枣、花生和糖果，撒在炕上，一边用一把帚笤扫，一边口中念念有词：

　　帚笤扫一扫，双双核桃双双枣，养下的娃娃满院跑；

　　帚笤扫两扫，牛羊满圈庄稼好，金银财宝少不了；

　　帚笤扫三扫，白头偕老相和好，儿孙满堂福寿高！

　　说毕，便把核桃、枣子和糖果等抛向地下和窗外，在场的人便一起哄抢。据说吃到暖床糖果的人，也会沾染好运，子嗣旺盛。

　　之后，便让新郎新娘背靠背，把新娘秀秀的头发搭在新郎我的后脑勺上，主持人就用梳篦边梳边念：

　　一梳子，两刨子，养下的娃娃是儿子，

　　一梳子，两篦子，养下的娃娃是女子。

　　梳一梳，头发长，养下的娃娃状元郎，

　　梳两梳，头发短，养下的娃娃当知县。

　　郭大叔的手很重，我觉得头皮被梳得生疼。但是这种场合，我也不好说什么，只好咬着牙忍受。

　　暖床一毕，郭大叔便轰走了耍床瞅热闹的人，让我们一对新人安寝。

　　送走了郭大叔，我便反锁了房门，上到炕上，揭去了秀秀头上的大红盖巾，急不可耐地捧着她的脸亲吻起来。秀秀一把推开了我，嘴向窗外呶了呶，示意窗外还有听床根的人。我点

头表示知道了，就顺势搂抱着她睡下，伸手在她的身上轻轻抚摸。

她拉过我的手，轻声说："你这人怎么说话不算数？"

我不知其意，就说："哪些地方说话不算数？"

她哼了一声说："哼，说好的你要出面制止，不让你的那一帮人动粗撒野，可是你不但没有管，还给了烟让那些人点烟？你看你看，我的手都让他们掐肿了，头发也让火燎了。"

我一听是她误会了，就搂紧她，说："宝贝，是你误会了，我本来想借散烟来分散他们的注意力，不想他们却借用了我的烟来折腾你。不要紧的，媳妇被人折腾得越厉害，运气越好，越有出息。你就让他们折腾吧！错过今天，你想请他们折腾你，他们也不会的。"

秀秀听了咧嘴一笑，说："也是。"

估摸着听窗根的人都冻得受不了走掉时，我便脱光了衣服，也撕扯着脱了她的衣服，待要行事时，我突然想起自己的过去。人家秀秀可是货真价实的黄花闺女啊，而自己呢？与王姐反反复复有过几十次，与小强哥也在夜总会搞过性交比赛。尽管自己进行过一遍又一遍地清洗，可是那种肮脏能清洗掉吗？

秀秀见我有所迟疑，就拉了一下我。

这个时候，这种情况下，我想这些还有用吗？心爱的人就实实在在地躺在我的怀抱，我能无动于衷吗？为了减轻我的内疚，我便取出了"快乐雨衣"，戴上了它的身。

秀秀觉得不理解，小声说："还戴这个呀？你不想要孩子？"

我说："第一次，还是保持清洁吧？"

我说了这话，又觉得好笑。这样算是清洁吗？但我不能说出以往的龌龊事，只能这样了。我想，我总得找个机会把情况说明。

二十七 分 家

　　今年春节是家全人全，这个年过得还算热闹。可是我却感觉出一些隐隐的不和谐音调来。其实，这种不和谐音调是很正常的。试想，我们兄弟四人，都成了家，大人娃娃共十八口人，这已经是很大的家口了。不要说是做其他事情，就是每天的吃饭、做饭都显得没有章法。这顿饭做什么？由谁来做？都成了问题。母亲只好叫上小妹妹欢欢来做。做饭的水得从山下的沟里去挑。一家人加上牲畜、羊只吃用的水，每天也得五六担。这水当然是由我来挑。更重要的是磨面。我们这里没有磨面机，得拉到山下的将台堡街道去磨。拉粮食磨面倒是不需要父母亲出面，但是磨面的粮食要事先收拾簸筛干净，这个活儿自然就落到母亲一个人头上了。一次两次没有什么，可是一次又一次总是这样，也不是个办法。有时候大嫂或者二嫂会帮一下，可是你到她不到的，总会引发一些不愉快情绪。好不容易饭做好了，满满的一大锅，有人嫌甜了，有人嫌淡了，有人嫌辣了，有人嫌咸了。有时候会一下子舀光，有些孩子吃不够，嚷嚷着还要吃；有时候饭不可口时却吃不完，剩下大半锅，父母亲只好下顿热了再吃。一天两天，十天八天当然可以，可是一个冬天几个月都是这样，那就不好了。做衣服买东西也得考虑周到，得平均分配。不然便会生发一些误会。更重要的，家用开资由

谁来出钱，父母亲自然没有力程。

面对这种情况，我总是竭力周旋，让秀秀多帮母亲干活，家中一切开支都由我来支付。按照一些人的说法，说是我种植了全家人的承包土地，家中一切开资理应由我承担。其实不然，土地自然是由我耕种，收获的物产也由我支配，可是二哥和三哥结婚时的彩礼和一切花费的欠账，都是由我劳作还清的。再说了，操作经营土地得投入大量化肥和农药，还有人力和机械。

家中的一切我来担待，不是说完全应该由我承担，而是我想得很客观：如果连一家亲人的事情都办不好，在亲情之间患得患失、斤斤计较，那还能帮助别人、造福社会？

按说，这个冬天，秀秀是新娘子，她应该坐享其成。可是她不能眼看着父母亲在寒冬劳累忙碌，就在我的要求下，做起家中主妇来。当她劳累一天，晚上向我发牢骚时，我就"枕畔教妻"，给她讲《弟子规》里的"孝悌"和"仁爱""宽容"之道：

> 兄道友，弟道恭；兄弟睦，孝在中；
>
> 财物轻，怨何生；言语忍，忿自泯；
>
> ……
>
> 唯德学，唯才艺；不如人，当自励；
>
> ……
>
> 能亲仁，无限好；德日进，过日少；
>
> 不亲仁，无限害；小人进，百事坏。

秀秀虽然不识字，可她听得认真，悟得真切。在后来的家务活计和妯娌之间的团结方面，做得很好。

正月十五点了明心灯之后，第二天，正月十六，父亲和母亲把我们叫到一起，说是有事商量。看到他神情庄重的样子，我就觉察到了，他想做什么。其实，他要说什么，我早就知道了，因为这些天母亲一直念叨着分家的事。树大也有分枝。这样大的家口，别人早就分家了，我们一直延续了这么多年，也算是不容易的。

我们兄弟四人都到齐了，父亲就让我给地下的八仙桌前奠了酒，然后再给炕桌上放的杯子里倒了酒，他端起酒杯说："正月十五一过，大家就开始忙碌了。趁今日个你们都在，我想把一件事情办了。"他看了看我们兄弟四个人，又说："还是把你们的媳妇都叫来吧。如今是男女平等，让她们也参与一下意见。"

父亲的这番话虽然没有说明要做什么，但是大家心里都明白：要分家了。不过，我们四兄弟谁也没有动，也没有说话。母亲见场面有些冷静，就说："我去叫她们吧？"

她刚要下炕，就被父亲喝住了："你定定坐着，让他们自己去叫。"又对我说："晨儿你去叫吧。把你媳妇也叫上。对了，还有媛媛、欢欢，也叫上。"

父亲的命令我不敢违抗，就出门去叫三位嫂子、秀秀和两个妹妹。我叫她们，自然是和颜悦色的，并且调侃说："父亲今天高兴，要给大家亮宝。你们都去看看吧？"

大家将信将疑，就都带着孩子来到了上房。

父亲看着大家都到齐了，就说："能喝酒的都喝一杯酒吧。喝了酒我有话说。"他说着首先一仰脖子喝了酒。然后也不管在场的人喝了没有，就擦擦嘴说："今日叫你们来的意思，是想给你们把家分了。我和你妈都年龄大了，我也是体弱多病，有今天没明天的，分开了你们各过各的日子。我和你妈也就再

不操心了。"

听了父亲的话，三个哥哥都在低头抽烟，没有说话。三个嫂子也显得有些诧异，看着各自的丈夫，眼睛在征询他们的意见。

母亲接着说："其实分家也是很正常的事。兄弟妯娌再好，也没有在一起过一辈子的。牙和舌头再好，也有碰撞的时候。好合好散，分开了也好操心自己的日子。"

父亲又接着说："分开了也不是就把亲情分散了，你们兄弟之间，有个大凡小事，也可以相互帮助照应。"又说："其实也没有啥值钱的东西可分，就是那些承包土地，谁的原归谁有。家中的几间房子，谁原先住宿原归谁。几只羊吧？过事杀了五只，还剩下三只，就分给老大老二老三，那头半大猪就留给老四。还有一些粮食嘛，按四等分分给你们吧？"

大哥发话了，他吸了一口烟，说："其实也没有啥分头，我们已经外出多年了，土地分给我们，我们也没办法耕种，就留给家里吧？"他说着看了一眼大嫂，又说："要是我们到了紧困处，在家里拿点粮食、洋芋什么的，我想四弟和弟妹也不会不给的。"

大嫂接着说："就是，土地留在老人跟前，我们每次回来，吃用起来也气长、方便。

二嫂却说："庄稼也不好务哩。那么多的地，晨儿两口子能务过来吗？爹妈都老了，还有病。我看还是分了吧？"

二哥瞪了一眼二嫂，说："分了谁耕种？我可顾不上。"

二嫂说："你不耕种了我耕种。"

三哥说："要分就分彻底，然然呼呼地反而不好，弄得兄弟们心心事事的。"气氛有些紧张，接下来就没有人再说话了。

父亲就征求我的意见："老四还没有说话哩。你也说说吧？"

此时的我，心里百感交集。不分吧？家口太大，存在的家务事情也多。分开吧？自己总觉得心中不是滋味。我们兄弟四人，从来没有红过脸，大哥帅气开朗，二哥沉稳厚道，三哥精明活跃，三个嫂嫂也都受到各自丈夫的影响，性格也偏向他们。我从小到大，没有少受三个哥哥的关爱。大哥常常带我到山下和邻村去看社火和电影，有时候人挤，看不着，大哥就把我放在他的脖子上，让我骑着他的脖子看。二哥呢？虽然指定给大伯当儿子，但他并没有因此而疏远我。在带我出外打工的日子里，他和二嫂总是时时留意我的安危。在内蒙和灵河，那两次"桃色"事件，要不是二哥及早发觉，适时巧妙地扼制，说不定会发展成什么样子哩。最起码不会是现在这个样子——让我有了心爱的秀秀。三哥精明强悍，有了他，我没有受到别的男孩子欺负。现在要与他们分家，我心中就有些酸楚。一向锻炼得果敢的我，此时候也没有个好主意。就摇了摇头，说："我觉得分与不分一个样……"

父亲听了就瞪我一眼，说："你这是啥意见啊？到底是同意分还是不分？"又对秀秀说："晨儿媳妇你说个意见吧？"

没想到腼腆寡言的秀秀却大声说："我不同意分。我不想分。"

一家人的注意力一下子集中到了她的脸上。

母亲说："不分，这么多的土地，你们小两口子能务过来吗？还有羊啊猪啊牛啊驴啊的，你能喂养过来？"

显然，母亲是向着秀秀这个小媳妇的，她在为她着想。事情虽然没有明说，但是大家也都感觉到了她的用意。

三嫂表现出了些许的不满，脸上就起了云彩。她想说什么，

就被二哥打断。二哥顺着秀秀的话说："我也觉得没有分的必要。"

父亲没有理其他人，而对着秀秀说："老四媳妇你说，你咋不同意分？你有啥想法？"

秀秀低着头小声说："我才娶过门多久？要是分家了，庄间邻居会说我的，会说我是搅家不贤，我不想分。"又说："家里的活计我会尽力的。"

父亲一看要让大家的思想统一，是不可能的了，但当过村干部的他也敏锐地觉察到了家人的各种心态，他还是觉得有必要分开。再说，他的分家计划已经在心里酝酿多日了。他是决心要分的，就说："我主意已定，还是分开。分开我就心里踏实了，再不操心你们的小日子了。"他打火点燃了一支烟，吸了一口又说："一共承包了四十四亩土地，当时是按照十口人划分的。你们的爷爷奶奶，你大伯，我和你妈，你们兄弟四个，还有媛媛。每人是四亩四分。四个媳妇和欢欢没有划分。我想，四个儿子各占各的四亩四分，你爷爷的一份分给老大，你奶奶的一份分给老三，你大伯的一份分给老二，媛媛过几年就出嫁了，她的一份分给老四。这样也公平。分给你们，要是谁不愿意耕种或者顾不过来，你们私下可以商量，转让、代种都行。至于其他物品，我开头也说了个意见。我看就照那么办。其他小物件，谁需要什么就拿什么。这样行了吧？"

家就这样糊里糊涂地分了。可是家中的东西，谁也没有动用，锅灶也没有另砌，还是在一起吃饭。

尽管这样，我的心里还是觉得失去了什么，有种怅惘的感觉，晚上就写下了一段纷乱的文字：

挥别的手，

生长在岸上，

是一棵孤独的树。

树大真的要分枝？

挥别的手，

漂泊在河里，

是一页思念的帆。

帆真的要远航？

家这一分，大家一下子又感觉亲近了起来，饭也有人做了，猪羊牲畜也有人喂养了。二哥和三哥也会争着去沟里挑水，四个媳妇都争先恐后地清扫卫生。这种情况虽然短暂，但也让人感慨和回味。

二十八　路见不平

也许是三个哥哥和嫂嫂看到了父母的良苦用心，也许是他们从我种地方面看到了收获，受到了某种启发，大年一过，他们都张罗着种地。那些划分给各自的土地，还是依照我的意见，大面积种植了洋芋，倒了茬的地种植了地膜玉米、胡麻、荞麦和糜谷。兄弟们一起下地劳作，倒也有说有笑。在中间吃干粮的时候，还会边抽烟边开玩笑。

作物种上了，就闲散下来，田间管理自然就交给了我。过了几天，大哥一家要回到他们的新家闽宁镇。二哥和三哥也要带着女人外出打工。几个侄儿侄女就留在家中，由父母和秀秀照管。

我说过的，结婚后要带着妻子去到银川旅行，顺便去阿盟看看云屏和托菲娅。

其实秀秀不想去。她说她在山里待习惯了，去逛大城市不习惯。她也怕花钱，她知道我们结婚花了不少钱，再花钱又得借账。再说，我们一走，一双父亲要带四五个孩子，还要喂牲口、挑水、看庄稼，事情多哩。我是计划好了的，出去最多也是十天半月的，家中最大的问题是从沟里往家里挑水，这件事我给她弟弟虎子安顿一下，让他早晚给挑一担水，挑水的工钱我给他出就是了。我想主要是让秀秀见见世面，不然她一个年轻漂亮女人，什么也不懂，实在是一种莫大的憾事。我还指望她将来帮我做大事哩。好说歹说，她总算答应了。我俩帮母亲拾掇了一些粮食，磨好了面，又烙了好多馍馍，把家事给秀秀的父母和虎子安顿了一下，也请正林多留心一下家中，如果两位老人有个头疼脑热的，就请他代为照顾照顾。一切安顿停当，待农活告一段落后，我们就带了少许行李起程了。

我们先到了固原，在街上转了转。为了方便，我花了九百元买了一部手机，这些钱还是秀秀的私房钱。

在固原通往银川的班车上，我们遇到了一件事。

车子行到同心附近，有人拦车，车停了，就上来了四个小伙子，他们穿着打扮不像是农村种田的。他们都穿着牛仔服，有两个人理着光头，另外两个人却是长发披肩，给人的第一感觉不是那么顺眼，就像前些年我们"铁锄头队"的成员。车上有几个空位子，他们坐了下来，就东张西望地扫视车厢。过了一会儿，他们的一个光头就站起来。他敲打了一下手中的一对铜板，就如同说书人事先的开场白一样说道："朋友们，连手们，向大家行礼了。"他象征性地欠着身子鞠了鞠躬，又接着说："各位长途劳累，我们给大家带来了一个小游戏，请大家参与一下，可以缓解旅途劳累，运气好些的还可以发一笔小财。"他说着从裤兜里掏出一副扑克，刷的一声在手上绽开。要请大家猜，猜中红的或黑的颜色就算赢了。猜一次输赢二百元。

车上的人听了，大都脸色难看起来，就把头低下，埋在座位里不理他这一套。有人用焦急的目光望着前面开车的司机，希望他出面制止这种赌博情况。可是司机像是压根儿没有看到听到一样，仍然一言不发地开他的车，甚至连催买车票都没有。

车厢一下子安静下来。这时便有一位农民模样的中年人冲着他们说："这游戏好玩不？让我试试手气。"又说："如果我猜中了，你们可不能反悔？"

那个光头就麻利地洗了牌，把牌面朝下，牌背朝上，让他猜。那中年指着其中的一张牌说是红色的。光头一把抽出来后，果然是红桃8，猜牌者就是一阵爽笑，说道："好运气，第一次就猜中了。给钱吧？"

结果那个光头便摇摇头说："你运气真好，再猜一把吧？"

于是那人又猜了一次，指着一张牌说是红色的。结果抽出来一看，果然是方块5，又是一阵欢呼。光头还让他再猜一次，那人就说："不猜了，落下这四百元就行了。"那个光头就很不情愿地掏出了四百元给那个人。这时就有一个小伙子也伸了手，说是要猜。他照例一连猜中了两个黑色牌，一张是黑桃A，一张是梅花10。他还要猜，光头就说："你们今天的手气真好，照这样下去，我们可是要赔本了。还是让别人猜吧？"他照例让长头发小伙给这个小伙四百元，又把牌伸向旁边的一个半大老头。老头起初不想猜，他们一起上车的那三个人便动员他猜，说是那两个人一猜就赢钱了，试一把吧？那老头就颤抖着手指着其中的一张牌，说是红色的。结果猜中了，真的又是红色的，方块3。光头让他再猜一次，他就又猜了，说是黑色的。结果猜错了，是红色的，红桃尖。这样就抵平了，光头又让他再猜，他就猜了红色，结果又错了，这下他输了二百元。他待要掏钱给光头时，光头一起的人就阻止了，说是让他再猜一次，如果这次猜中了，就又扯平了，不出钱的。老头就又猜，结果还是输了。这下两次猜错输了四百元，老头脸色就难堪起来。他犹豫了片刻，就狠了狠心说："球，头烂没在一斧头，再捞一下。"

他一下子猜了两张。他的用意很明确，如果这两次都猜中，就抵平了，他就再不用掏钱了。可是他想错了，这两张牌自然都没有猜中，这下子他四次就输出八百元。这时老头儿哭丧着脸，颤抖手从怀里掏出了二百元，说是他身上再没有钱了。这时候光头和那三个人都不依了，说是事先有言在先，输了就得给钱，如果没钱，他们会一直跟着他的，到他们家拿钱。他们的吃住和交通费还要他出。老头听了就哭泣起来，边哭泣边用拳头砸自己的头，骂自己是"混仗"，是"财迷心窍"。

那个长发小伙就过去抽了老头一个巴掌，骂道："装什么鬼？今天不拿钱，别想溜掉。"

这事我看得真切。这把戏我们以前也要过，很简单的，是在抽换牌方面做手脚的，只不过动作极快，操作熟练，一般人不易察觉罢了。

我看了看司机，真希望他出面说话，可是他好像脸色也灰溜溜的。是不是他原先也遇到过这样的麻烦事，害怕他们，敢怒而不敢言？或者他也是他们一伙的？再看了看周围，大家多的低头不言语，生怕这事轮到自己头上。也有人露出了气愤和不屑。可是大家害怕惹火烧身，都没有说话。如果我不出面，这位老头就大睁两眼让他们骗了，丢掉身上所有的钱不说，还要担惊受怕。更重要的是，让这伙人在光天化日的公众场合如此嚣张，不但骗钱，还动手打人，我心里是看不过去的，这不是我现在的做人风格。要出面制止吧？他们一伙至少是六个人。前面那两个赢了钱的人，其实也是他们一伙的，只不过他们早先上了车，以此来当托儿，引诱别人就范上当。我一个人是寡不敌众。见老头挨了打还在哭泣求饶的可怜样子，我想好了对策，就说："朋友，别打他了，我来试几把吧？"

我这一说，大家的目光一下全都集中在我身上，秀秀吓得连忙拉了我一把，小声说："你咋了，疯了？"

我拉了一下她的手，使劲捏了一下，意思是：没事儿，你不要怕。

那一帮人也对我的举动感到诧异，就面面相觑。

我接着说："朋友，兄弟我可是要玩大的，得把你那一副牌全部猜完。我若是输了，分文不欠；我要是赢了，你可不能反悔。"

又说："不过，我可要自己抽牌的。"我说着故意扬了扬手臂上纹的蝙蝠，接着几把拉开衣服，解开了扣子，亮出了带着那颗"铁锄头"图案的纹身字样，又把一个鼓鼓囊囊黑皮包"啪"的一声拍在座垫上，示意这里面装的全是钱。待他们还没有回味过来，我就掏出手机假装拨打起来："喂，喂，哥们，我现在在班车上，是固原开往银川的；刚过同心，你们在前面路站口等着我，多带几个兄弟，多带些钱……"

那时手机还才开始进入市场，一般平民还没有开始使用，我的手机无疑是显赫的。其他人听了，都对我投来了好奇的目光。有的赞许，有的诧异，有的惊讶。那一帮人也对我的大度和狂傲有所动容。都在光头脸上寻找答案。

光头也不是等闲之辈。他换了一副笑脸，对我说："这位兄弟看来年龄不大，气势却不小。你真想跟我们大赌一把？"

我也尽量使自己冷静从容一点，就说："我看你们的游戏很有意思，在短期时间能搞到钱，就动心了。来吧朋友？"

他还在犹豫，我运了运气，来了一个"蛇吞大象"的气势，光头手中的扑克便像雪片一样飞到我裸露的肚皮上，除了少许掉在地上外，大部分牢牢地贴在我的肚子上面。光头顺手一取，竟把一张牌撕破了。这下子一车厢人群情哗然。一阵热烈的掌声响起来，经久不息。司机不得不把车停下来观看我的"表演"。我意识到，这就叫做"刮目相看"吧？

那位长发小伙这时就走了过来，也伸手动扑克，他自然也取不下来，就扑通一下子跪在我面前，大声说："大哥，兄弟今天总算见识了高人了。请收兄弟为徒弟吧？兄弟跟您跟定了！"

光头这时就顺脚踢了同伙一下，说："起来起来，看你丢人现眼的。拜师也不能这样简单吧？这也不是拜师的地方。"回头又对我说："大哥，请留个尊姓大名和地址吧，改日我们专门登门拜访。"

我说："别客气。你叫我阿飞吧？"我取出衣服里的笔记本，撕了一页，写下了我的名字"阿飞"和手机号码。家庭住址自然没有留。

光头一看我的名字，惊叫起来："啊，阿飞？咱们真是有缘啊，我叫立飞。"

光头他们果然是六个人，光头为首，名字叫刘立飞。要拜我为师的长发小伙叫张彪。

车子启动了，他们几个人就叫停，说是要下车。

我想，不能让他们就这样轻而易举地溜掉，至少得教训教训他们，就说："刘哥、张哥，既然我们成朋友了，阿飞不得不劝劝你们，以后啊，这种把戏不要再耍了。丢人得很，也搞不到多少钱，还让普通百姓担惊受怕的，影响不好啊。你们也有父母家人妻儿老小吧？别再做了。要做正事，如果想要搞大钱，想要发家致富，阿飞有的是办法。回头我会教给兄弟们的。好吧！"

刘立飞连忙拱手作揖，连连说："大哥的话真是金玉良言，兄弟领教了。改日我们一定拜访阿飞哥。"

我调侃说："你们赢的那些钱还要吧？那老叔钱不够，兄弟这有的……"

刘立飞挥了一下手，笑笑说："阿飞哥真会刺激人。面对您高手，我们还敢再那样？不要了。对了，还有我们几个人的车票，也给司机补交了吧？"

张彪便伸手掏钱，司机连忙说："不要了，不要了。今后大家都是朋友。只要我开车安全，今后不再遇到这样的事就心满意足了。"

我说："车票还是要支付的。这是起码的道理。这样他们也算是一个良好的开端。"

刘立飞连忙说："也是也是，阿飞哥说得对。我们都好几次没有买票了。"

司机从张彪手中接过了钱。我把他们几个送下车，握手道别后就回到车上。

这下子车上所有人都向我围拢过来，七嘴八舌地对我大加赞赏。那个名叫李志杰的老头，一把搂住我颤抖着声音说："年轻人真是义士。过去只是在书上、电视上看到义士，没想到今天在车上见到了真正的义士。"

司机边开车边说："这一帮家伙骚扰我不是一次两次了，每一次他们都白坐车。还让人担惊受怕的。你这位义士今日一出面，往后开车就安全了。"

这时车后有人大声说："到了银川，司机开车带咱们几个人到报社和电台反映一下情况，把这位义士登报、广播表扬一下。"

大家异口同声地赞成说："好，值得！"

一路上，全车厢人都在称赞我。秀秀依偎在我身边，悄声说："把我都吓死了。你还有这本事？"

我说："也是事出无奈。总不能眼看着他们一帮人逞凶？其实，我也是豁出去的。你知道，那个黑色皮包里根本没有装钱，是一些零碎东西，取出来是壮壮胆子，吓唬吓唬他们。肚子吸东西那可是真功夫。"

秀秀说："你肚子吸碗的事我也知道了，还不晓得能吸牌？这一下子还真管用。"

我笑着说："我还能吸你的舌头和心肝哩嘿嘿。"说着我搂住她亲吻了一下。

二十九　节外生枝

车子开到了银川已经下午四点多了，有几个人非要带我去报社和电台。我就婉言谢绝了，没有去。他们几个问了一下我的姓名和工作单位，就告别了。他们去了新闻单位。我自然没有告诉真实姓名，只说我叫阿飞。

我们找了一家普通宾馆住下。天气还早，我就带着秀秀到了中山公园。那小桥流水，那盛开的荷花，那高大树木掩映下的草坪和甬道，还有那依偎在石凳子上接吻的情侣，都让秀秀感到新奇。她更喜欢动物园里的各类动物，每一个她都看得十分仔细。她是第一次出远门，也是第一次到大城市，我尽量让她多走走多看看。我们一直游玩到晚上华灯初上时才进了一家小饭馆。每人吃了一碗烩面，就回到了住宿的宾馆。洗澡时，我对秀秀说："咱们山里没有洗澡条件，都是热一盆水随便擦洗一下。现在有条件了，咱们两个一起洗吧？互相搓搓背，咱也浪漫浪漫。"

秀秀笑了笑说："我不。电灯明晃晃的，多难为情？你先洗，我后洗。"

我说："这是我们二人的天下，没有人看见的。让我好好看看你吧？"

不容分说，我几把脱下了她的外衣，拥着她进了卫生间。

秀秀抚摸着我的纹身图形和文字，感慨地说："原先我对你把身子弄成这个绺绺道道的样子很不理解，也很反感，人的肉身子咋能用刀子刻字呢？没想到这一次却起了作用。现在还觉得有些好看哩。"

经她这一说，当初我刺纹身子的往事便涌上心头，内疚油然而生。现在的我，只能倍加爱护这个纯洁善良的女孩子，才能减轻我的内疚。

洗浴过的身体，格外的光滑柔软。这一夜，我们自然是浪漫非凡的。

第二天我们睡到早上十点钟才懒洋洋地起床。秀秀上卫生间了。我就给云屏和托菲娅打电话，想告知我们去她们那里的消息。可是得到的却是另一种情况。给云屏的电话是一个男人接的。当我说明我是云屏的朋友，名叫阿飞时，对方似乎立即警惕起来，语气生硬地质问我们是怎么认识的，是什么关系？凭感觉，他可能是云屏的丈夫或者男朋友。果然，他说他是她的男人，都结婚三个月了。我还是礼貌地表示，要来道喜，表示迟到的祝贺。那男人说了一声"不必了"，就挂断了电话。

我又拨通了托菲娅的电话。她一听是我，就有些兴奋。当她听说我是带着新婚妻子秀秀来看她时，她沉默了片刻，语气就变了。她说："你带着新婚妻子来，是什么意思？"

我说明来意后，她却冷冷地说："你都结婚了，有心上人了，还来做什么？"之后说了声"祝愿你们幸福美满"，就挂了电话。

吃了闭门羹，我心里不是滋味。想起原来我们在一起时的那种若即若离的朦朦胧胧的友好关系，从此要失去时，便有些失落感。看来，这男女之间，是不存在纯洁友谊的。我为自己的冒昧感到后悔。托菲娅生气倒不要紧，说明她心中一直装着

自己，女孩子家，吃醋使小性子，是可以理解的，或者过一段时间再回头回味往事时，她会为今天的不友好内疚，表示歉意的。而云屏呢？可就不同了。她结了婚，已经是他人之妻。如果男人不开通，疑心大，我这次造访可能会给她造成很大麻烦的。从通话的情形看，她的丈夫也不是个省油的灯。要是她因为我的造访而遭受质疑甚至打骂，进而感情受到影响，那我可就问心不安了。

不，我一定要去看看她们。带着妻子去看她们，或许能释怀许多误会，解除不必要的麻烦。

本来是先要到沙湖和西部影视城看看再去内蒙古阿盟的。可是这样一来，得先去阿盟，回来后再浏览那些地方。吃过早饭，我带着秀秀去商场选购给她们带的礼物。秀秀虽然时不时流露出不愉快来，但是我做的决定，她还是顺从的。因为我不止一遍地给她说过我们的关系，我和她们并没有过"轰轰烈烈"，也不会像夫妻那样"恩恩爱爱"。我带她去，其实就是让她和她们当面看看，我和她们什么事也没有，请她放心，也请她们不要再为我投入更多的非友情感情。鉴于现在云屏丈夫的误会和托菲娅生气的情况，我更要做一些表白与化解工作。

挑选什么礼物呢？着实让我犯了难。戒指、项链之类的东西，一是太贵，我们没有那么多钱，二是觉得现在送这些东西，也不合适——那是情人或者丈夫送给女方的，我不能送的，特别是云屏。送衣服吧？不知道她和她喜欢什么，而且好衣服价钱也不便宜。想来想去，就在一家工艺店看到贺兰砚受了启发。贺兰砚当然送不起。可是贺兰石是宁夏特产，带有个人属相的印章却很精巧，价格也能接受，一方加上雕刻才不到二百块钱。可是秀秀却说太小气，不洋气。农村人哪有送石头当礼物的？

我笑了笑说："你可别小看这石头，这种贺兰石雕刻的砚台，一方几千元甚至几万元哩。"

秀秀听了吐了吐舌头，说："那么值钱？可是她们喜欢吗？"

我说："我彭飞办事的方式就是与众不同，送礼也是有别于他人。送了衣物很快就穿旧了，破了，丢了；送了戒指、项链之类的东西也会损坏或丢失的。而送了宝石却是永远也不坏的。这是最好的纪念品。这样更能显示出我做人的原则和文化品位。"

秀秀一听，也觉得有道理，就说："你想得就是比我周到。"她透露，她也带了一件礼物。加起来也不寒酸。

我问她是什么礼物，她笑了笑说："暂时保密。"

云屏是属兔的，托菲娅属龙，我请人分别在印章上刻了她们的名字和属相，一只兔子，一条龙。

下午，我们坐上了去阿盟的班车，到阿盟时快六点了。这次我不打电话，而是直接去她们家。他们家是轻车熟路，我们一下子就找到了。我们敲开云屏家的大门时，是一个壮实男人开的。他个头高大，相貌威严，看样子不是很年轻，大约三十多岁了。听声音，他就是接我电话的那个人，他是云屏的丈夫。

我说我们是云屏的朋友，来给云屏道喜。

那个男人听了，脸色立即严肃起来，说："你就是昨天打电话的那个什么阿飞？我说了，我们已经结婚了，请你不要再自作多情！"

我说："大哥，请不要误会。我没有别的意思，是来看看云屏和她父母。"

这时云屏的妈妈闻声从里屋出来了。她一看是我，就有些诧异。进而说："是阿飞啊？你怎么来了？"语气不像原来那

么友好。

我欠身向她表示问候后，说："姨好？这是我媳妇秀秀。听说云屏姐结婚了，我们来道喜。"

秀秀也乖巧地问候道："姨好？"

云屏的妈妈犹豫了片刻，说："那就进屋里坐吧？"

进了她家的平房子，云屏的妈妈就喝令那个男人，说："还不给客人沏奶茶，愣着做什么？"态度很是生硬。好像发生了什么不愉快的事情。

那个男人便顺从地进里屋去了。

我小心地问道："云屏姐呢？"

姨说："她出去了。"又说："两口子吵架了……"

正说着，那个男人便从里屋端了一个盘子，盘子里放着两个盖碗。他把盘子放在我和秀秀面前，说了一声"请喝茶"，就冷冷地站在一旁出神。

我示意秀秀从包里取出礼物。我说："姨，大哥，这次我们是来银川玩的，听说云屏姐结婚了，顺便来看看。也没有准备什么值钱的礼物，这是我们宁夏的特产贺兰石。就作为我们的贺礼吧？"

秀秀也取出一个塑料包，双手交给云屏的妈妈，说："姨，这是两双绣花鞋垫，是我亲手绣的，是给云屏姐和姐夫的一点心意，请别嫌礼薄。"

云屏的妈妈接过取出鞋垫，看了看，说："绣得真好。难得你们一份心意。"她回头又对女婿说："看到了吧？人家是远路上来的，还专门给你绣了鞋垫，是一片真心，哪像你？胡思乱想的。不像个大男人……"

这下我意识到，可能是我昨天的那个电话，造成了这位男人的误会，给云屏造成了麻烦。但此时此刻，还不到我说话的火候，只能边喝茶，边等待机会。我掏出了烟，抽了一支给了云屏的丈夫，他没有接烟，说道："家里有烟，我怎么给忘了？"说着就从桌子抽屉里取出一包云烟，拆开盒子，抽了一支给我。他自己也取了一支，我连忙打火给他点燃。

这样一来，气氛明显缓和起来。我就无话找话地问这问那。秀秀也特别懂事，一口一个"姨"，一口一个"姐夫"地叫着。

这时，里屋的门帘揭开了，云屏从里面出来了。她看上去有些憔悴，情绪不好。她走近，我才看到她脸上有一块青紫色。

看到她，我和秀秀连忙站起来，叫了一声"云屏姐"。

她朝我们点了点头，轻声说："你们来了？"

我说："我们来看看你和叔叔、阿姨。你过得还好吧？"

她点了点头，小声说："还好。"又说；"你媳妇真漂亮。叫什么来着？"

秀秀就说："姐，我叫秀秀，姓王。"

云屏顺势坐在了秀秀身旁，叹了一口气说："你们不该来看我啊？"她说着就抹起眼泪来了。

我明知道是她跟这位丈夫淘气了，但还是假装不知情，问道："怎么了，你的病又犯了吧？"

云屏摇了摇头，没有说话。

她的妈妈就板着脸，指着云屏的丈夫，说："你问问他？"又对我说："阿飞啊，你昨天一个什么电话，害得我家屏儿挨了一顿打。"

我转过头问那个男人："大哥，这是怎么回事？"

那个男人只顾低头吸烟，听到我问话，就低声说："其实也没有什么，是随便吵了几句……"

云屏的妈妈就说："哼，随便吵了几句？你看你把屏儿的脸都打肿了。阿飞现在当面，你问问他，看他到底与屏儿有啥说不清楚的？"

我总算有了话头，就接着说："要是这样，这就是大哥你的不对了。我们前些年在一个工地做活时认识的，那个时候，我才不到十七岁。不论年龄还是民族，都不合适，连想都不敢想。我和屏姐仅仅是认识，并没有特殊关系。大哥试想，要是真的什么关系，我还能带着老婆来？"

那男人吸了一口烟，说："再不提了吧？算是我错了吧？"

我说："事情没有这么简单吧？得把话说明白。一个人无端受人猜忌、挨打，你想她心里好受吗？"

云屏的妈妈接着说："就是。打个颠倒，做个不合适的比喻，人家阿飞的媳妇给你送了绣花鞋垫，难道说她也对你有意思？真是……"

那个男人低声说："是我错了。请原谅。"

我说："大哥，你们结了婚就是一家人，云屏姐就是你的另一半。说白了，这个家业也是你们的。你也知道吧？她有那个病，再不能引发她的病。"又说："如果你觉得我这人还凑合，咱们今后就是朋友，有用得着兄弟的，就吭声。"

那个男人连声说："那是，那是。咱们是朋友。"又说："大哥我是一个粗人，没有多少文化，想事情不周到，还请兄弟和弟妹谅解。"他又走到云屏跟前，抓起她的手，拍打在自己的脸上，边打边说："屏儿，你当着阿妈和兄弟弟妹的面，打我一顿，也算是我给你的赔礼道歉吧？"

云屏努力地抽回自己的手，淡淡地说："不要这样了。多难看？"

云屏的妈妈一看，露出了笑意，说："好了好了。只要今后你心里开朗，不疑神疑鬼的就行了。收拾做饭吧，别让客人干坐着。"

这一顿饭吃得很和谐，还喝了酒。

吃饭时，云屏对于我们赠送的贺兰石印章，翻来复去地观看、抚摸，看得出，她很是喜欢。对那双绣花鞋垫，也是赞不绝口。她也回赠了一条丝绒头巾。当我们告辞要回到街上的宾馆时，云屏的妈妈取出一对银手镯，说是送给秀秀的结婚礼物。云屏丈夫也把一条烟塞给我。我们自然是推谢不掉的，就只好领受。

云屏的丈夫一直把我们送到大街上才回去。

三十　敖包结盟

云屏这边的事情解决好了，回到宾馆，我和秀秀商量如何面对托菲娅。

我要着看了秀秀给托菲娅绣的鞋垫。她取出来了，是三双，两双大一双小。我说："人家托菲娅还没有结婚哩，这双男人的鞋垫不知道将来谁衬？"

秀秀说："一个女孩子，不会一直没有女婿的。送礼成双成对，也是一种吉祥如意的表示。她会接受的。"又说："我还给她姥爷准备了一双呢。"

我称赞秀秀的机灵。她怎么想得那么周到，居然给他们带了鞋垫。看来，当我提到要来草原看望两位过去的女朋友时，她就着手准备礼物了。这对于一个没有文化的农村姑娘来说，还是难能可贵的。她当时听了正林媳妇金静波的挑唆以后，醋意大发，还发过脾气，专门找我质问过我们的关系，对于她们信上说的"轰轰烈烈"和"恩恩爱爱"，她是十分敏感的，她怎么会劳神费事为她们刺绣鞋垫呢？她的这个一百八十度的大转弯是如何转变的？是她善良的天性使然？还是体会到了我对她们真的没有实质性接触，而对她却是一片真情，她相信我的话后对我的支持？这也许就是书上说的"爱屋及乌"情怀？为了自己心爱的男人，她时时处处会为他着想的。事情证明，她的做法是正确的，她的胸怀也是一般女人难有的。也许正是她这看似不经意不贵重的礼物，才证实了她的善良和我们的诚意，也很有说服力地消除了云屏丈夫对我的猜忌，又赢得云屏妈妈的信任和好感。要不然，单单送一方石头印章，不仅孤孤单单，显得寒酸，而且会引起云屏丈夫进一步地猜忌——他或许会认为我与云屏的关系是"海枯石烂"的关系哩。秀秀带的礼物太重要了，这真是千里路上送鹅毛，礼轻情意重。她的好心得到了回报。

由于昨晚折腾得太厉害，今晚又喝多了酒，我们就早早安睡。

第二天起来，觉得浑身舒坦，心旷神怡。梳洗完毕，我们就直奔托菲娅的家。

托菲娅刚刚开了超市的门面，正在清扫卫生。她看到我们，愣了片刻，就说："你们真的来了？"

我说："你是知道我的性格的，说一不二。怎么样，你不会再下逐客令吧？"

托菲娅苦笑了一下，说："有理不打上门客。哪会呢？进屋吧。"

进了屋，秀秀就乖巧地叫了一声娅姐。然后拿出了礼物——印章和鞋垫。可是托菲娅连看也没有看一眼，淡淡地说："哟，还带了礼物啊？你们也太客气了吧？"

我连忙说："既然来看你娅姐，总得带点见面礼啊？礼物虽轻，可是我们的一片心意，还请娅姐笑纳。"我又补充道："印章是贺兰石的，是专门为你刻的，鞋垫是秀秀亲手绣的。礼轻情意重啊呵呵。"

我说着顺手拿过一本书，在书页上盖上了新刻的印章，"托

菲娅印"四个篆体字便印在书上。

托菲娅看了，脸色就爽朗了许多，抓起印章，抚摸了一下那条龙，说："哟，有条龙，还刻了我的属相？难得你阿飞想得这么周到，我正好需要一枚印章。走个帐，出具个发票，人家都要求盖章哩。"

我笑着说："我阿飞可是知己知彼啊。"

托菲娅扔给我一包中华烟，说了一声"请抽烟吧"，就又给秀秀取了一瓶露露。说："你们先抽烟，喝点饮料，一会儿我带你们去街道上的饭馆吃饭。"

这时，就有客人进来买货。托菲娅便身手不暇地接应。有时人多时，我也帮忙取货。

接近中午了，客人越来越多，一时走不开。托菲娅就打电话叫来了她的姥爷，请他料理超市。

这老头我是认识的，他收拾得干练清爽，一晌开朗风趣。几年不见面，他还是没有变大样。我把秀秀介绍给了他，老人笑着说："阿飞有福气啊，娶的媳妇真俊朗。"

秀秀就乖巧地叫一声"爷爷"，然后又从怀里取出一双鞋垫，说："爷爷，这是我绣的鞋垫，您衬上看合适不合适？"

老头接过鞋垫，眼睛笑成了一条缝。说："这妮子的手真巧，绣得这么好？我哪舍得衬啊？留下当艺术品看吧？"

秀秀说："爷爷您放心衬吧，我回去再多绣几双，给娅姐邮寄过来。"

这时，超市里又进来了一位小伙子，个头不是很高，但却长得精精干干的。

他一进门就问道："娅娅叫我有什么事？"

托菲娅就说："想你了，叫你吃饭呗。怎么，你不愿意？"

那个小伙伸手挠了挠头，就说："愿意，吃饭哪能不愿意？"又回头说："爷爷也一起去吃饭吧？"

老头说："来客了，你们陪他们去吃饭，我给咱照看超市。大中午了，娅娅你们带客人吃饭吧。"

看得出，这位小伙是娅娅的那个人。托菲娅介绍说，他叫曼里非，是一家奶牛厂的管理员。他开着车子，把我们带到一个郊区的休闲场所。这里是蒙古式的建筑，中间有一个很大的蒙古包，周围又建了一些大大小小的敖包，显得错落有致。我们两男两女四个人便要了一个空间比较小的敖包。一进敖包，就有一股奶膻味道扑面而来，秀秀抽了抽鼻子，显得有些不习惯。我倒乐意感受这种有别于大都市高级饭店的特色场所。

敖包地上铺着厚厚的地毯，地毯上摆着小饭桌，相当于我们家乡的炕桌。坐垫则是一块块用丝绸包裹的枕头式坐垫，坐在上面柔软舒服。敖包一侧有电视机，还插了麦克风，是供休闲唱歌用的。服务生调好了音响，一曲《草原之夜》就缓缓地唱了起来。

娅娅点了烤羊脖、手抓肉、草原鸡、清水鱼、野生木耳等菜，还上了马奶酒。摆了满满一桌子。

饭菜虽然丰盛，可是娅娅的态度并不热情，显得心事重重的样子。此时此刻，不知道她心里在想什么。倒是曼里非热情地招呼我们吃饭喝酒，他举起酒杯说："娅娅的朋友也是我的朋友，你们新婚旅游，光临草原，作为朋友，应尽地主之谊。这杯奶酒就敬与两位，祝愿你们新婚快乐，恩爱相伴，白头偕老！"

正在这时，敖包的门开了，云屏和她的丈夫达德出现在门口。他们手里各提着一个包装盒子，看样子装着酒和其他食品。

绿地文学丛书

云屏说："我们是不请自到，欢迎吗？"

曼里非就说："欢迎欢迎，快进来吧？"

我说："正好，我们还没有开始哩。你们这一加盟，就是六六大顺喽。"

云屏说："本来我们要请你们吃饭的，到了超市一打问，爷爷说你们到这里了，我们就顺藤摸瓜，找上门了，不打扰你们吧？

娅娅就冷冷地说："既然来了就不要说这话了，入席吧？"

达德就拆开带来的酒，说："我们也不白吃白喝你们的，我们也带了酒和菜，大家在一起图个热闹。"

曼里非就说："哪里哪里？大家都是朋友，酒肉不分家，就不要见外。来，坐坐坐。"他边说边麻利地斟上了酒，递给了云屏夫妇。

娅娅也举起了杯，我们三个人也都端了酒，只有秀秀和云屏没有端。

见秀秀和云屏没有端杯，娅娅就不依了，说："好事成双，你们俩都是新娘子，新娘子哪能不喝酒？"

秀秀腼腆地笑了笑了，低声说："我，我不能喝酒……"

云屏也说："我也不能喝……"

我补充说："秀秀身体不适，就不喝了吧？"又说："云屏姐也是吧？"

云屏就点了点头，"嗯"了一声。

娅娅自然明白了什么，就说："哦，你们行动真快啊？已经有成果了？"

曼里非会意，就说："既然这样，两位大哥就代替了吧？杯子不能空着，还是要碰的。"

秀秀和云屏也都端起酒杯，我们六个人碰到了一起，发出铮铮的响声。

我打发走了服务生，觉得他在这里不方便我们说话。

饭局的气氛不是很流畅。这不是我的本意。我自然知道是因为我。就想着如何来化解，对以前的感情纠葛做一个比较圆满的结论。就主动热情地斟酒、劝酒。酒过三巡，我就端起酒杯提议："两位大哥大姐，咱们六个人在此相聚，实在是难得。这样的场面也可以用'千载难逢'来比喻。因此呢，我们都不要拘束，敞开胸怀，坦诚面对。这才是为人为朋之道。为了这难得的聚会，我提议每人出个节目，让酒局热闹热闹。如果大家同意，请鼓掌通过？"

曼里非第一个鼓掌，其他人也随着拍起手来。

我一仰脖子喝了一杯酒，接着说："把达德人哥带的酒打开吧？我今天要与各位朋友开怀畅饮，一醉方休。"又说："我来抛砖引玉吧。我想唱一首《敖包相会》，哪位姐姐给我搭档啊？"

娅娅说："哪还有谁，现成自带的呗？"

云屏随声附和："是啊，秀秀搭档吧？"

秀秀说："我不会啊。"

我说："她要是会唱，我也不会劳驾两位姐姐。再说了，我们天天在一起，在这里唱这歌有什么意思？来到草原，就要入乡随俗，要有草原风味。"

还是曼里非开朗，就说："那就娅娅来吧？"

娅娅看了一眼云屏，说："云屏搭档吧？我嗓子疼。"

我说："你们都不要推辞了，两位姐姐今天都要搭档。先过河的先干哩——先合作的先走运。我唱了，下来谁就接上。"

我站起拿过了麦克风，就唱了：

十五的月亮升上了天空哟，

为什么旁边没有云彩？

我等待着美丽的姑娘哟，

你为什么还不到来哟嗬？

结果娅娅和云屏同时接上了：

如果没有天上的雨水哟，

海棠花儿不会自己开……

她俩这一唱，场面立即热烈起来，曼里非和达德一起鼓掌，秀秀也鼓掌，两位姐姐笑得唱不成调子。还是曼里非接上唱开了：

只要哥哥你耐心地等待哟，

你心上的人儿就会跑过来哟嗬！

后面这一句其实是合唱，在场的人都一起唱，就连秀秀也跟着唱起来。

接下来，云屏说："今天大家高兴，我也献丑吧？我唱一首歌《看见你们格外亲》，这首歌儿比较长，我唱，你们可以跳舞。舞伴自己找吧？"

小河的水哟清悠悠，

庄稼盖满了沟。

……

拉起了家常话，

多少往事涌上心头……

曼里非就以手示意，让娅娅邀请我跳舞，尔后他又伸出手来邀请秀秀。

秀秀窘得直往我怀里缩，连声说："我不会，我不会……"

我就鼓励她："入乡随俗吧，不要冷落了这位姐夫的一片心意。你大胆跳，他会带你的。"

于是，我把秀秀推到曼里非跟前，我就伸手与托菲娅走到一起了。

原先我们也在一起跳过舞，可是那时候我是一个尕少年，并不懂得她内心对我的一往情深。也是踩着不熟悉的音乐节奏，胡乱走着步子，感受着她脸上的热浪扑面而来。今天，时隔多年，已经由男孩变成男人的我，再次感觉到了她身上的热流。但此情此景，我不能多想。只能以同样的热情来促使场面热烈。踩着音乐节奏，才觉得这首歌节奏忽快忽慢，一点都不适宜跳舞。从来没有接触跳舞的秀秀，她是如何应酬呢？

我回头一看，秀秀别扭得像个刚刚落地站立的小羊羔，在曼里非的带领下，脚步忙乱而没有章法地胡乱扭动。我就对娅娅说："娅姐，你看我家秀秀，多别扭？实在难为她了，也难为非哥了。"

云屏的歌唱完了，达德大哥就给我们的酒杯里斟上了酒，请大家同饮。我们能喝酒的四个人就都碰杯喝了。随后，他要求秀秀表演一个节目。

我就让她唱一首花儿。我知道她的嗓子好，能唱几首哩。

没有伴奏，她就干唱了，就唱了那首《绿韭菜》：

园子里长的是绿韭菜呀，

不要割，你让它绿绿地长着；

哎，不要割，你让它绿绿地长着。

妹是阳沟哥是水呀，

不要断，你让它缓缓地淌着；

哎，不要断，你让它缓缓地淌着。

十八的姐儿床前坐呀，

不要摸，你让她慢慢地想着；

哎，不要摸，你让她慢慢地想着。

接下来，我把他们四个交叉搭配，结对跳舞。我又与秀秀"哥呀妹呀"地对唱起来。一直重复着唱了两遍，他们四个人也跳得尽兴。

为他们四人敬了酒之后。娅娅就说："我也来一支蒙古族民歌吧？森吉德玛。"就让曼里非调好了屏幕歌词，清了清嗓子喝道：

孔雀虽美也比不上你美丽，

大海无边也比不上你的情义，

如果今生与你擦肩而去，

啊，森吉德玛，

来世也要和你结为夫妻……

娅娅反复地唱着，声调脆脆的。云屏就邀请我跳舞，达德也与秀秀跳在了一起。

就这样，跳一曲，喝一杯。几个回合后，就觉得兴奋起来。

我斟了满杯酒，举起来说："各位大哥大姐，我们今天三对人，六六大顺，聚会喝酒跳舞唱歌，那可是千载难逢啊。兄弟有个建议，不知道各位大哥大姐同意不同意？"

他们几个人不知道我要说什么，就各自在自己的爱人脸上寻找答案。

曼里非说："今天我们三对朋友聚会，有汉族有蒙古族，亲如兄弟姐妹，酒都喝成这样了，那就知无不言吧？说错了也没有关系的。阿飞哥，有话就说吧？"

娅娅就嗔怪起来，说："你阿飞以往可是个性格开朗的人，当了新郎官了就学得慢条斯理的。你说吧，我都知道的……是想给我们谈论你跟秀秀的浪漫史吧？"

我说："娅姐说错了。我们的爱情很简单，哪有你们草原上人的爱情浪漫？我是想说说心上的话。你们要是同意我的建议，我就把这杯酒喝了。"

他们几个人异口同声地说："同意，你说吧。"

我就一仰脖子喝了酒，亮了一下杯子，说："我们六个人结拜为哥们好不好？"

也许是他们几位没有思想准备，听了我的话，一时没有反应过来。还是曼里非反应快，他说："我当是什么要紧大事哩，原来是这啊？我们几位本来就是要好的朋友、哥们啊？还要明确吗？"

我说："朋友是朋友，哥们是哥们。可是我跟两位大哥是初次聚会，我家秀秀也是第一次与各位见面，还陌生哩，也没有正式结盟，今天要正式结盟，举行一个简单仪式。行吧？"

达德说："如何举行，你说吧？"

我说："古人是要歃血盟誓的。我们简单些。斟上满满六杯酒，我们六个人手挽着手，不论身体适应还是不适应，都要把这杯酒喝下去，一干而尽。行吧？"

达德说："我们当然行。就看屏儿和秀秀行不行？"

云屏说："为了咱们的友谊天长地久，我无所谓了。秀秀，你也喝吧？"

秀秀点了点头。

我又提议："为了我们的友谊天长地久、亲密无间、万古长青，我们每个人都想一句最能代表自己心意的话语来表达，我将来要写进我的作品里的。难为大家想想吧？"

娅娅就嗔怪地说："就是你傻主意多。我可想不起来什么好词啊？"

我说："其实，每个人心里都有自己的代表语言。娅姐更比别人多。你就表达吧？"

我们六个人端了酒，把手臂挽了起来。

看他们还在思索，我就说："从今往后，我们就是亲亲兄弟姐妹，达德哥和云屏姐为长，非哥和娅姐为次，我和秀秀为小三，大家坦诚相待，友谊之树常青。这事是我倡导的，我先表态吧？"

草原如桃园，

美酒盛亲缘；

三对刘关张，

从此心相连。

云屏说：

草原上飞的是雄鹰，

酒宴上聚的是亲人。

曼里非说：

美酒融真情，

蒙汉一家亲；

今日举义杯，

赛过亲弟兄！

托菲娅说：

月缺终有圆，

友情万代传！

达德说：

美丽的草原我的家，

海枯石烂心不花。

轮到秀秀了，她还没有想好，就对我说："我说啥呢？"

我说："随便说吧，说啥都行。反正是最能表达你心意的话。"

秀秀"嗯"了一声就说：

钱会花完，

衣会穿烂；

朋友的情义，

永记心间！

六个人都表达了，我说："大家说得好，预备，干杯，喝！"

三十一 "鸿门宴"是闹着玩的

草原之行短暂而愉快。曼里非开着车子送我们返回银川。临走时，他们是大包小包提了好多。秀秀自然心里高兴。当然，高兴的不是收到了多少礼物，而是收获了友情，见了世面，也释怀了心中的疑惑。我呢，也对两位姐姐的情意有了圆满的交代。从此她们会与自己的另一半安心过日子，生儿育女、赡养老人，再不会想入非非地与我这混混"轰轰烈烈"和"恩恩爱爱"了。

快进银川城了，非哥车上的收音机里传出了一个令人兴奋然而又不安的消息。广播稿的题目是《义士以胆略和智慧制服了行骗歹徒》，说的就是我前几天在固原开往银川的班车上所经历的事。广播把那天的情形描写得很是险恶，将我说成传奇式人物，说我如何以单身制服了六个人高马大的行骗又打人的歹徒。最后号召广大群众向我学习，共同来维护社会治安。不过，作为"义士"的我，广播没有报道真实姓名，只说是有个名叫"阿飞"帅气小伙。因为当时我没有说出我的真实姓名。

曼里非听了，眼光向我扫了一眼，说："飞哥，这个阿飞怎么好像是你啊？"

我还没有回答，秀秀就说："就是的，非哥。那天的形势很麻烦的，把我差点儿吓晕了。"

曼里非就回头看了我一眼，赞叹地说："啊，没想到飞哥不仅是一个作家、诗人，还是一位英雄？佩服佩服。我们结识你们，真是三生有幸。"

这消息使我兴奋，是因为这件事大长了正义志气，大灭了骗钱害人的邪恶势力的威风，从而使那辆班车或者更多班车安宁了，司机和旅客再不会提心吊胆了。反过来说，也教训那些不务正业者。对刘立飞、张彪他们也有所触动——要是他们从此吸取教训，走正道，勤劳致富，那可是天大的好事。然而，不安的是，如果他们从心里没有接受教训，而是一时迫于我的威慑而暂时收敛，回去后又重操旧业，那他们就会对我耿耿于怀，或者从我身上得到反面经验，他们也会如我以前一样走歪门邪道。再者，报道也有些夸大其词。果然，就在我们到了目的地下车登记宾馆的时候，刘立飞的电话打了过来。他是用电话亭的电话打的。我接通后，他问了一声："是阿飞哥吗？"我答应后，他就责怪起我来了。

"阿飞哥，你好不讲义气啊？"他的语气有点冷冰冰的。"我们看重你，准备拜你为老大，成为你的门徒，向你请教，你怎么当面一套，背后一套，把我们给捅出去了？"

我想可能是电台广播之事，就说："大哥此话怎讲？"

对方说："你别装糊涂，大报小报都刊登了，电台也广播了，把我们称为歹徒，你倒成了英雄。你不够朋友！"

这时电话里一阵嘈杂，传来了张彪的声音："我说飞哥，你不应该这样啊？如果你不讲义气，我们也顾不了许多，既然人家把我们称为歹徒，我们就歹徒到底。我们如果有个一差二错，我们不会放过你的。"

我一听，这帮家伙还没有从内心感觉到自己的行为错了，

而是把问题归结在我的出面方面。如果不彻底让他们心服口服，他们说不定真的会再次做出过激的事情来。我说："兄弟别这么说，报纸电台报道，真的不是我捅出去的。刚才我也听到电台广播了，他们并没有提你们的名和姓，只是说了那天的现象。新闻报道嘛，就是要教育大家，给你们这种行为一种警示。只要你们再没有干别的坏事，保证从今往后不再那样干了，我保证你们没事儿。是这样，我在银川，今晚我请客，请兄弟们聚聚，你通知兄弟赶来吧。地点在德隆楼。我等候你们。"

做出了这个决定，我就对曼里非说："非哥，今晚就不回去了，给兄弟帮帮忙。"

曼里非说："咱们如今是兄弟，情同手足，有难同当。帮什么忙，兄弟在所不惜。不过，你打算怎么办呢？"

我说："你在银川有没有亲戚和朋友？如果有，请通知他们，晚上来一起吃饭喝酒。人越多越好。来时带上工具。"

曼里非问道："还带工具？有什么活要干吗？"

我笑了笑说："晚上干什么活？你们蒙古人和藏族不是都随身带刀子吗？来时带上就行了。"

秀秀听了，睁大了眼睛说："带刀子？你可别闯祸了。"

我说："你们不要担心，我自有道理。"又说："非哥给单位和娅姐请个假吧？"

我们住宿后，梳洗一毕，就早早来到德隆楼饭店，订了一大一小两个雅座，大雅座里可以设两桌席，小雅座在隔壁。我们带了达德、云屏和娅娅给的高度白酒和马奶酒，准备着一场饮酒与攻心的较量。

曼里非的朋友陆续来了，一共是八个人，他们神态和衣着打扮各异，曼里非介绍认识后，他们都十分客气、友好。他们一一与我握手后，就接过了我递的烟。按照我与曼里非事先商量的，我们把他们安排在旁边的雅座里，曼里非给为首的他的表哥阿凡安顿了一下，请他们注意这边的动向，随叫随到。

这边刚刚安排好了，刘立飞、张彪他们真的来了。不过只有五个人，那天那个年龄较大的农民模样的大哥没有来。

我连忙请他们入座，曼里非就给他们递烟。

他们犹豫片刻后就坐了下来，显得心事重重的样子。

刘立飞就递过了一张报纸，指着醒目的标题说："你看你看，'义士大胆制服行骗歹徒，还旅途一个安宁空间'。你成了义士，我们成了歹徒。你这人不够意思吧？"

张彪接着说："我们今天来，你就当面鼓对面锣，再制服我们吧？如果这次真的制服了，我们就五体投地，拜倒在你的脚下，甘拜下风……"

另一个长发青年就把一把匕首"啪"的一下拍在桌子上。说："哥们，你不是有气功吗？你若是能把这把刀子吸到肚皮上，插不进你的肚子里，我们就当机跪倒在你的脚下……"

秀秀一看，吓得"哇"的一声哭叫起来。

曼里非大声说："别这样，大家都是朋友，有话好好说，来，抽烟，喝酒，飞哥如果得罪了各位兄弟，我替他向你们赔礼！"他的声音很大，显然是在提醒隔壁。

我笑了笑，不慌不忙地说："飞哥，彪哥。别误会，听我把话说完……"

他们一起来的另一个光头也掏出了刀子，厉声喝道："少废话，我们知道你能忽悠。你要是有种，就再亮开肚皮，我试试我的刀子能不能捅进去？"

这时，雅座的门被推开了，豁楞大阵进来了一帮人，其中

有三个小伙穿着旗袍子，戴着彩帽子，挎着腰刀，一副蒙古族打扮。他们八个人都端着满杯子酒，一字儿排开，为首的曼里非表哥阿凡说："幸会幸会，我们都是阿飞的朋友兄弟，大家初次见面，以酒会友，我们敬各位兄弟一杯，大家一同干杯！"

一看这阵势，那五个人一下子像霜打的秧子，蔫了下来。刘立飞就厉声喝令那两个耍刀子的长头发和光头："我们跟飞哥闹着玩哩，你他妈动刀子做什么？还不把那玩意儿收起来？"又回头对大家拱拳，说："幸会幸会，各位大哥，有幸结识各位大哥，是我们的福气。我们理当先敬各位大哥。来，碰杯！"

刘立飞使了眼色，其他四个收起了刀子，也端起了酒杯。正要伸手碰杯，我就拦住了。大喝一声："且慢！"

在场的人都愣住了。我又说："话还没有说投机，这酒不能喝。"我说着便把面前的酒"倏"地一下泼在桌子上。

这时阿凡和其他几个人也从鞘子里抽出了刀子。我双手一按，说："把东西都收起来。这是人家饭店，朗朗乾坤，动了家伙谁也说不清、走不脱的。是这样吧？非哥，你拨打一下110吧？"

曼里非正要拨打电话，刘立飞就连忙按住了他的手，连声说："大哥，别打别打了，兄弟知错了，兄弟为你们赔礼道歉。大哥打我骂我都行，千万不要动用公安了。"又说："阿飞哥，你是大喇嘛，宰相肚里能行船，大人不记小人怪，您就再原谅原谅小弟一次吧？"他一边说，一边给张彪他们使眼色，张彪就和其他三个人跪下，也连连求情。

我大声喝令："都起来，动不动就来这个，我讨厌这种行为。大家都是年一年二，差不了几岁，你们行此大礼，我们还担当不起哩。"

这时其他人也把他们几个搀扶起来。

我说："不打110可以，但是得把事情搞清楚，得有个说法。"我看着他们面面相觑，不知所措，就又说："有理走遍天下，无理寸步难行。大家都是热血青年，以理服人才是道理。看来你们今天是有备而来的。这究竟是为了什么？"

刘立飞喋声喋气地说："其实没有什么，我们是闹着玩的，是想试探试探大哥的胆量。"

我"哼"了一声说："哼，要是今天没有我这一帮哥们，你们的阴谋不是就得逞了吗？你们真是错误估计了形势，小瞧了我阿飞。现在试探到了吧？我阿飞可不是一般人啊！"

他们几个人连忙点头哈腰地说："那是那是。"

张彪说："阿飞哥真是江湖大师，佩服佩服。"

我说："你说错了，我不是什么江湖大帅，我也是普通人，而且家境并不比你们强，还在贫困线上。我之所以活得潇洒，活得理直气壮，是因为我有正确的人生观、价值观，有做人的准则，对生活充满了信心，因而形成了侠义心肠，做善事，做好事，广交朋友，赢得了尊重。你们也看到了，社会支持我，朋友帮助我，公家机关和新闻媒体也信任我。这才是我敢作敢为的社会基础。"

我说着坐了下来，尽量显示出不慌不忙的样子。打火点燃了一支烟，深深地吸了一气，又说："大家都坐，有话慢慢说。"

大家就势坐了下来，那边的八个人分别坐在两个桌子旁边，秀秀和另外几个人坐在另一张桌子前。这时刘立飞和张彪他们连忙掏出火机为大家点烟。

刘立飞说："阿飞哥，我们又一次领教了，你就原谅我们，包容我们吧？"

我说："原谅、包容可以。可是事情没有那么简单。这次原谅了，包容了，如果你们口服心不服，说不得过一段时间又要做出什么坏事来。"

刘立飞哭丧着脸说："那么阿飞哥要我们怎么样呢？"

我说："要你们怎么样，很明显，就是要你们改邪归正，彻底洗心革面，不要再做那种坑害人的事情了。你们那样子闹得社会不安，人人自危，影响很不好。这次群众报给新闻媒体，就说明人们对你们的行为很反感。"

张彪说："我们早就不干了。没意思。"

我接着说："这不是有意思没意思的事。是得从根子上认识这种行为的危害性。你们也有父母兄弟，也有妻儿老小和亲戚朋友，假如别人对你们的亲人那样，你们心里怎么样？你们说是不干了，其实你们还想干，今天的这事情，其实就是你们的心还没有收，还想继续干的表现。我是过来人，我知道它的顽固性。"

曼里非听了我的话，眼大了诧异的眼睛，盯着我，意思是说：你怎么会是"过来人"呢？

我挽起了胳膊，敞开了胸膛，露出了纹身。我大略讲述了我的过去。

我说："听到了吧？你们的行为比起我当年来，是小巫见大巫吧？你们没有抢劫过火车吧？没有袭击过警察吧？这些我都做了。可是我改了，改得很彻底。现在成了致富能手，成了救助贫困的慈善青年，还成了业余作家、诗人，又成了见义勇为的义士。这个转变不是轻而易举的，而是反复的学习，从书本上领悟的，也是从社会实践中发现自我，检查对照自己的行为，终于良心发现，才逐渐完成的。"

刘立飞说："阿飞哥，你是我们的榜样，今后是我们的师父，从今往后，我保证完全彻底改正。我们也是堂堂正正的人，我发誓。"

张彪他们四个人也说："我们也发誓。今后再也不干了。"

我听了呵呵一笑，说："发誓？不管用。得做出实实在在的表示来。我当初偷了抢了别人的东西、钱财，后来觉悟了，就找上门去给人家检讨，认错、还钱。你们能做到吗？"

张彪脱口而出，说："能，怎么不能？阿飞哥能做到的，我们也能做到。"

我说："别把事情说得那么简单了。我当初检讨、还钱思想是经过了一番斗争的。身上没有钱了，是贷了款的。你们能做到吗？"

刘立飞挠了挠头，说："骗了谁的钱，人都没有认下，咋样归还呢？"

我说："只要你们诚心想洗手不干了，真心实意想归还人家，这好办。人是找不到了，良心是能够找回来的。你们骗了人家多少钱，有两个办法，一是交给公安机关，二是交给当地的有关人士，比如说，交给当地的敬老院，残疾人，或者贫困大学生，都行。"

他们几个人听了，连声说："不行，不行，千万不要让公安机关知道。我们想办法处理好就是了。"

我从他们的言谈举止中似乎意识到了什么，就说："既然各位有所触动，真的洗手不干了。那就得坦然面对，就像我一样，不怕丢丑，不怕暴露。我现在想得到你们的实话：你们究竟犯的事儿大么小？如果事情不大，仅仅是在车上玩游戏，搞那么点小钱，保证今后不再干，也就行了。如果还有其他事情，事

情比较大，我还是建议你们去到公安机关自首，求得宽大处理。"

刘立飞一听就跳了起来，说："哎哟，哎哟，看您说的。把我们说成什么人了？我们就是有那贼心，也没有贼胆。哪里还能做什么大事？说实话吧，我们前前后后才做了三四次游戏，搞了不到三千元。要是自首了，让村里人知道了，还不把人羞死了。我们五个人，还有四个人没有对象呢，那样就连媳妇也找不到了。所以看到报纸报道了，我们心里就恐慌起来了。还是请阿飞哥和各位老大高抬贵手，原谅我们吧？"

张彪接着说："是真的。我们原先也是老实巴交的农民子弟，也没有做过坏事，是去南方打工时工钱被骗了，生活没有着落，万不得已，想搞几个生活费和路费回家，才那样的。偶尔一次，就得手了，搞了六百元。后来回家就又试着搞了三次，第四次就遇到阿飞哥了，哪敢搞其他事情？"

我进一步问道："这是实话？"

他们说："全是实话。"

张彪发誓说："要是说假话，就遭天打雷轰！"

我说："好了，上酒上菜。"

服务员有点等不及了。听见上菜，就喀哩马喳端来凉菜。曼里非安排几个兄弟斟上了酒。

年轻人容易感情用事。几轮酒过去，大家好像忘记了刚才的拔剑怒张，而是开怀畅饮。我自然成了中心人物，这一杯那一杯，几下子就喝多了。真得感谢曼里非，他把事情安排得十分周到。席间，通过他介绍，把刘立飞五个人连同他们一起的那个中年人联系在阿凡的建筑公司，给他们分配了适合每个人的活儿。曼里非还把刘立飞的妹妹和张彪的姑姑安排在他们的奶牛厂，做挤奶工。这件事就这样处理了。

大家又成了朋友。我让秀秀从包里取出了小册子《弟子规》。这是文翰送给我的，让我给有关人士代为发一发。我觉得应该给他们这些人发发，让他们也学学其中的古训和道理。我说："秀才送礼一本书啊。我没有值钱的东西，可是这小册子却不是寻常之物，是古代名人编著的，又是一位大作家给我的，他让我代表他转赠各位朋友。我当初就是读了它才逐渐醒悟的，希望你们也是。"

　　曼里非就说："知识就是金钱，就是力量，而且比金钱更重要。大作家送的，就更有意义了。飞哥给他们签个名吧？也是一种纪念。"

　　他这一说，大家都纷纷请我签名。

　　我说："这书是古人写的，是作家文翰赠的，我签名不合适吧？"

　　刘立飞说："古人我们无法见面，那位什么的文翰大作家我们也不认识。今天我们就认你阿飞哥。你签上名才有意义。"

　　阿凡说："你如今也不是一般人物啊。是诗人加义士啊。"

　　张彪接着说："是啊是啊，阿飞哥签了名，我们一读这书，就会想到你的。"

　　我想想也有道理，就让秀秀拿出了钢笔，郑重其事地签名了。不光是签了名，还给每个人写了一句话。

　　得知刘立飞和其他几个朋友的名字。那个耍刀子的长头发叫王大话，另一个光头一个叫陈兴，还有一个长发青年叫马成。那个中年叫李东强。

　　给刘立飞写了：

　　天下的路很宽，大胆走正道。

　　给张彪写了《弟子规》中的话：

事非宜，勿轻诺。

行高者，名自高。

为王大话写了：

届时当自励，莫误年少时。

为陈兴写了：

兴旺来自勤奋。

为马成写了：

马到成功。

曼里非也要为他题字签名，我就写了：

大漠草原广，

不似朋友情。

给阿凡哥的题词为：

一部《弟子》当自勉，

规范人生莫等闲。

给其他朋友也题了字，记得有名叫阿尔的，有叫东胜的，有叫莫里少的，还有叫腾飞的。我都一一给他们写了比较适合他们胃口的话语。

酒饭一毕，阿凡就安排他们住宿了招待所，明天去到建筑公司报到上班。刘立飞几个人临走时都握着我的手说了许多感谢的话。张彪和王大话还抱着我哭了。

回到我下榻的凯旋酒店，曼里非来到我的房间，也喝多了的他，对我伸出了大拇指，称赞我的机智果敢。他说我不但教训了刘立飞他们几个人，同时也警示了他表哥阿凡的一帮朋友，他们其中的一些人也有劣迹。我这样的以身说教，对于那些做过坏事的人也起到了教育作用，不仅显示了我的能耐，教育了他人，还招收了人员，真是一举数得，阿凡很感谢。因此，这顿饭是阿凡抢着结了账的。

曼里非要回去上班了，我实在有些舍不得他。他给人一种成熟老练厚道的感觉，说话办事总会让人放心，娅姐跟他在一起，一定会幸福的。临别，我请他吃了饭，紧紧地拥抱着，眼泪差点儿流了出来。非哥也说他喜欢读书，也喜欢写点短文章和小诗，他回去后会时常跟我联系的。

又在银川游玩了两天，我们就坐班车返回家中。

三十二　"修桥补路"与"子承父业"

　　也许是老天专门考验我的诚心，路上又遇到了大雨。班车行进到固原地界一个名叫苦水河的地方，路被洪水冲垮了，来往的车辆只好停在公路两边。

　　雨还在下，看来，一两天要把道路修通是不可能的。满车的人自然都很焦急。有些有急事的旅客便急得哭了起来。有一对回民中年夫妇，他们去银川看病，家中只丢下两个孩子，大的七岁，刚上学，小的只有四岁。他们是托给邻居照看的。说好了今天无论如何也要赶回去的，可是路这一断，车走不了，他们就焦急万分。我看在眼里，也急在心上。于是我就掏出手机，"病急乱投医"，拨打了110、119、114和120，请求援助。最后通过司机得到了固原运输公司的电话，打电话要求他们公司想办法尽快解决这个问题。公司还算重视，答应马上派出车子接应，也请有关建工队援助搭桥疏通。车上大家的情绪便稳定下来。不一会儿，运输公司派的车辆果然来了，停靠在断路的那一头。他们带来了麻绳等工具，费了好大劲才把麻绳抛了过来，我就发动车上的年轻人，在车上找了钢钎，打了桩子，把绳索拴结在两头的钢钎上，组织年轻人照顾老弱病残和妇女小孩，攀着绳索淌水过岸。其他人都陆续到了对岸，倒也比较顺利，但是那对看病的回族夫妇却不敢行动。男人有恐水症，一看到水就发晕，女人又患重病，不能沾凉水的。我只好脱了长裤，背他们趟水过河。我让那男人等着，我先背了女人，请另一个小伙子跟上照顾她。好不容易淌过了洪水，把她背到接应的班车上。当我叫了那个小伙子回头再淌河去背那男人时，不想洪水又涨了，我们几个人也不敢冒险，只能一边等待洪水降落，一边不停地打119求援。结果等待了大约一个小时，消防队员终于赶来了，是他们把我们几个人接了过去。他们也把两边停靠的其他班车上的人员一一接到了对面。卸了客人的班车和卡车，就只好调头返回去了。

后来，报纸和电视在报道这次事件时，也提到了我。表扬我在这次暴雨和洪水中旅客的转移接应中起了组织联络作用。那对看病的回族大哥大嫂也连声道谢，他们硬要我说出名字和住址，他们也好改日登门道谢。我婉言谢绝了。

我们又在固原住宿了一夜，当第三天我们回到家乡时，发现进山的路也被洪水冲断了。我们只好沿着人们临时挖的踩窝，艰难地上了山，进了村。

这次暴雨造成的灾害不轻。眼看丰收的庄稼被山洪冲得倒伏的倒伏，冲走的冲走，山地被冲得绺绺道道的，黄泥塞满各个路口，村里的小路也一段一段地被冲断。我和秀秀顾不得歇脚，就投入抢收庄稼的劳动。

天气晴了，被冲坏的成熟的庄稼胡乱抢收了一些，还没有成熟的就做些撑扶。一个现实问题就成了村里人共同的话题：村里和下山的路被冲断了，得修啊，总不能一直这样撂着？一天两天可以凑合，可是时间一长就不行了。人们要出行，生活用品要从山下的集镇往来运，山里的农副产品也要运送下山出

售换钱。村干部也有些坐不住了，就挨家挨户叫人修路。可是大多数年轻人都外出打工，在家的人不是年龄大，就是妇女，有些身体还有毛病，不能做重活。村干部周四喜动员了几天，收效甚微。

好多天过去了，路还是没有人修。有些人连吃的面也没有了，有人便背上几十斤粮食到山下去磨，有些人不得不收拾原来丢弃的石磨子，套上牲口拉磨子推一点面做饭吃；有些人干脆上顿下顿煮洋芋、玉米吃。实在想吃面了就炒点粮食，在案板上用石头研细烧汤喝。这哪能成？

村干部叫不来人，客观原因是叮当劳力少，其实主观原因是大家都不愿意出工。即使涉及到自身利益，也是消极怠工。或者有几家出了工，看到别人都不出工，也就不去了。消极怠工的原因，主要是村干部多年来服务不到位，上面下来的好处，比如说扶贫款、什么补贴款和其他好处，都被他们私占了，没有到人到户，而出力活却要大家干，人们心里就不乐意，抵触情绪就占了上风。

怎么办？我不能眼看着乡亲们受困吧？再说，我的三轮车也要跑运输啊？不为别人，也得为自己吧？其实我跑车也不完全是为我自己，而也是有意无意地为乡亲们服务的——为他们拉货，把他们的产品带到集镇或县城销售，有时也拉病人就医。我不管三七二十一，就带着秀秀、虎子，叫上亲戚，还有正林，几个人开始修路了，父亲也带了铁锨加入了我们的修路行列。其实秀秀已经怀孕几个月了，我是不让她参加劳动的，可是秀秀却非要去的，她的意思是，她这样的身子带着工具修路，是给别人看的，她只是做做样子，不会真下苦力劳动。我为她的这一想法感到欣慰，一向老实巴交的她，经过了一些事情，也变得精明了，会想事了，觉得这是她的一大进步。

我们先从村里的小路修起，一天时间，便把一段主要路段修整好了。当我们第二天吃过早饭又上工时，呼啦啦一下子来了三十多人，连郭大叔七十多岁的老娘也来了。村道很快就修通了。剩下半山腰通往山下的那条路，工程大，光凭人工三天五天是修不好的。经人提醒，我试着给早年认识的城郊建筑公司的王老板打了电话，请他来帮忙，工钱我会想办法给他们的。结果王老板答应得很爽快，第二天就派了两台挖掘机、两辆翻斗车开到山下。村里乡亲们得知这个情况，都很高兴，人员又增加了几位，马立民、腊秀花、穆萨几个回民也来了。在西面山庄的王志刚也开着他的三轮车来了。众人拾柴火焰高，三天时间就修好了路。王老板还让建筑公司的车拉了几车沙子铺了路。公司只是象征性地收了三千元汽油钱，没有要工钱。王经理说，以后多动员民工加入他们的建筑队就是了。这三千元的汽油费是我垫付的。可是后来就没有人管了，我只好自己出了。人常以"修桥补路"来形容做善事、好事。就权当我做了善事吧？

路修通了，我的心情也畅快了许多。觉得应该静下心来读点书，写点东西。晚饭后，秀秀收拾锅灶，伺候孩子们睡觉，我就伏案写起这些天来的感慨来。我顺手写了几行《你回来》的句子：

大山说，有钱没钱你回来，回来就有钱。

溪水说，家穷家富你回来，回来就会富。

田园说，得意失意你回来，回来就得意。

场院说，水路旱路你回来，回来路畅通。

道路说，行走坐车你回来，回来就有车。

杏树说，有情无情你回来，回来就有情。

我回来了吗？

我回来了吗？

回来了，却还没有回来。

因为，外面的世界很精彩！

通过这次修路，我在村里父老乡亲们心目中的形象更加高大起来，称赞之词不绝于耳。有人还跑到乡镇，找乡上的领导，让我当村干部。这一提议，再加上报纸广播对我的报道，官方也注意到了"彭飞"这个人。驻村干部老靳就来村上动员我担任村主任兼任会计。村主任其实就是村长。说是村长，其实由我主事，因为村支书年龄大了，也多时不在家，在华西村女儿那里居住。一开始我并不愿意，一是我的心其实没有在村里，一直在外面，当了村干部就拴住了。二是我父母坚决不同意。当过村支书的父亲深知村干部的麻烦，他仍然以为我年轻，不成熟，不放心让我当。但是我的老丈人——秀秀的父亲却很热心，一直鼓动我来当。他的理由是，近年来上面给的各项款子不少，村干部和亲戚多是沾"近水楼台"之便宜，不像前些年我父亲他们担任村干部时那样，只下苦受罪，得罪人，没有现在那样多的好处。而秀秀的意见是：随我。我想当就当，不想当就不当。思来想去，还是不当者为好。可是乡亲们不行，三三两两地三天两头往乡镇上跑，非要让我当不可。乡上也觉得我们村应该有一个差不多的年轻人来主事，挑来选去，还是觉得我合适。老靳看我态度坚决，就上门做我父母的思想工作。

老靳是个能说会道的人，他先是表扬一番父亲当村干部时的公正、能干，说是乡镇和县上领导如何信任，群众如何拥戴，现在如何怀念。又说我如何能办事，头脑如何灵活，人缘如何好，群众如何信任。还用党性原则来打动父亲。父亲是老党员，他一向开口闭口不离党的路线，党性和党恩也常常挂在嘴上，这一点老靳是了解的，他就抓住这一点，往他孤独的心上戳。最能打动父亲心的一句话便是："你家彭飞当了村干部，其实也是子承父业，可以继承你这老党员的工作作风，为群众办好事，赢得群众拥护啊。雁过留声，人过留名。有些人想当还当不上哩。"

这样一说，说到了父亲的心坎上。父亲就非要我当这个村主任不可。说是不要让我辜负了党和人民的一片信任之心。还说："靳干部说得对，有些人巴结领导，想当还不放心他当哩。现在有好多人用钱买官当，据说一个村干部也得花好几万元哩，人家看重你，一分钱也不花，你就当去吧？"随后他又说："不过，当上了可不要像有些人那样鱼肉百姓，要像毛老人家说的那样，为人民服务。"

"为人民服务"其实也就是《弟子规》里说的"凡是人，皆须爱，天同覆，地同载"和"能亲仁，无限好，德日进，过日少"。只不过，毛老人家所说的"人民"的另一面还有个"非人民"因素，而《弟子规》里说的"人"是泛指所有人类。

要说"为人民服务"，我的心里还真有所触动。乡亲们太老实了，太可怜了，一年四季，起早贪黑，把东山的日头背到西山，寒暑易节，始以返焉。可是得到的回报却与他们的劳动不成正比例。按说，党和国家对老百姓是够关心的了，从低保到医保，从扶贫到救助，从免征农业税再到发放种粮补贴，从孩子上学的"两免一补"到各类扶持赞助，还有一系列的优惠扶持措施，办法想到家了，爱心也献到家了。可是能到他们手

中的又有多少呢？村上以各种名目，三扣除两扣除，所剩就寥寥无几了。

自己不是要决心洗心革面，归心于民吗？这倒是一个机会，我就答应了。

老靳说是还要履行选举程序。他笑着说："既然大家都异口同声地推荐你，选举应该不成问题的，你不用拉票了。"

果然，后来在召开村民大会选举时，我的得票只差三票就是满票。应到二百二十五人，实到一百八十三人，得票一百八十人。这不同意的三票，我自然知道是谁的，一票是秀秀的，一票是金静波的，还有一票是周四喜的。

三十三　为乡亲讨公道

人常说"但官比民强"。具体强在哪里呢？

各人有各人的理解与实际情况。我的体会是强在自己说了算。尽管上有政策，下有意愿，但我所想做的事，就得由我决定实施。当然，我的决定不会胡来，而是有利于大家的。这一点，我在答应乡领导和老靳时当着村支书张叔的面提出要求的，他们都是答应了的。比如说，我觉得山里的薄旱地，种植什么最有可能见效，就动员大家种植什么；市场最可能需求什么，就引导大家做这方面的事。当然，我首先带头示范。再比如说，村里的公益事业，我依照上面的规定，该怎么办就怎么办，不打折扣。当然我不会像前几任（包括我的父亲）那样，大家办了事出了力让人家白干，而是多劳多得，支付报酬。我办事的方式也不是仅仅限于走家串户，苦口婆心地说教、动员，而辅助的是广播宣讲。我上任后首先购置了音响设备，有什么有用的信息和科学知识，我就利用中午和晚饭后的一段时间给大家宣讲、解释。有事也会广播通知。有时也播放秦腔和歌曲，其实算是一个小小的乡村广播站。各种扶贫、救济、低保、医保、种粮种树补贴等所有款项，我都透明，不仅在广播上广播，而且还办了黑板报公布。对于乡上的要求，我觉得对的，就雷厉风行地执行，觉得不科学不利于老百姓的，就当面提出自己

的看法和意见，征得同意后再做纠正。如果是说不通，我就暗中我行我素，或者打折扣执行，我是说一不二。

我上任后不久，就遇到了一件比较棘手的事。

小庄子的刘子建在银川打工时，在建筑工地搬运材料时被掉下来的砖头砸着了，经抢救无效死亡了。他光棍一条，无儿无女，与老母亲一起生活在兄弟刘子行家。出了这事，银川那边来电话请家人来商谈后事。刘子行也不知道咋办？我就邀请了在乡镇工作的同村干部李志仁，与刘子行一起去建筑工地交涉，处理这事。

建筑单位欺我们是山区人，答应只出五万元了事。我们自然不能答应，就给他们讲了死者家中的困难境况。他们一听，不仅没有同情心，反而觉得死者没有什么背景和能耐，就严词拒绝再加赔偿金。还请来了律师给我们讲法制，讲道理。讲法制倒也情有可原，可是他们讲着讲着，竟然偏离法制，讲起人际关系来，说是建筑公司老板的某某亲戚在自治区某某要害部门当头儿，某某亲属在中央有关机关任职。言下之意是：我们找谁都找不响的，只能无条件接受这五万元。

我听了之后，就上了气。我说："一条人命，不会就给五万元了事。从人情讲，农民工是打工者，是弱势群体，是应该得到用工单位关心爱护的。总书记一再强调构建和谐社会，中央也三令五申要求善待农民工，不但不能拖欠工钱，而且要使他们的生活、安全有保障。从法制讲，《劳动法》和相关法律有明确规定，对于工伤致死致残者要给予抚恤及赔偿。赔偿的数额当然不是五万元。在这方面是不能讲人际关系的。要讲人际关系，你们千万不要小看我们这些泥腿子老百姓。咱高院院长还是我们那里的人，这个你们不会不知道吧？当然了，我们不在万不得已的情况下，是不会麻烦人家的。其实你们也很清楚，不论起诉到哪家法院，找不找熟人拉关系，一条人命说什么也不会以五万元来打发的。"

那位姓白的律师听了，与建筑公司老板迅速交流了一下目光，口气明显软了下来。说："那你们还有什么要求。"

李志仁说："你们不是请了律师吗？就按有关规定办吧？人命价、抚恤金、丧葬费、父母及子女的赡养、抚养费都得一一清算。"

建筑公司老板抓住这一点，又开始发难了。他说："你们又胡来了。人命价和抚恤金怎么算，是一码事还是两码事？还有，你们不是说他没有子女吗？怎么还要子女抚养费？这不是敲诈吗？"

我一听拍案而起，厉声说："老板，请您说话客气点、文明点。我们这是按法制讲道理，谁敲诈呢？他是没有生孩子，可是他兄弟的孩子过继给他了，我国法律规定，继子女与亲生子女享有同等权力，继承权自然也一样的，这是众人都知道的。这难道说不算是子女？至于其他问题，我建议咱们坦诚商谈，不必抠字眼找碴托辞。"

说来说去，他们又加了三万元，共是八万元，再也不加了。

在来的路上，我们三个人商量好的，最少是二十万元，这八万元跟别的同类事件相比，实在太少，与我们商量的数字相差还远。怎么办？刘子行和老李看着我，向我讨主意。

我的脑子里急剧翻腾着。这八万元确实太少了，要是答应了，不仅对不起死者和家属，也会让人嗤笑，说我们办事不力。更重要的是给他们建筑单位开了一个不好的头，如果以后再发生类似事情，他们也会以此次事件为由来对待其他人。这其实

是一个很不公平合理的个案。但是他们一口咬定八万元不再增加分毫。我们双方僵持下来了。

要找那位老乡院长当然可以，但是，他肯定忙得不可开交，我们不能因为这件事打扰他，给德高望重的乡亲带来麻烦。还是另想办法吧？想来想去，我给娅娅和曼里非打了电话，说明了情况，心想动用阿凡他们，请他们出面助点人气威。曼里非答应给表兄阿凡打电话安顿。接着，我也给阿凡打了电话。阿凡自然痛快答应了。

我们坐在建筑公司办公室里抽闷烟。不大一会儿，门卫进来告诉建筑公司老板，说是门外来了一帮人，有事要面见经理。那位经理似乎意识到了是我刚才打电话约的人，就看了我一眼，又问那个门卫："他们有多少人，究竟有什么事？"

门卫说："他们有八九个人，为首的那个人说他是旗舰建筑公司的老板，其中几个人好像是少数民族。"

正说着，阿凡他们挤挤攘攘地进来了。

我一看，阿凡后面跟着一帮朋友，其中有刘立飞、张彪、马成、陈兴和王大话他们。他们热情地跟我打招呼，一一握手。

阿凡与我打过招呼后，转向那个经理，口称"侯经理大哥好"？上前就与他们打招呼、握手，原来他们是认识的。

那位姓白的律师一看这阵势，眉头皱了皱，一脸的诧异。

阿凡就把那个侯经理拉到了门外。

情况我在电话上给阿凡说了，也给曼里非说了。主要是嫌赔偿金太低。阿凡肯定是私下交涉这件事情的。

过了一会儿，侯经理又招手把那个白律师叫了出去。再过了一会儿，他们三个人进来了，侯经理向我们三个人先后伸出了食指、中指两个指头和一只手掌的全部五个指头，赔偿金和其他费用一共是二十五万元。这个结果出乎了我们的意料。在阿凡的协调下，我们看着刘子行与侯经理签署了赔偿协议，财务人员就带领我们去银行办理了打款手续。

事后，我才知道，阿凡跟他们的对话是这样的：

侯经理：

你怎么跟他们认识，这是怎么回事？

阿凡：

那个年轻朋友是我的朋友，我手下这一帮兄弟都是他的朋友，我表弟还是他的结拜弟兄。又说：

侯总千万不要小看他，他可是有来头的。他不仅有特异功能，会武术，能隐身，还是一位作家，与好多新闻媒体记者都熟悉。您也许还记得吧？前一段时间炒作的阿飞就是他，他在班车上赤手空拳制服了一帮行骗敲诈歹徒，记得吧？

侯经理：

哦，那个阿飞就是他？

阿凡：

嗯，就是他。又说：

我了解他，他讲义气，不会胡来的。但是，一般人是忽悠不了他的，他只要来，不达目的，是不会轻易走人的。

侯经理：

他想干什么？

阿凡：

这不是明摆着啊？他是替老乡来处理后事的。他是村长，理应出面。你们给个差不多，给死者及其家属有个交代就行了。侯大哥，实话说，您那点赔偿金真的太少了，给谁谁都不会接受的。

侯经理：

你说得多少？

阿凡：

这个我想您心中还是有数的。别的建筑单位也发生过类似事件，人家如何处理，我想您是内明的。如果这事处理不好，让媒体知道了，影响可就大了，还有谁来给您做活？那可是得不偿失的。您不能因小失大吧？您可能不知道，如今咱们高院院长就是他们乡镇人。

侯经理：

……嗯，既然这样，我担心无论怎么处理，他们还会找事的。

阿凡：

哈哈哈，这个您就不了解了。我说了，他是个有品性的人，讲义气，说公道，不会胡搅蛮缠的。只要您处理个差不多，我保证他不会再找麻烦的，这个我可以保证。

侯经理：

那兄弟你说得多少？

宏远公司前不久也发生过这事。经双方商量赔偿金是二十万元，您再增加五万元吧？这样也显示出咱们公司的大度与人性化。五万元对于您来说，算不了什么，可对于死者来说，那可就是另一种情况。您说呢？

侯经理闭了一下眼睛，仰了一下头，说："我跟律师再商量商量吧？"

听说那个白律师起初嫌多，有点不同意，可是那个侯经理看了看阿凡，又看了看在走廊里吞云吐雾的兄弟们，狠了狠心，说了声："就这样办吧？"

钱是侯经理的公司出，自然与白律师关系不大。侯经理决定了，作为律师，他还能再说什么呢？其实，他这次是在当事者双方面前都丢了人的。

为了尽快处理这起工伤事故，侯经理打发人雇了车，连夜送死者遗体回到了家乡。

山里人讲究多，人非正常身亡在外，尸体是不能进村子的——村里人是不让进来的。我就决定在进山的山脚下公共树林边上打了坟，下葬时送了许多花圈、纸仪，请了吹鼓手，做了有关送葬仪式，还开了简单的追悼会，由村上的郭大叔追忆了死者生前善良、勤快的本质。说到动情处，在场的许多人都哭了。这个送葬仪式在我们那个山村还是比较隆重的。送葬期间，有关为他争取赔偿金的事自然传了出去。我的形象在乡亲们的心目中，又高了一些。

半年过去了，我几乎每天都在为乡亲们办好事，解决了一些实际问题，乡亲们得到了实惠，都非常满意，一些人把彭飞说成是文曲星下凡，也说上级领导眼中有水，物色了我这样一个人物。农民很是现实，他们前后一对比，就觉得我很值得信任，对我的赞美也会有意无意地传到各种场合。乡镇干部自然对我有了良好印象。有一天，老靳打来电话，他让我到乡上填一份表，说是要申报什么。我没的搞明白，就说："我当村干部之前有个举心，就是除了规定的报酬，别的好处一分不沾。如果有什么扶助款项，还是先考虑那些最需要扶助的人吧？"

老靳说："这回不是什么扶助款项，是一个政治荣誉。你来就知道了。"

我骑了摩托车来到乡政府。老靳给了我一份表格，上面打

印着"自治区道德模范评选推荐表"。

"道德模范"？我够格吗？

当我提出我不够格时，老靳就不高兴了。他说："你不够格谁够格？你看看咱周围，咱们全县，有谁报纸电台接连二三地报道呢？那些好事情谁做过？"

他见我似乎不感兴趣，就又说："在一个地方产生一个道德模范，其实也不是你一个人的事，是咱们全乡镇的光荣。乡党委会都研究决定了，先进材料也写成了，再不要推辞了，谦虚过度就是骄傲，懂吗？"

我就填表了。

有乡亲们和乡镇领导的支持，也有曼里非、阿凡等众多朋友的鼓励，我的工作和生活还算顺利。尽管村上的事，家中的事搞得我寝食难安，但意识到我的内心在一步步贴近民心，在一步步远离"浪子"行为，我就感到一丝欣慰。道德模范的评选，尽管在我年轻的心里有过"不够格"的意念，但还是好胜心、虚荣心占了上风。之所以觉得"不够格"，是因为我的过去。这些"过去"，有些事情人们（包括老靳和乡镇领导）是知道的，有些深层次的问题他们根本不知道。不管这次能不能当选，乡党委能够决定推荐自己，就表示出了信任。这其实是一种莫大的鞭策鼓励。想到这些，我就觉得浑身力量十足。对于原村干部纠集一些人的发难，就处之泰然。

三个哥哥成家后，都先后生了孩子。大哥彭云是两个男孩，二哥彭康生了三个孩子，两男一女，三哥彭程生了一个男孩，大妹妹彭媛结婚后也生了一个男孩子。一共是七个小家伙，可谓是人丁兴旺，后继有人啊！父母亲高兴，我们自然也高兴。可是带孩子就成了大问题。三对哥嫂和妹妹妹夫都外出打工挣钱，孩子不便带去，就只能留在家中——孩子交给爷爷奶奶（姥爷姥姥）放心啊。

父母的年龄大了，身体也不好，一对老人带七个孩子，那可累人哩。你要吃东西，他要撒尿、拉屎，拉了屎还要擦屁股。吃东西时，一个要吃什么，其他人也嚷嚷着要吃什么，一个玩什么，其他人也要玩什么，一不留神，他们就打到一处，有时候抓得鼻青脸肿，甚至流血。就是不打架，在正常玩耍时也会摔倒的。尽管秀秀也把大部分精力投入护理孩子方面，但时不时会发生一些磕磕绊绊来。晚上睡觉更是麻烦，他要睡觉，他却要玩耍，要看电视，好不容易哄他们一个一个睡着了，也就大半夜了。有的孩子半夜还要伺候他撒尿，不然他会尿床铺的。尿湿了床铺那可得洗晒。要不然，屋子里就会有一股臊哄哄的味道。拆洗衣服和尿布，会搓疼母亲的手，累得她喘不过气来。从沟底往家挑水也累人。

自家兄弟妹妹的这些孩子倒也罢了，有时候村里谁家的孩子一时没有人照看，也会顺便领来，央求我父母照看一会儿或者一天半天的。

为了带好这些孩子，我上县城购买了皮球、小汽车、小动物等玩具，也买了儿童读物，实际上开办了一个家庭幼儿园。我在繁忙的工作、劳动之余，也加入带孩子玩的行列。

三十四　荣获道德模范

农历十月，是收获的季节。

秀秀生产了，是一个白白胖胖的小子。

这年虽然遭受了水灾，但总体上庄稼还是大丰收，跟上年差不多。

我又在《六盘山》《黄河文学》《朔方》《共产党人》等刊物发表了散文五篇，诗歌六首。

月底，我又接到了当选全区道德模范的通知。

次年元旦，在自治区首府银川举行隆重的颁奖仪式。

全县当选者仅我一人。县委宣传部、文明办负责人和县委主管领导，带着我一同出席。乡党委康书记也因为我的缘故被列为特邀代表参会。

我刻意收拾打扮了一番，穿上了白衬衣和西装，打着红色领带。内穿秀秀织的紫红色毛衣。穿上了新买的皮鞋。把长发理成了毛寸。显得精干而阳光。

颁奖大会上午十点在光明广场的人民大会堂举行。当我们十名当选者佩戴着大胸花和红色绶带，排着队将要步入广场时，阿凡、曼里非、托菲娅和刘立飞等一帮朋友手捧鲜花在路口等候。他们是我发短信告知的，没想到他们却如此叫真。曼里非和娅娅竟然也从阿盟赶来了。我顾不得跟他们多聊，只是打了招呼，当我准备接过他们的献花时，这时过来两名执勤警察，他们敬礼之后，说了声："对不起，会议不许随便献花的。"就收去了鲜花。搞得我们都有点小小的尴尬。不过我们都理解这种规定——他们是从会场安全考虑的。我点头说了声"谢谢"，又挥手向朋友们致意之后，就跟着队列进入了会堂。会堂装点得温馨典雅，灯光柔和。音箱播放着《甜蜜的事业》和《我们的生活充满阳光》。我们被安排在最前排就座。

会堂两边的大屏幕上，播放着我们十个人的先进事迹。有舍己救人的英雄，有赡养孤寡老人的孝顺媳妇，也有致富不忘穷乡亲的企业老板，还有讲究诚信的经营者，有背着残疾母亲上学、靠拾荒养活母亲的大学生和拾金不昧的中学生。事迹各有特色。也许我的事迹更为特别，所以在播放时，会场里立即爆发出热烈的掌声。

会议开始了，讲话一个接一个，都洋溢着热情、鼓励、鞭策和希望；掌声一阵接一阵，是在赞美，是在鼓劲，然而对于我来说，其中夹杂着刺激。我的脑海里一遍一遍地回忆着往事：

抢了安徽打工夫妇的八十六元钱；偷了看门老头的四只鸡；扒了无数次火车、货车，抢了国家的财产；坑了多少黄包车上的无辜客人；打劫了那个至今不知下落的女局长。就连水果摊、书摊都不放过……这道德模范还配吗？

"有请彭飞先生上台领奖！"主持人的声音打断了我的回忆。我又回到了众目赞许的现实中来，把阳光、帅气、精干、豁达、文明的一面展现在大庭广众面前。

我面对闪闪烁烁的镁光灯和摄像镜头，倾听着女主持人热情洋溢的颁奖辞：

"浪子回头"是一个古老而沉重的话题。然而，您却实实

在在地做到了。您曾经一度放荡不羁、纨绔成性，使四邻不安，让社会纷乱，然而，您却幡然醒悟：您舍己救过人，赤手空拳制服过歹徒，为素不相识的受困者慷慨解囊资助，像雷锋一样把好事做到每一个角落。是您，面对危急和险恶大义凛然、知险而上，把平安和方便留给他人；是您，用牺牲精神和侠义心肠，将困惑和危急变成了为了人民在所不惜的行动；是您，用宽广的胸怀和睿智的德行，稳定了人间道德的天平；是您，在自己平凡的村长岗位上，将责任心、使命感化作了坚守民本的动力，使"为人民服务"成为看得见、摸得着的现实，为构建和谐社会奠定了牢固的根基；是您，用人间的至善，显示着超越平凡的勇气，见证了中华文明五千年的传统美德；是您，诚实守信，用毅力和信念诠释了"有错必改，翻然悔悟，血脉相随"的人间道义——曾经的浪子，如今的模范，向您致敬！

这哪里是我彭飞啊？这分明是雷锋在世，是完人啊！

那一刻，我哭了。

男主持人见状，把话筒伸过来，要我说几句获奖感言，还算健谈的我竟然呜咽得说不成句子。只说了"我很普通，我受之有愧……"就再也说不下去了。往日的大胆和开朗，这时候丢得无影无踪。

凝望着檀香木匾牌上"道德模范"几个规范的烫金大字，我的心情无比沉重。"道德模范"这个名份分量不轻，十分庄重。心情的沉重，自然来自对往事的追怀。我现在所做的一切，其实是在努力弥补我过去的错误。如果说其他相当一些过错已经弥补了相当一部分的话，那么，还有一些过错是无法弥补的。我过早地结束了处男生活，而把一个肮脏身子交给了自己喜欢的、老实善良的妻子，她至今被蒙在鼓里，此其一。其二，参与了李小强的抢劫、强奸行为，至今不敢面对法律和社会。这其实不是一般的过错，而是一种严重犯罪行为。尽管我不是主犯，也有悔过之心，还试图向当事者坦白认错，但是最终还是在法律和道德面前打了折扣。这两件事情，我都难以完全彻底敞开胸怀。这就是我此时此刻心情沉重压抑的原因。

后来，在接受媒体采访时，在给学生和职工作报告时，我都解剖自己的灵魂，把追悔连同眼泪一道抛洒在大庭广众之下。

对了，接受了李小强的那五千元，我在村里修路时垫付了三千元，在其他公益事业方面也垫支了一千多元，还有将近一千元，我回到家乡后，会在第一时间捐给乡镇敬老院。捐款时，我也会把这次的一千元的奖金也一并捐出的。显然，这不仅仅是钱的问题。这样做，也能使我心里好受一些。

我有个想法，就是力求寻找到李小强他们，动员他们与我一起去自首，求得从轻处理。同时奉劝他们也像我一样，洗心革面，彻底忏悔回头，以为民众、为社会做好事、做贡献来弥补过失，走好今后的路。

"道德模范"的殊荣使我的名气大增。除了各新闻媒体集中连续报道之外，文学作品也开始表现了，政治活动也是接踵而来。在我们县荣膺首个"中国文学之乡"，进而被评为"感动宁夏先进集体"荣誉后，县委决定由我代表作家上台领奖。

这次颁奖活动筹备得很是隆重，专门邀请了中央电视台名播白岩松主持仪式。获奖集体就此一家，媒体很看重，会议安排自然重视。

我深知这次露面，是有特殊意义的。就文学而言，全县作

家中，有倾注全力义务辅导文学青年并在文学创作方面成绩斐然的文学前辈钟声叔叔，还有荣获"鲁迅文学奖"的文翰叔，也有获得少数民族文学"骏马奖"的回族青年作家一凡弟，还有百余名在全国各大文学刊物上发表数十篇作品、出版七八部个人专著的文学人才，跟他们相比，我只不过是一个涉世未深、初出茅庐的文学青年。县委决定让我代表众多作家领奖，意义是不言而喻的。面对中央电视台的名家，我不能为全县乃至全区人民和全体作家丢脸，我不能像上次那样显得困窘、拘束，我要表现出良好的精神状态来。

轮到我们上台了，我就按照事先安排的程序，踏着《运动员进行曲》的节奏，跟着县文联主席郭诚健步蹬上主席台。当我们出现在一片灯光之中时，台下发出了雷鸣般的掌声。

接着，女播音员用清脆动听的声音，播出了颁奖辞：

这是一块贫瘠的土地，曾经以苦甲天下而备受关注，联合国粮农组织称它为"不宜人类生存的地方"，因而成为国家重点扶持的"三西地区"之一。然而，这里却生长着另一种庄稼，那就是文学。

这是一块神奇的土地。中国工农红军在这里胜利会师，播撒了革命的火种。文学之根深深地根植于每一寸土地，根植于寻常百姓之家，文学之花开遍每一道山梁和沟岔。"鲁迅文学奖""春天文学奖""人口文化奖""冰心文学奖"，文学"骏马奖""十月文学奖""人民文学奖""小说选刊奖"等国家级大奖频频落户这块红色的土地。他们的执著收获了精神文明之果，感动了社会，也感动千百万读者。他们受之无愧。祝贺你们，感谢你们！

接下来，白岩松先生用他那清晰而热情的特有音韵对我们进行现场采访。郭主席谈了他的感言，他用简洁而流畅的话说：

文学，是西吉这块红色土壤培植成长起来的最好的庄稼；我们将用心呵护这片绿色！

之后，我说出了自己的心里话。这次我是有备而来，普通话说得干净利落：

文学收拢了我的野性，唤起了我的良知，扭转了我步入歧途的航标，改变了我的人生境遇。也就是说，是文学让我找到了回家的路。因为敬慕文学，感恩文学，我才开始重新给自己的人生定位，才开始拼凑文字。文学将伴随我一如既往地维护道德天平。

也许白岩松先生看我回答得流利，他轻轻地点了点头，扶了扶眼镜，笑了笑，又问我："那么，义学到底给你带来了什么呢？"

我说：

"是文学让我的心里有了寄托，让我活得充实。文学给我带来的精神动力是有目共睹的。"

尾声：补记

△关于我在少年时与王姐的事和在夜总会里放荡的情景，我在一次酒后的夜晚，看着睡熟的儿子，终于鼓起勇气对秀秀坦言了。我一再表明，是少年无知，被人拉下水了。这次之所以要饮酒，是想壮壮胆子，不然一犹豫恐怕又会再次吞下肚里去。

秀秀听了，睁大了眼睛，看了我片刻，然后喃喃地说："其实我早就意识到了。过去的事情，就让它过去吧？今后再不要那样就是了。"

我心中一阵感激，忘情地把她搂进怀抱。

△关于李小强的事。我在网上发了帖子，正在努力寻找他们的踪迹时，有人在网上看到了他的消息。小强在山西又犯事儿了，被逮捕后执行了死刑。

当我连忙搜索查找看了网上消息之后，获取了确切的消息。他离开内蒙古后，到处流窜，在山西重操旧业。被人发现后，用刀子捅死了受害人，失了人命。不过，消息没有提到抢劫和强奸高局长的事，自然也没有涉及郑通、赵小虎和我。

我深深地叹了一口气，心里说：

强哥，你怎么就这样不长进呢？可悲啊可悲！

就这件事，我还是决定去公安机关自首。

此稿于 2012 年 7 月 7 日动笔，9 月 26 日完稿。